푸른사상 평론선 28

경계의 언어, 황홀의 시학

푸른사상
평론선

28

경계의 언어,
황홀의 시학

장동석

The Language of Boundary and the Poetics of Ecstasy

푸른사상
PRUNSASANG

적 주체' 나는 누구인가? 자기 앎을 넘어선 존재이다. 자기 정서와 사상을 중심으로 삼고자 하는 참을 수 없는 욕망을 얻누르는 내 ...이다. 앎의 정점에서 그것으로부터 자유로워진 그래서 무지. 무아의 경지로 대상을 소요하며, 대상의 진풍경들을 구현하는 존재이다. 앎을 비움으로써 나의 앎은 더욱 삼성해진 다. 이러한' 나'는 보이지 ...이게도 무지. 무아를 택함으로써, 인식의 넓이와 깊이는 넓어지고 확대된다.

시 읽기의 참혹과 황홀

시 읽기는 곤혹스럽다. 난해하기 때문이 아니다. 가지 말았으면 하는 곳까지 가기 때문이다. 숨겼으면 하는 것까지 명명백백하게 기어코 내놓기 때문이다. 시는 '나'의 안팎을 향해 비수의 언어를 날려, 독자 '나'의 경계를 무너뜨린다. '나'의 타협에 평온에 안주에 파열을 일으킨다. 그때 '나'는 경계 위를 떠돈다. 부랑(浮浪)의 참담한 신세가 되고 만다. 그런데 아이러니하게도 이때 '나'는 황홀하다. '나'의 인식 이상에서 펼쳐진 생경한 풍경으로 진입했기 때문이다. 시가 '나'를 참혹하게 할수록, '나'의 의식에 퍼지는 황홀의 순도는 높아진다. 좋은 시를 읽을 때 그렇다. 이렇게만 보면 '나'의 시 읽기는 변태적인 유희일지도 모른다. 건강하지 않은 욕망의 발로일지도 모른다. 어쩔 수 없다. 참혹이 없다면, 황홀이 없다면 '나'는 시를 읽을 필요가 없었다.

시는 답(해결) 대신에 의문(문제)을, 치료 대신에 상처를, 봉합 대신에 갈등을 전면화한다. 읽는 자의 방어막을 하나하나 허물어뜨리며, 가장 깊은 곳의 진부하고 치욕스럽고 비루한 자신의 무엇을 끝끝내 확인하게 한다. 적나라하게 드러난 치부 앞에서 우리는 참혹할 수밖에 없다. 시의 힘을 굳이 따지자면 이러한 참혹을 아름다움으로 삼는 것, 즉 인간의 인식 테두리를 뛰어넘는 무한한 풍경을 소요(逍遙)하게 만드는 데에 있을 것이다. 좋은 시를 소요한다는 것은 시계를 보지 않는 걷기이다. 더 이상 시계를 쳐다보며 줄달음쳐 가야 할 목적지가 없는, 그러므로 목적지를 준거로 정의된 '나'를 상실한 부랑아(浮浪兒)의 두리번대기이다.

그런데 왜 황홀인가? 목적을, 경계를, '나'를 상실했기 때문이다. 풍경을 굳은 언어로 규정하는 개념어를 잃고, '나'의 개념 밖에 있는 풍경에 몰입하기 때문이다. 이를 두고 아주 오래전부터 우리의 문학가들은 무아지경이라 말해왔다. 그리고 우리를 무아지경의 황홀에 빠지게 하는 시를, 900여 년 전의 뛰어난 시인이자 문학 연구자였던 이인로는 "욕심이 없을 때 쓴 시"라고 말했다. 상대적 존재인 '아(我)'로부터 벗어나 절대적 존재인 '오(吾)'에 이른 자의 언어로 이루어진 시이다. '아'를 잃는 참혹을 통해 절대적 자유를 획득한 '오'가 펼쳐놓는, 즉 '오상아(吾喪我)'의 시인이 펼쳐놓은 진풍경을 소요할 때 우리는 황홀하다.

그러므로 시 읽기의 소요는 쾌락이 아니고 향락이다. 시 읽기는 라캉이 말한 "수녀 안젤리나가 나병 환자의 발을 씻은 물을 기꺼이 마실 때, 그녀의 목에 걸리는 '나병 환자의 피부'"이다. 배설물로 뒤범벅된 성스러움, 이때의 전율을 체감하는 것이 시 읽기의 유희인 것이다. 그러므로 시를 소요하는 것은 느슨할 수 없다. 목적을 상실한 공포와 긴장을 껴안고 길 없는 세계를 천천히 걷는 행위에 유유자적은 어울리지 않는다. '나'의 시 읽기는 그래서 참혹과 황홀 사이를 경계 없이 부유하는 것이었다.

그리고 의문을 품는다. 나는 과연 '상아(喪我)'의 자유를 획득할 수 있는가. 절대 자유의 언어를 사용할 수 있을 것인가. 그러한 언어를 사용한 시를 가끔 만날 때 참을 수 없는 질투가 솟아오른다. 감사한다. 나를 질투의 소용돌이에 빠뜨린 시인과 시에게.

경제적인 것이 항상 척도가 되는 시기에 전혀 경제적이지 않은 이 책을 세상에 내놓을 수 있도록 곁을 내준 푸른사상사에 고마움을 전한다.

2016년 가을, 앉은뱅이 소반 앞에서
장동석

차례

제3부 자기 복원의 언어

제4부 문향(文向)・탈문(脫文)의 언어

제1부

극(極)의 언어

생과 소멸의 무궁한 작용, 황홀의 무한 개진

황동규 시집 『사는 기쁨』

1.

황동규 시는 '생(生)'에서 벗어나는 언어로 구성된다. 생을 가능케 하는 외부적 조건으로부터는 물론이며, 생명 그 자체의 내부적 조건으로부터도 이탈한다. 그런데 이탈의 언어는 역설적이게도 이탈의 방향을 거슬러 오른다. 즉 생을 벗어나는 언어로써 생을 지향한다. 구체적으로 말해서 황동규 시는 생을 벗어나는 방법을 통해 생에 다른 차원의 가능성을 불어넣고, 이를 통해 생명의 진경(珍景)을 현현한다. 황동규 시가 제시하는 생의 진경은 자기 멸각이라는 다분히 급진적인 미적 태도를 바탕으로 한다. 자기 멸각은 '나'로부터 자유로워짐이다. 이때의 '나'는 개별자이면서 보편자이기도 하다. 즉 '나'는 어떤 유일한 속성을 가진 존재이며, 동시에 '나'가 속한 세계가 생산한 다양한 이념적 물질적 형식을 수용한 존재이기도 하다. 그러므로 '나'로부터의 벗어남은 개별자로부터 그리고 개별자의 현실로부터의 벗어남이다.

그렇다면 왜 벗어나는가? 동양 미의식은 이 물음에 다음과 같이 답한다. 나의 견해로부터 자유로운 경지에서 비로소 지극한 아름다움을 만날 수 있기 때문이다. 이때 지극한 아름다움은 현실의 구분법 이상에서 발현되는 진기한 대상들의 작용(作用)이다. 가령 삶이 죽음을 향해 그리고 다시 죽음이 삶을 향해 작용하거나, 미가 추를 향해 그리고 추가 미를 향해 작용하는 것이다. 이때 기존의 구분법을 뛰어넘어 죽음과 삶, 미와 추가 상호 소통하고 각각의 세계가 확대되고 겹쳐져, 무한한 아름다움이 제시된다. 이러한 '아름다움'을 유가(儒家)는 세계를 성찰하는 기준으로 삼으려 한다면 도가(道家)는 세계가 기운생동하는 '화(和)'의 정수로 확인하려 한다. 결국 자기 멸각의 자세는 아름다움을 확인하기 위한 미적 방법이다. 시인은 이를 사유의 방편으로 삼고, 그것을 유희하는 존재이다.

2.

자기 멸각의 미적 태도는 황동규의 시에 제시되는 아름다움을 이해하는 하나의 유의미한 근거이다. 그것은 황동규 시의 아름다움이 무엇인가로부터의 이탈에서 기인한다는 점에서, 그리고 아름다움이 현실을 넘어서는 생의 속성들이 상호 작용하며 구현되는 진경이라는 점 등에서 그렇다. 이때 여행 또는 산책은 특별한 의미를 지닌다. 여행(산책)은 황동규 시에서 이탈의 방법적 전략이며 아름다움이 연원하는 시작점이기 때문이다. 이를 황동규의 시에서 찾아보는 것은 어렵지 않은 일인데 가령 다음과 시들을 통해서이다.

지도에 채 오르지 않은 산길로 들어섰다.

─「하루살이」 부분

지도에 채 오르지 않은 산길로 들어섰다.

─「하루살이」 부분

차를 멈추고 뒤돌아본다.
아 하늘의 기둥들!

─「살구꽃과 한때」 부분

산책 도중 봄비에 갇혔다.

─「봄비에」 부분

눈이 몰리는 저 부교!
그대 생각이 바다로 들어가다 걸음 멈추고
쓸쓸히 침착히 눈을 맞고 있다.

─「그리움의 끄트머리는 부교(浮橋)이니」 부분

버스 타고 가다 방파제만 바다 위에 덩그러니 떠 있는
조그만 어촌에서 슬쩍 내렸다.

─「물소리」 부분

어둠도 빛도 아닌 여기가 어디지?
능선 위로 뾰족하게 별이 하나 돋는다.

─「허공의 색」 부분

황동규 시가 형상화하고 의미화하는 풍경은 여행의 과정에서 제시된다. 여행은 육체적인 행위의 시작이며 또한 정신적인 행위의 시작이다. 여행은 먼저 일상을 영위하는 공간으로부터 벗어나는 일차적 떠남과, 이 도중 갑작스럽게 현실 세계로부터 이탈하는 이차적 떠남으로 이루어진다. 황동규 시가 제시하는 풍경의 진면목은 대부분 이차적 떠남을 감행하는 순간 현현된다. 즉 "지도에 채 오르지 않은 산길"로 들어섰을 때 비로소 만나는 풍경인데, 이는 '되돌아보는, 도중, 멈추고'라는 기표에서 즉자적으로 시작되는 풍경이다. 여행길에 오른 시적 존재가 현실 세계와 현실 세계에 속한 나로부터 최대한 자유로워지는 순간, 현실 세계의 자장력이 최소화된 풍경이 나타난다. 가령 "햇별 슬쩍 퇴장하고"와 "비한 쪽이 환해지는 사이", 즉 어둠과 빛 또는 죽음과 삶 사이로 "슬쩍" 틈입한 자의 눈으로 그려지는 풍경이다. 이를 통해 그는 '아 하늘의 기둥들!/눈이 몰리는 저 부교!'라는 벼락같은 인식(!)과, 동시에 그것을 한마디로 규정할 수 없는 "어둠도 빛도 아닌 여기가 어디지?"라는 물음(?)이 중첩되는 경이의 여행 체험을 한다. 그러므로 '되돌아보는, 도중, 멈추고'로 시작되는 이차적 떠남이 제시하는 풍경은 현실의 인과적 논리를 포괄하고, 그 이상의 차원에서야 가능한 "능선 위로 뾰족하게 별이 하나 돋는" 순간의 현현이다.

황동규 시의 여행은 생과 소멸의 경계 사이, 그 두 세계가 완전히 맞물려 작용하는 그리하여 생의 작용과 소멸의 작용이 하나인 완전한 충일 세계로 진입하는 여정이다. 이는 생과 죽음을 구분짓는 현실 세계의 중력으로부터 상승해 "허공의 골짜기를 걷는"(「허공의 색」) 절대 자유 경지에서 가능한 소요(逍遙)이다. 다음의 시는 이를 잘 드러내는 작품들 중의 하나이다.

입원실을 나와 마른 분수대를 돌며 생각에 잠긴다.
조만간 나도 내가 아닌 그 무엇이 되겠지.
그 순간, 내가 뭐지? 묻는 조바심 같은 것 홀연 사라지고
막혔던 속 뚫린 바보처럼 마냥 싱긋대지 않을까.
뇌 속에 번뜩이는 저 빛.
생각의 접점마다 전광 혀로 침질하던 빛 문득 사라지고,
생각들이 놓여나 무중력으로 둥둥 떠다니지 않을까.
내가 그만 내가 아닌 자리,
매에 가로채인 토끼가 소리 없이 세상과 결별하는 풀밭처럼
아니면 모르는 새 말라버린 춘란 비워낸 화분처럼
마냥 허허로울까?
아니면 한동안 같이 살던 짐승 막 뜬 자리처럼
얼마 동안 가까운 이들의 마음에
무중력 냄새로 떠돌까?

—「무중력을 향하여」 부분

죽음을 지시하는 황동규 시의 언어는 투명하다. 존재의 유한성에서 기인하는 비극적인 정서의 앙금이 정제되어 있기 때문이다. "마른 분수대를 돌며 생각"에 잠기는 것은 "내가 아닌 그 무엇"으로서의 '나'로 진입하는 산책이다. 이는 "내가 뭐지?"라는 조바심으로부터 자유로워진 소요의 경지에서 점점 인식의 빛을 지우고, 그때 비로소 가능한 '생명'의 속성이 다른 차원으로 작용하는 순간을 포착하는 과정이다. "세상과의 결별"은 생명의 멈춤이 아니라, 다른 차원으로 작용하는 것이다. 그것은 현실 세계의 시간이 빠져나가는 허허로운 것이며, 그것의 압박으로부터 자유로운 무중력 상태로의 흐름이다. "내가 아닌 자리"로의 죽음은 생명을 '사라지고/비워내는' 작용이면서 또한 "무중력으로 둥둥 떠다니"며 생동하는

기운으로 전환한다. "같이 살던 짐승이 막 뜬 자리"는 사라진 자리이면서 동시에 같이 살던 짐승의 "무중력의 냄새가" 채워져 있는 자리이다.

황동규 시에서 죽음을 말하는 언어는 정서로 얼룩지고 무거워지지 않는다. 다른 차원으로 전이된 생명의 막힘 없는 흐름과 일체화돼 투명하고 발랄하다. 이러한 황동규의 언어는 현존과 부재의 경계가 무화되고, 현존이 부재이거나 부재가 현존인 경지에서 펼쳐지는 진경을 제시한다. 생명(흐름)은 죽음(멈춤)으로, 다시 죽음은 생명으로 순환 작용하면서, 생명과 죽음의 크기가 서로 무궁해지는 풍경이다. 그러므로 황동규 시에서 아름다움은 생명이 다른 차원으로 흐르고 흐르는 무한한 과정 그 자체이다. 살아 움직이는 생의 과정과 합일을 이룸으로써, 황동규 시는 비로소 아름다움을 체화한다. 그리고 이를 기준으로 현재의 생을 성찰하고 개진한다.

3.

황동규 시의 아름다움은 생과 소멸이 상호 작용하며 '화(和)'를 이룰 때이다. 생의 모습이 '불현듯' 경이로워지는 것은 소멸을 향하기 때문이다. 소멸을 삭제한 무엇은 한자리에 붙박인 채, 흐르지 않는 썩지 않는 도구일 뿐이다. 소멸로 향하는 모든 것은 다시 살아나고 변주되어 의식의 범주 너머로 무한해지는 움직임이다. 이때 모든 것은 작용의 주체이다. 자율적이고, 능동적인 저마다의 개별적인 움직임이 서로 화하며 나와 나 아닌 것의 경계를 넘어 무아지경이 된다. 생각은 최소화되고, 생각 이상의 차원에서 발생하는 아름다움을 경험하는 자리, 바로 '현기증'이 일어나는 자리이다.

> 흐린 바다 한 팔로 끼었다 풀어주었다 하며
> 급커브 고갯길을 오르내리다가
> 바닷속으로 확 터진 곳으로 나간다.
> 눈앞에 섬들 어정대는 해남 땅끝보다도 더 땅끝,
> 서른여섯 살 부채처럼 펴지는 바다
> 너무 펴져 섬 같은 것들 다 새어 나가고
> 갈매기 몇 성글게 날고 다시 보면 보이지 않고
> 고개 돌려가며 보아도 다 들어오지 않는 시야,
> 가볍게 열리는 현기증.
>
> ──「겨울날 망향 휴게소에서」 부분

풍경 밖으로 사라지는 것은 곧 의식의 밖으로 사라지는 것에 다름 아니다. 황동규 시는 가시적인 풍경에 비가시적인 풍경을 덧붙여놓는다. 그러므로 보이는 것을 통해 보이지 않는 것을 환기하고, 보이지 않는 것을 통해 보이는 것을 형상 너머로 확대한다. '섬들은 다 새어나가'나, 동시에 그 형상은 눈앞에 어정댄다. "갈매기"들은 보이지 않으면서, 보이지 않음을 다시 보게 한다. 그러므로 '고개 돌려가며 풍경을 보는 것'은 곧 보이지 않는 풍경을 보는 것이다. 즉 보이지 않는 것을 보게 하고, 이를 통해 시야에 들어오는 형상 이상으로 풍경을 성찰하게 한다. 이처럼 보이는 것과 보이지 않는 것의 경계가 무화되는 장면이 바로, 가볍게 열린 현기증으로 '환히 밝히는 어둠'이 펼쳐지는 장면이다. '환히 밝히는 어둠'의 풍경은 부단히 서로를 향해 작용을 거듭하는 강한 운동성을 가진 대상들로 이루어진다.

하늘의 다락 같은 문수암에 올라보면 아래 물들이 살아 있다.
물속에 머물고 있는 섬들에
봉래산 방장산 영주산 이름을 붙여주다가
조그만 외톨이 섬 하나
그가 무어라 하나 귀 기울이면 가까이서
부리 헐렁한 딱따구리가 따다닥 답한다.
밤꽃 냄새가 투명 안개처럼 흐른다.
이 초여름 천지에 누렇게 익은 보리밭이 되든지
밤꽃 냄새가 되든지
따다닥 소리가 되든지
몸이 헐렁해진 나도 무언가 몸으로 되고 싶어
고성 명품 하모 횟집 앞에서 서성대다 문득 고개를 든다.
따끈한 해가 떠 있고
나지막한 산 하나 동그란 구름 한 장 띄우고 있는
푸른 파스텔 톤으로 한없이 한없이 비어 있는 하늘 ……
생각 같은 것은 다 치아라!
하모 하모.

— 「밤꽃 피는 고성」 부분

이 시에서 대상들은 '살아 있다/답한다/흐른다'와 같이 살아 움직이며 작용한다. 이때 작용들은 인과율의 원리 이상으로 서로에게 작용한다. '물, 섬, 딱따구리' 그리고 '나'의 작용은 하나의 중심을 향해 응집되지 않는다. 각각을 향해 작용하며, 형상 이상으로 무한히 사라지고 확산된다. 무궁한 작용들이 형상 밖까지 형상으로 환기하는 것이다. 그러므로 '물, 섬, 딱따구리'는 선명한 풍경이면서 동시에 현실의 경계를 넘어서는 미묘한 풍경이 된다. 이러한 풍경을 체화하는 방법은 "생각 같은 것은 다 치아라!"이다. 풍경을 생각하는 나의 견해로부터 벗어날 때, 나는 곧 풍경이 된다. 즉 나는 '보리밭이 되든지, 밤꽃 냄새가 되든지, 따다닥 소리가 되든지'이다. 풍경으로 합일되는 순간, 무아지경의 황홀이다. "푸른 파스텔 톤으로 한없이 한없이 비어 있는 하늘"로 완전히 사라지는 존재만이 체화할 수 있는 '사는 기쁨'이 말줄임표로 무궁해진다. '사는 기쁨'을 현현하는 자리는 결국 "생각이 줄어" 녹아 흐르는 "마음의 가장자리"(「돌담길」), 돌담으로 일어서며 허물어지는 곳이다. 그러나 의문이 다시 이 자리를 이탈한다. "마음의 가장자리는 어디 있는가?"라는 의문의 틈새로 다시 황홀의 풍경은 무변광대해진다.

붕새의 언어, 변별 이상의 언어

고형렬 시

1.

고형렬 시인은 1981년 『현대문학』으로 등단한 이후 지금까지, 첫 시집 『대청봉(大靑峰) 수박밭』(1985)부터 최근의 『지구를 이승이라 불러줄까』(2013)까지 모두 8권의 시집을 출간했다. 35년을 넘기는 그의 시적 여정이 무엇보다 특별한 것은, 그의 시기 갈수록 맹렬해진다는 깃에 있다. 시적 이력이 길어질수록, 대체로 그 시인의 언어는 목적지에 도착하는 최단의 거리를 터득한 면모를 보여주기 마련이다. 이때의 언어는 세계를 분별할 줄 알고 이를 통해 이치를 발견할 줄 아는 현자(賢者)의 그것이 된다. 긴 시간과 사유의 축적을 바탕으로 분열을 지나 통합으로, 의문을 지나 답으로 향하는 시인의 언어가 명쾌해지는 경우이다. 그런데 고형렬 시인의 시적 여정은 이와는 결을 달리한다. 그의 시적 사유는 오히려 분별의 경계를 지우는 방향으로 맹렬히 달려가고 있다. 고형렬 시인의 사유는 하나의 중심을 향해 가지런히 배치되는 언어의 질서를 탈주하는 방향으로 '붕새'처럼 날아오르고 있다. 이는 시인이 오랫동안 천착했던 '장자' 철학을 바탕으로 펴낸 장시(長詩)집 『붕(鵬)새』를 통해서도 확인된다. '붕새'의 날아오름이란 한 달 또는 한 계절이라는 시간적 수명의 틀로 세계를 분별하는 '조균(朝菌)'이나 '쓰르라미'의 시간 이상의, 시간으로 날아오름이다. 쑥대밭 위로 날아오를 때 보이는 공간의 틀로 시야의 경계를 가늠하는 '메추라기'의 한계를 벗어나는 것이다. 즉 정의되어 있는 시공간의 질서 이상의 차원에서 비로소 만나게 되는 세계를 발견하기이다. 이는 정의된 시간과 공간이 강제하는 압력을 뚫고 온 힘을 다해 날아오르는(怒而飛) 자기 갱신의 도약으로 비로소 가능하다.

고형렬 시인의 언어는 "붕"의 날개로 맹렬하게 날아오른다. 그럼으로써 기존 시공간의 선조적 질서를 따르는 언어를 전복하고 이를 통해 전인미답의 생경한 세계를 제시한다. 이때 언어는 이치와 불(不)이치의 구분이 사소해지는 경계까지 시간과 공간을 무한 확대한다. 시인의 언어는 정의되어 있는 언어 규칙에 따르지 않음으로써 현실의 언어로부터 고립되지만, 그러나 이를 통해 시인의 언어는 무변광대한 의미의 지평을 열어놓기 시작한다. 『나는 에르덴조 사원에 없다』(2010)는 이를 전면화하는 시집이라는 점에서 주목해볼 만하다. 이를 구체적으로 설명하기 위해서 우선 이 시집에 앞서서 시인이 보여준 시 세계의 특징을 살펴볼 필요가 있다.

2.

『대청봉 수박밭』, 그리고 이후에 간행된 『해청(海靑)』(1987), 『사진리 대설(大雪)』(1993), 『밤 미시령』(2006)까지 고형렬의 시에서 두드러지게 나타나는 것은 특정 공간에 대한 관심이다. 그 공간은 다난(多難)한 이해가 얽힌 현실의 부정성을 극명하게 드러낸다. 그리고 삶을 현상 이전의 맑은 자리를 전치하는 동인이다. 이러한 공간은 대체로 시인의 고향이라 할 수 있는 강원도를 배경으로 한다. 가령 다음과 같은 작품들의 경우이다.

> 너는 놀라지 않겠지. 누가 저 산 꼭대기에
> 수박을 가꾸겠어.
> 그러나 선들거리는 청봉 수박밭에 가면 얼마나 큰 만족 같은 짓으로
> 겁(劫) 속에
> 하룻밤을 지내고 돌아와서
> 사는 거야. 별 거겠니 겨울 최고봉의 추위를 느끼면서
> 걸어. 서릿발 친, 대청봉 수박밭을 걸어.
> 그 붉은 속살을 마실 수 있겠지.
>
> ——「대청봉 수박밭」 부분

> 세상은 사진리에서 그 끝까지가 고요, 고요였다
> 공룡 청봉이라는 것들이 눈앞에서 잡힐 듯하였다.
> 후우 세계 입김을 불면 날아가버릴 듯이 작아져서
> 마치 산은 사진리에서 멀리로 내려다보이는 것 같았다
> 나는 그날 오후 이때까지 설악이
> 그처럼 낮아지고 아름다운 적을 본 적이 없었는데
> 해가 지고도 한참을 설광 때문에 새벽 같았다.
>
> ——「사진리 대설」 부분

우리 무슨 특별한 약속은 없었지만

잠드는 속초 불빛을 보니

그는 가고 없구나

시의 행간은 얼마나 성성하게 가야 하는지

생수 한통 다 마시고

허전하단 말도 저 허공에 주지 않을뿐더러

—「밤 미시령」부분

'대청봉/사진리/속초'는 '산꼭대기/대설/미시령'이라는 "겁(劫)"의 과정, 즉 수고를 요구하는 과정을 거쳐야 비로소 본래적 가치를 드러내는 공간이다. 이러한 공간은 "누가 저 산 꼭대기에 수박을 가꾸겠어"라는 현실적인 목소리가 "최고봉의 추위"를 외피로 하는 "붉은 속살"의 아름다움을 결코 터득할 수 없음을 자각하는 고향의 공간이다. 그리고 공간의 아름다움은 "사는 거야. 별 거겠니"라거나 "시의 행간은 얼마나 성성하게 가야 하는지"라는 현실에 대응하는 삶의 모습을 반추하는 거울로서 작용한다. 그러므로 고형렬 시에서 고향 공간의 아름다움은 현실의 삶에서 유리되지 않고, 현실의 삶을 되비추며 삶의 한가운데로 자리 잡는다. 현실의 삶을 비추는 거울 판 역할을 하는 고향 공간의 아름다움은 "까닭 없이 궁핍한 서울"의 생활을 고향의 "조태칼국수"(「조태칼국수」)로 시인이 견디는 방식으로 변주되기도 한다.

고향 공간의 아름다움은 시인이 현실의 부정성에 맞서는 기준으로서 작용한다. 이때 현실의 부정성은 당대의 정치적 상황과 긴밀하게 맞물려 있는데『해청』은 이를 가장 잘 보여주는 시집이다. 이 시집에서 아름다움을 훼손하는 현실의 부정성은 "그리워하는 건 노래로나 가능해"(「원산에서」), "내 고향 마을도 분단되어 있음을 안다"(「흔적선을 끄는」), "너희들도 휴전 삼십년간 이 땅에서 밥이 되지 못하고"(「남북미」) 등에서 나타나는 "분단"에서 기인한다. 또한 이를 정치적 목적으로 이용하는 부당한 권력에 의해서 심화된다. 이와 관련될 때 "사람과 노동과 올바름"(「사랑의 편지」)의 기준과 구별이 가장 선명하게 나타난다.

고형렬 시에서 아름다움에 대한 분명한 기준은 정치적 모순이 극대화되던 사회적 현실과 긴밀하게 연관된다. 그런데 이 과정에서도 그의 시는 불확정적인 것으로서의 비의적인 대상을 노래하곤 했는데, 가령 "아무도 볼 수가 없어 생각할 뿐"인 "해청"(「해청」)을 말하는 경우 같은 때이다. 이때 "해청"은 궁극의 것으로 날아오르기 시작하는 시인의 시적 여정을 통해 점점 자명화된다. 시집 『밤 미시령』에 실린 다음의 시는 이 과정을 잘 보여주는 작품 중의 하나이다.

> 아니다 하늘로 솟은 플라타너스 우듬지로 날아오르는
> 검은 날개들의 실루엣이 아름답다 나의 시는
> 말하고 여기서 절망한다 날개들이 이룬 깃이
> 넘어가는 높이는 결코 높지가 않았으니
>
> …(중략)…
>
> 하류를 떠나 어디론가 날아가는 몸들을 바라본다
> 하류처럼 내 강의 정서는 나날이 말라갈 뿐이다
>
> ─「하류의 시」 부분

"하류"란 오로지 불분명함을 향해 변화무쌍하게 펼쳐지는 정신의 유동이다. 의문을 또 다른 의문으로 응하며 날아가기, 그러므로 "나의 시는 말하고" 그 자리에서 "절망"하는 독한 정서의 힘으로 나날이 말라가는 고투의 정신을 감뇌하는 것이다. 결국 "하류의 기러기"도 "기러기들의 저녁"도 "날개의 깃이 넘어가는 높이" 너머로 끊임없이 확장되어, "어디론가"라는 비의의 지대로 들어서기이다. 그러므로 시인의 날아오름은 분별의 틀로 분명해지기보다는 분별마저 희미해지는 고공의 지대로 날아올라 "없어지기"이다. 이는 현실의 모든 앎을 지움으로써, 비로소 앎이 무엇인지 예감하는 전복과 전위의 언어에 가까워지기 마련일 것인데, 이 점은 시집 『밤미시령』 이후의 그의 시집에서 비로소 전면화되기 시작한다.

3.

『나는 에르덴조 사원에 없다』(2010)는 시인의 언어가 이전의 시와는 다른 차원에서 맹렬해지고 있다는 것을 보여준다는 점에서, 시적 여정의 전체 면모를 이해하는 데 있어 필히 주목해야 하는 시집이다. 여기서 시인의 언어는 확정, 정의의 형식으로 석화된 개념어에 파열음을 내는데, 언어는 유장함 대신 뚝뚝 끊어지고 이어지며 사금파리 같은 날을 세운다. 그의 언어는 세계와의 단절을 통해 인간의 인식 수준 이상에서 발현되는 비의에 다가선다. 다음의 시는 이를 보여주는 대표적인 경우이다.

> 문득, 통화권이탈 지역으로 들어오고 말았다
> 소란한 세상을 닫아건 잎들의 무늬를 읽는다
> 그대 잠시 두리번, 결락된 감각을 찾는가

소리없는 엽록체의 통화권이탈지역은
동물들의 울음과 이동이 찍히지 않은 영토
이 영역은 우리에게 불가침지역에 해당하며,
소통의 소란은 작은 묵상도 헝클어 놓는다
나는 주머니 속의 열쇠를 저 밖으로 던진다
고리가 열리고 날개가 파닥이면 나는 그제사
그들의 이름을 부를 기회를 놓치게 된다

그러므로 리보솜의 머나먼 기억에서 사라진다
산을 식물보호권역 개념으로 집약한다는
뜻밖의 기층 속에서, 영역 밖을 내다본다
서 있는 그림자들이 얼굴을 일그러뜨린 채
손바닥의 무언가에 얼굴을 묻고 엿듣고 섰다
나는 이제, 독특한 통화권 이탈지역을 갖는다
여기서 그 모든 분란의 소통은 차단되었다
빛은 떠나고, 혼돈이 거니는 어둠 한쪽
완전 통화권이탈지역에서 너와 나는 오래전
서로 잃어버린 것을 조용히 만지고 있다

— 「통화권이탈지역」 전문

　　"통화권이탈지역"은 지속적인 정보의 교환을 지식 삼아 명명백백하게
노출되는 현실의 공간으로부터 이탈한 지역이다. "열쇠를 저 밖으로 던
지"면서까지 철저하게 통화권 지역으로 나가는 통로를 차단하는 이유는,
"혼돈"에 있다. 정보를 타고 흘러 들어오는 지식과 그것을 바탕으로 형성
되는 하나의 입장을 설명할 수 없는 것까지 설명할 수 있는 절대적 기준
으로 삼는, 통화권 지역이란 지극히 주관적 구분법으로 서로를 제한하고

감각의 결락을 초래하는 지점이다. "통화권이탈지역"으로의 지향은 "모든 분란의 소통"을 끊고 비로소 고요한 무구분의 혼돈을 삶의 한가운데로 받아들이기이다. 이는 소통으로 견해를 이루고 견해로서 견고해지는 삶의 부동성을 해체하는 "혼돈"의 어둠 속으로 걸어가야 비로소 가능한 "오래전 잃어버린 것을 조용히 만지고 있다"라는 '처음'을 경험하기이다.

"혼돈"으로의 진입은 언어의 명료성에서 탈주하는 언어 형식을 통해서 나타나기도 하는데, 가령 "에르덴조 사원에 내가 있다는 것은 에르덴조 사원에 없다는 것과 진배없다"(「나는 에르덴조 사원에 없다」)라는 진술 구조는 하나의 기표를 그것에 호응하는 기의에서 최대한 멀어지게 함으로써, 순수 기표화한다. "에르덴조 사원에 있다"와 "에르덴조 사원에 없다"라는 모순 항이 양립하면서, '없다'와 '있다'의 구분을 넘어 서로에게로 지향되며 그 의미의 경계를 무너뜨리고 소실점을 향해 무한히 사라지는 것, 이것이 '에르덴조 사원'에 부재하면서 '에르덴조 사원'에 존재하는 의미이다.

결핍에 응하는 방식, 포용의 방식

권현형 시

1. 결핍의 언어, 존재의 언어

시인의 언어는 '결핍'으로 향한다. 왜냐하면 '결핍'은 메워지지 않기 때문이다. 삭제되지 않기 때문이다. 다만 결핍은 인과적인 설명의 범주 밖을 하나의 외딴 배로 떠돌 뿐이다. 그러므로 '결핍'은 이해할 수 없는 그리고 극복할 수 없는 흔적이다. '결핍'은 의식으로부디, 현재로부터 떨어져나가 의식과, 현재를 바라보는 하나의 눈(통로)으로 작용한다. 그리고 시인은 '결핍의 눈'을 가장 민감하게 의식하는 존재이다. 결핍의 눈에 반응할 때 비로소 현재의 논리에 결핍되어 있는 아름다움에 다가서고 이를 통해 비로소 '쾌(快)'를 획득할 수 있다. 프로이트에 따르면 시인(문학 창조자)은 결핍에 몰두하고, 이를 통해 미학적인 쾌락을 제공하는 존재이다. 현재로 충족되지 않는 지역, 즉 영원히 결핍된 채로 남아 있는 구멍을 육화하고, 이를 통해 예민하게 현재 이상의 또는 너머의 지대로 스스로를 내보내는 이탈의 첨병으로 시인을 그리고 시인의 언어를 설명할 수 있을 것이다. 이때 시인의 언어는 결핍을 메워 그것의 흔적 지우기를 목적으로 하는 언어와 구분된다는 점에서 자기 준거적인 속성을 가진다. 시인의 언어는 결핍을 메우는 것이기보다는 결핍이 여전함을 거듭 확인하는 언어이다. 결핍의 대체물을 견인하기보다는, 결핍에 빠져 무한해지는 언어이다. 그리고 이를 통해 시적 주체의 존재 근거를 마련한다. 사르트르의 말을 빌리자면 주체는 자기 자신을 바라보는 타자의 눈을 의식함으로써 비로소 자기 존재의 근거를 생성하기 시작하는데, 이때 타자의 눈을 의식하는 것은 주체의 지향성이 담긴 눈의 지각 작용이라는 점에서 단순한 시각 작용과 구별된다. 결론적으로 시적 주체는 결핍의 눈을 의식하는 존재이며, 이를 통해 세계에 출현한 나의 존재근거를 마련함과 동시에 "나를 나라는 존재를 넘어선 세계 속에 존재하도록 한다."[*] 이를 통해 결국 지향하는 것은 "올바른 주체"(푸코)일 것인데, 이때 올바른 주체란 과정 그 자체로 나타나는 것이지 결코 완성된 결과물로 제시되는 것이 아니다. 지금까지의 장황한 서설은 권현형의 시가 '결핍'에 호응하고 이를 통해 자기 존재의 근거를 마련하려는 과정을 집요하게 보여주기 때문이다.

2. 결핍을 통한 호응 작용

권현형의 시집 『포옹의 방식』에서 주목되는 것 중의 하나는 그의 시가

---

[*]   사르트르, 『존재와 무』 1, 손우성 역, 삼성출판사, 1976, 447쪽.

반어적인 태도를 취한다는 점이다. 가령 '없다'를 언명함으로써 결국은 '있다'를 현현하거나 아니면 그 반대의 경우이다. 이를 통해 '있다'와 '없다' 사이의 경계는 투명해지며, 결과적으로는 '있다'와 '없다'가 서로를 투과하면서 서로를 이면으로 가지는 입체적이거나 다면적인 하나의 개성적인 지경(地境)을 만들어낸다. 이러한 권현형 시의 탐색이 부재하는 것에 대한 단순한 그리움을 말하는 퇴행적 의식과 차원을 달리하는 이유는 다름 아닌, 부재에 대한 판단을 유보하는 자세에서 기인한다. 결핍에 응하되, 그 결핍에 대한 판단을 지속적으로 유보시키는 것, 그러므로 권현형의 시는 결핍의 테두리에 갇히지 않고 결핍의 무한한 지경으로 침잠해 들어가게 된다. 다음의 시는 이러한 판단 유보의 자세를 보여주는 단적인 경우이다.

서러워하는 사람이 있다
군 초소가 있고
어시장이 있다 늙은 이발사가 있다
선의 끝에는 무엇이 있나

객지에서 흘러온 게가 고향을
삐뚜름하게 걷고 있다
해안선 끝까지 가보기로 했다

독문과를 다녔고 잉게보르그 바하만의 시집을
옆구리에 끼고 다녔던 골초 혜임은
오래전의 끝처럼 앉아 선을 자꾸 그었다

자신은 비겁해서 가고 싶은 길을
가지 못한 사람 나는 가고 싶은 길을
갔으므로 비겁한 사람

날마다 물고기들의 관을 짜고 김수영과 이백은 아직
좋아하고 먹고 입고 자는 것을 걱정하고
소주 한잔하는 게 서른아홉의 일상이라고 했다

해안선의 끝에는 태초의 비린 어스름이 있다
시(詩)는 때로 썩은 가리비처럼 무용하다
지금 서러워하는 사람에게는 금기다

—「저녁 일곱 시 해안선」 전문

　권현형의 시는 대조되는 속성의 두 사물을 자주 길항 병치시킨다. 가령 「저녁 일곱 시 해안선」에서는 '가고 싶은 길을 간/가지 못한' 두 존재, 그리고 그러한 존재가 결정의 기로에 서기 '이전/이후(과거/현재)'가 병치된다. 그리고 병치를 넘어서 서로를 향해 길을 트고 작용한다. 가고 싶은 길을 간 존재는 가고 싶은 길을 가지 못한 존재 위에 스스로를 겹치고, 이를 통해 "비겁한 사람"이라는 자기모순을 포착하면서 자기 존재의 근거를 새로운 차원으로 전환시킨다. "바하만의 시집을 옆구리에 끼고 다녔던" '과거'는 "소주 한잔하는 게 서른아홉의 일상"인 '현재'로 길을 터 "김수영과 이백은 아직 좋아하는" 과거와 현재라는 시간이 무색한 영속적인 지대를 마련한다. "서러워하는 사람이 있었다"는 '서러워하는 사람이 있다'와 상호작용하고, 종국에는 '서러워하는 사람이다'라는 시간의 구분을 무화시킨 무시간의 언어를 향한다. 이는 '과거가 현재의 결핍/현재가 과거의 결핍'으로, '간 존재가 가지 못한 존재의 결핍/가지 못한 존재가 간 존재의 결핍'으로 작용하기 때문이다.

권현형의 시는 대조적인 속성을 지닌 시적 대상들이 결핍의 통로를 통해 서로에게로 출몰한다. 이 같은 진술에는 현재의 부정으로 과거를 또는 과거의 부정으로 현재를 견인하는 태도, 즉 문제 인식과 그 문제에 대한 답으로서 무엇인가를 끌어들이는 판단이 개입되어 있지 않다. 달리 말해 문제와 해결이라는 얄팍한 구분의 언어와는 전혀 다른 차원을 향해 판단을 유보시켜, 비로소 경계 없이 무한해지는 현재와 과거를 서로에게 겹칠 때 비로소 가능한 "태초의 비린 어스름이 있"는 "해안선의 끝"에 다다르는 것이다. "썩은 가리비처럼 무용"한 "시"의 의미란 다름 아닌 논리적, 인과적, 현실적 구분법으로는 설명되지 않는 잉여의 지대로까지 나아가 '유무용'의 구분이 사라진 '태초의 언어'를 포착하는 것. 이를 위해 시인은 "사진을 괜히 찍었다"(「고통을 탁본한다」)거나 "없는 그의 발을 만져보기 위해 허공을 더듬어 본다"(「패엽경」)라는 무용의 언어로 결핍을 찾고, 세계의 이면으로 전작한다.

3. 결핍과 자기 존재 변경

권현형의 시는 '결핍'을 통해 자기 존재의 근거를 찾는다. 달리 말해 결핍을 인식하고, 이를 통해 자기 존재의 모습을 새로운 차원으로 전환시킨다. 그러므로 결핍은 권현형의 시에서 자기 존재의 근거를 자각하게 하는 계기로서 작용한다고 할 수 있는데, 이는 결핍이 권현형의 시에서 사르트르가 말한 타자의 눈을 의식함으로써 비로소 한 존재를 새로운 차원의 주체로 '존재 변경'을 일으키는 '내적 출혈'의 통로로 작용되고 있음을 시사한다. 이러한 결핍을 통해 권현형 시의 시적 주체는 스스로에게로 귀환하는데, 이때 주체는 지속적으로 새로운 지점으로 변주되고 이를 통해 '나'이면서 동시에 '나' 이상으로 확장되며 미묘해진다.

> 다른 사람을 쳐다보지만 그 뒤에
> 가려진 당신을 보고 있습니다.
>
> ─「역광」 부분

> 아끼는 사람 하나쯤 사라진 지도 위
> 찾을 길 없는 좌표로 남겨두기로 했다
>
> ─「아낀다는 말」 부분

> 나무로 일찍 가버린 자의 엽흔(葉痕)
> 상처 위에 새로 돋은 잎, 꽃
> 떨어져나간 고통을 나는 피부로 기억한다
>
> ─「엽흔」 부분

> 나는 단 한 번도 남의 무릎을 갖지 못했다
>
> ─「착란, 찬란」 부분

시인의 언어는 '그 뒤에 가려진/찾을 길 없는 좌표/일찍 가버린/남의 무릎을 갖지 못한' 결여의 지대를 순회한다. 이때 시적 주체는 결여를 메우고 지우는 대신, '보고 있습니다/남겨두기로 했습니다'와 같이 결여 자체를 관조하고 더 나아가서는 "피부로 기억한다"처럼 육화한다. 이 같은 태도는 결여를 논리 이전의 차원에서 즉자적으로 체화하는 태도이며, 내 몸의 결여를 시간의 제약을 벗어난 맨 처음(기원)의 지대로 삼는 것이라 할 수 있다. 이러한 몸은 "아이를 낳은 후 눈물의 임파선을 하나 더 갖게 된", 그러므로 "수면 아래로 피가 흘러가는 소리를 들을 수 있는"(「물과 싸우다」) 것처럼 스스로를 개방하는 열림의 장소이다. 그리고 시적 주체는 열림을 통해 의식의 너머에서 비자발적으로 돌출되는 '당신/나'를 현시함으로써, 스스로를 또 다른 차원으로 확장 심화하는 존재 변경의 여정에 나선다. 그러므로 "나는 단 한 번도 남의 무릎을 갖지 못했다"라는 자기 응축은 자기 육체에 난 결여의 통로를 통해 스스로를 자기 이상으로 확대하는 하나의 방법론이라 할 수 있다.

4. 결핍으로의 귀환, 결핍의 자기화

권현형의 시에서 결핍이 최대화될 때 공통적으로 확인되는 것은 민낯의 존재이다. 그것은 생명의 가능성이 무한하게 열려 있는, 그러므로 가장 열악하고 비극적인 상태에 놓여 있는, 갈무리되기 이전의 들끓는 존재의 모습이다. 다음의 시는 이를 가장 잘 나타내는 경우이다.

식물들은 나를 버릴 수 없어
썩은 뿌리로 살아 있었다
단 한 줄기의 강낭콩처럼 살아 있던 방
불면의 싹을 틔우고 잎을 기르고 무성하게 벽을 덮던 방
나를 기르는 식물들이 나 대신 싶고 푸른 잠을 잤다

책상이 밥상이고
밥상이 책상이고 습기에 젖은
책 냄새가 살 냄새 대신 방 안 가득 떠다니던 그곳에서

베개를 껴안고 가난한 몸이 달아오르던 방
내 몸이 내게 가장 뜨거웠던 성채
낮은 천장 아래 그림자가 일어나 느릿느릿 세수를 했다

바닥에서 길어 올린 쌀로 한 끼 밥을 지었다
그림자까지 살아 있던
뼛속까지 나였던 그곳으로 언젠가 다시 돌아가리라

자존심 높은 궁휼로, 나의 자취방으로, 그림자가 광합성하는 곳으로

—「최초의 방」 전문

　"최초의 방"은 가장 낮은 곳에 있다. 그곳은 "불면", "습기"로 점철된 "천장 아래" 그림자로 존재하는 생명이 "강낭콩처럼 살아 있던 방"이다. 나 이외의 것은 물론 스스로의 육체마저도 결핍되어 있던, 즉 결핍의 정도가 최대화되던 그곳은 역설적이게도 생명에 대한 욕망이 가장 들끓어 오르는 장소이다. "그림자"에, "책 냄새"에, "식물"에 결핍되어 있는 "나"를 지향하는 시적 주체의 의식이 가장 온전하게 "광합성"되는 장소이다. "최초의 방"으로의 귀환은 결국 이루어진 것 또는 가지고 있는 것이 아무것도 없는 곳, 결핍이 최대화된 곳으로의 진입이다. 그러므로 생명 이외에는 모든 것이 사치에 불과한, 온전히 생명을 위한 쟁투만이 선명한 곳으로의 돌아감이다. 이를 통해 시인은 결핍의 통로 어딘가에 살아 있는

"뼛속까지 나였던" 자기 존재의 발원지를 현시한다. "자존심 높은 긍휼" 이란 결국 "단 한 줄기의 강낭콩처럼 살아 있던" 존재에 대한 열망과 그 것으로 "가장 뜨거웠던 성채"에 대한 당당함에서 연원한다. 그리고 이는 권현형 시의 시적 주체가 결국 결핍을 의식하고 지향하는 올바른 주체를 향한 무한한 여정의 원동력이 된다.

권현형의 시는 "찾는 이 없어 버림 받은 뼈 항아리"를 품고, "해안선"을 걷는 여정의 기록이다. 그것은 현재 또는 이성으로부터 결핍된 것들을 의식화하고 그것을 체화하는 행로이다. 그리고 이를 통해 시적 주체는 경계 없이 무한하게 변주되는 허방의 길로 들어선다. 그 허방의 깊이가 깊을수록, 그의 시는 더욱 "뜨거운 성채"로 들끓어오를 것이라 예감한다.

'허공'으로 생을 직조하는 언어, '아가'의 세계

김종태 시

1. 소도(蘇塗)의 시

시는 보이는 것을 보이지 않게 한다. 또는 보이지 않는 것을 보이게 한다. 시는 현상과 비현상의 경계를 넘나든다. 아니 현상도 비현상도 아니다. 그래서 결국 시는 '새로운' 현상이거나 비현상을 향하는 언어들의 줄달음이다. 이를 두고 니클라스 루만은 참신성이라 한다. 예술의 참신함은 '무표(無表)'를 유표(有表)화하는 형식을 통해서 비롯된다. 그리고 예술의 참신함은 타자 인식을 통해 종국에는 자기 자신으로 돌아오는 재귀적 인식이다.* 시는 새로움을 획득해야 한다. 그리고 그것은 '타자'의 낯섦을 밝히는 것이 곧 새로운 '나'를 획득하는 것이라는 명제를 통해 가능하다. 시인이 강박적으로 타자(세계)와 맞대결하는 것은 곧 '나'와 맞대결하는

---

* 니클라스 루만, 『예술체계의 이론』, 박이성 · 이철 역, 한길사, 2012.

것과 다름 아니다. 또는 그 반대도 마찬가지일 것이다. 이 과정에서 시가 확인하고자 하는 것은 최종의 기의가 아니다. 그것은 애초 가당치도 않다. 오로지 쟁투일 뿐이다. 지금의 나와 지금의 세계와의 불화를 확인하는 것일 뿐이다. 불화 이후는 '허공'으로 남겨진다. 그런데 '허공'을 통해 만물의 풍경이 다시 출몰한다. 이는 시인이 지금 내 속에, 세계 속에 '꽉 참'을 밀어내고 비워놓았기 때문이다. 지금의 오물을 모두 걸러내고 백지의 상태로 만들어놓았기 때문이다. 그러므로 만물의 경이로운 풍경이 다시 채워질 수 있다. 이때 '허공'은 그 풍경의 빈 중심으로서의 진원지이다. 그리고 새로운 것들이 도약하는 역동적인 공간이다.

김종태의 최근 시들은 '허공'을 힘줄 삼아 경이로운 풍경들을 직조(織造)한다. 그의 시에서 '허공'은 허무 또는 허상의 범주와 관련된 비생산적인 없음이 아니다. 비생산적인 것들을 밀어냄으로써, 비로소 가능한 순수한 새 생명들이 달려오는 소리가 들려오는 통로이다. 이는 무엇보다도 시란 삶이 유발한 곡절과의 연대이면서, 동시에 그 이상의 것이라는 시인의 인식에 기초한다. 즉 그에게 시란 삶의 현상에서 기인하는 것이면서 현상을 초월한 초현상을 유표화하는 것이다. 다음의 시는 이를 단적으로 드러낸다.

> 마지막 식사일 줄 모른다는 생각으로 생오이 고추장 찍어 꾸역꾸역 밥 말아 먹었습니다 마지막 하룻밤일 줄 모른다는 생각으로 보리차에 스틸녹스 씹으며 아득한 잠 청하였습니다 운 좋게 깨어난 아침이면 마지막 강의일 줄 모른다는 생각으로 목청껏 푸른 보드마카 잡았습니다 마지막 봉급일 줄 모른다는 생각으로 우두커니 자동입출금기 앞에 서곤 하였습니다 마지막 눈물일 줄 모른다는 생각으로 남몰래 실컷 울기

도 하였습니다 그러나 마지막 시(詩)일 줄 모른다는 생각으로는 한 줄
의 시행(詩行)조차 쓸 수 없었습니다
— 「연서」 전문

　"마지막"으로 지시되는 생의 곡절은 극대화된 무엇이라는 점에서 공통
된다. 이는 모두 '꾸역꾸역/아득한/목청껏/우두커니/실컷'이라는 행위로
삶의 경우들 그리고 그것에서 기인하는 정서의 무게를 극대화된 상태로
받아내는 고행의 이력들에 해당된다. 그런데 주목되는 것은 시는 그것마
저도 비워둔다는 언명이다. "한 줄의 시행조차 쓸 수 없었습니다"라는 묵
언의 영역까지 시를 이끌고 감으로써, 앞서의 "마지막"과 관련된 행위와
변별되는 요소를 만들어내고 있다. 이로써 시는 삶과의 연대이면서 동시
에 그것 이상이다. 이때 중요한 것은 '삶 속에서'라는 것이다. 삶의 한가
운데 존재하는, 삶에 단단히 뿌리를 내린 변별의 지대로서의 시라는 것
이다. 그러므로 시는 세속의 한가운데에 있는 성(聖)의 공간 즉, 소도(蘇
塗)와 같은 곳이다. 세속 가운데에서 세속의 이구동성들을 비워두는, 그
것으로부터 정화되는 텅 빈 공간으로서의 시이다. 그래서 "늦은 개화에
기댄 저 후생"의 "고요하고 스산함"(「늦은 꽃」, 『시로 여는 세상』, 2006년
겨울호)을 궁금해하고 지향하는 시이다. 김종태의 최근 시가 '허공'을 통
해, 그리고 그 '허공'으로 생산되는 '아가'의 문제에 천착하는 것은 바로
이 같은 시에 대한 그의 인식에서 비롯된다고 보인다. 그리고 이는 우선
그의 시가 보여주는 삶의 현상에 대한 왕성한 호기심과 관찰을 살피는
것으로 좀 더 구체화해 볼 수 있을 것이다.

2. 시인의 몸, 허공의 근육

시인의 몸은 민감하다. 만물의 파동을 받아 안고 요동친다. 그러므로 애초 시인이 말하는 육체적 고통은 사적인 것을 넘어서 세계의 고통이다. 또는 세계의 그것을 이끌고 자기 안으로 들어온다. 이를 노래하는 언어를 우리는 육화(肉化)의 언어라 한다. 김종태의 시 또한 마찬가지이다. 그의 몸이 내재한 고통은 그의 것이며 동시에 세계의 것이다. 삶의 현장을 직시하고 관찰한 자가 왕성한 호기심으로 삶의 고통을 수렴한 것으로서의 몸, 바로 시인의 몸이다. 이를 우리는 다음 시를 통해 알 수 있다.

허파꽈리 가장자리에서 휘파람 소리가 들린다고요 당신이 내 과거를 읽을 리가 없지요 나뭇잎으로 옷을 만들어 입어도 이제 머물러 쉴 곳은 없어요 너무 멀리 떠나와 집으로 돌아갈 수가 없어요 10년 동안 죄지은 몸과 10년 동안 참회하는 몸과 10년의 그리워하는 몸, 아 나머지 10여 년은 머뭇거리는 몸 그런 몸들 속에 흐르는 핏물 소리를 들어보세요 눈을 잃으면 보이게 되고 혀를 잃으면 말할 수 있고 발을 잃으면 걸어갈 수 있는 그곳은 어디인지요 뒤를 보면 억만 겁의 전생이 펼쳐지는 관절이 삐거덕거리는 소리와 어떤 전생도 기억할 수 없는 이두박근 삼두박근의 힘줄 움직이는 소리를 들어보세요 창밖에 누가 서성이고 있나요 오만 가지 내 생각은 어떤 윤회의 후생으로 여기까지 왔는지요 어디까지가 나의 기억이고 어디까지가 나 아닌 것들의 추억인가요 이생의 마음과 후생의 몸은 늘 허공의 전선처럼 수평이어야 하나요 멈출 듯 멈출 듯 심장은 아침마다 다시 깨어나네요 벽지에서 자라난 연분홍 나무가 물오르고 있네요 자근자근 심장의 박자를 깨물어 희미한 격자무늬를 맞추고 있어요 내 노래 소리도 가팔라지네요

— 「물리치료사 M에게」 전문

시인의 몸은 하나의 지점이며 동시에 '억만 겹' 시간의 매개이다. '물리치료사'의 손이 삐거덕거리는 관절의 소리가 들리는 몸의 지점을 치료할 수 있지만, 관절의 소리에 축적되어 있는 전생, 이생, 후생의 고통을 결코 짚어낼 수는 없다. 기억 이전에 시작되고 기억 이후로 펼쳐지는 비의(秘意)의 고통이기 때문이다. 몸의 경계를 허무는 것은, 허물어진 경계로 쏟아져 들어오는 "이두박근 삼두박근의 힘줄 움직이는 소리"를 육화하는 것으로 이어진다. 이는 곧 시간의 선조적 질서로 설명할 수 없는 영역으로 자기 몸을 확대한 것이다. 자기 몸을 이생, 전생, 후생의 소리가 동시에 발현하는 울림통으로 만드는 것이다. 그러므로 몸은 하나의 독립체이며 동시에 세계의 파동을 "심장의 박자"로 삼는 유기체이다. 우주로 개방된 몸이다. 이것이 자기 자리에서 "묶인 채 평원을 회람하는 그", "수직을 왕래하는 그", "시계를 끄른 그"(「유리창 청소부」, 『포엠포엠』, 2013년 겨울호)라는 타자를 인식하고, 타자의 '무한한 창천'을 자기의 무한으로 수렴할 수 있게 한다.

이와 같은 시인의 몸은 "허공"을 근육으로 삼는다는 점에서 문제적이다. "허공"의 근육으로 줄달음치며 "희미한 격자무늬를 맞추고" 그에 따라 가팔라지는 "노래 소리"의 언어를 제시한다. 시간의 질서를 초월해, 동시적으로 발현되는 비의의 소리가 그의 몸에서 들리는 이유는 "허공"을 통해서이기 때문이다. 다음의 시 또한 이를 알려준다.

> 스테인리스 메스들은 발끝에서 두리번거리고 링거액을 만지작거리
> 는 가운은 머리카락 끝에서 흐릿하고 흰빛의 공기를 들이마시며 하나
> 둘 셋 그리고 이별 잠시 후 만남 어른거리는 천개의 손이 피 주머니 속

에 담긴 기다림을 정맥 속으로 다시 밀어넣네 무통의 스위치를 누를수록 애련(愛憐)의 응고는 길어지리 허공을 서성이는 관음(觀音)의 지문들아 잊으려 하면 반드시 되살아오는 것들이 있네 망각과 기억의 회전문을 지나 무명(無明)은 먼 바다로 흘려보낸 물살을 엮어 내 몸 깊은 곳을 은은히 쓸어주네

저 피가 사라지면 네 마음의 소리들을 기억해낼 수 있을까
누구도 자신의 눈에 고인 눈물은 보지 못하리

—「자가수혈」 전문

"기다림을 정맥 속으로 다시 밀어넣는" 수혈 행위는 아이러니하게도 내 몸을 채우는 것이 아니라, 내 몸을 비우는 행위이다. "피가 사라지"는 빈자리를 통해 "마음의 소리들을 기억"하려는 행위이다. 달리 말해서는 "먼 바다로 흘려보낸 물살"을 통해 비로소 "내 몸 깊은 곳을 은은히 쓸어주"는 감각, 즉 "허공"의 감각을 장착하는 것이다. 그리고 "허공"의 감각으로 비로소 형용 가능한 것, "관음의 지문들"로 이루어진 풍경을 시인은 발견한다. 이는 "누구도 자신의 눈에 고인 눈물을 보지 못하리"라는 타자를 향한 열림으로 만든 풍경이다. 자기 안에 고인 눈물의 앙금을 가라앉히고 비웠을 때 비로소, 만물의 모든 소리가 변화한 관음의 풍경이 그려진다. 그리고 관음의 풍경 속에서 두드러지게 나타나는 것으로서의, "아가"가 있다. 김종태의 최근 시가 천착하는 화두 중의 하나인 "아가"의 본의는 "허공"을 통해 발현되는 관음의 풍경과 긴밀하게 연관된다.

3. 순수 기호로서의 '아가'

　김종태 시의 "허공"은 맨 처음으로의 돌아감이다. 그리고 맨 처음은 가장 끝자리에서 그곳까지의 모든 것을 밀어냄으로써, 즉 "허공"을 마련함으로써 비로소 가능한 자리이다. 그러므로 "허공"은 맨 처음과 끝의 경계이다. "허공"을 통해 세계는 소실되고 생성된다. "허공"은 소실과 생성의 중심이다. "허공"은 유표화되어 있는 세계를 무화시키고, 그 빈자리에 무표로 내재한 신세계를 유표화한다. 그리고 "아가"는 이 유표화되는 새로운 기호이다. 아직 기의에 물들지 않은 순수 기호이다. "아가"는 가공되지 않은 순수 원석으로서의 모든 것이다. "허공"이 낳은 "아가"로부터 세계는 시작되며 또한 세계는 "아가"로 귀결된다. 2015년 제5회 『문학의식』 작품상 수상작인 「허공의 아가들에게」는 이를 보여주는 대표적인 작품이라 할 수 있다.

　　꿈꾸는 아가들의 옹알이가 요람 안에 출렁거릴 때 허공은 무슨 까닭으로 이름 없는 아가들을 깨우는가 검은 모래바람이 은사시나무 가지를 덮어갈 때 허공은 이름 없는 아가들을 깨우는가 그 병든 가지마다 싹이 돋고 잎이 날 때 허공은 이름 없는 아가들을 깨우는가 사원의 잔해 사이로 전투기가 날아다니고 조종사의 헬멧이 폐허의 광장에 내동댕이쳐질 때 허공은 이름 없는 아가들을 깨우는가 그 몸 속 폭탄이 불꽃놀이처럼 흩어져 애먼 몸들 산산이 멍빛으로 흩어질 때 허공은 이름 없는 아가들을 깨우는가 죽은 몸과 죽어가는 몸이 엉키어 천년의 탑을 쌓을 때 허공은 이름 없는 아가들을 깨우는가 창살 아래 갇힌 흰 살들이 기름을 머금고 타들어 갈 때 허공은 이름 없는 아가들을 깨우는가 타들어간 연기가 굵은 핏줄이 되고 잘린 모가지가 되고 허공은 이름 없는 아가들을 깨우는가 자장가를 가득 실은 술 취한 배들이 암초에 좌초되고 허공은 이름 없는 아가들을 깨우는가 그 배에 묶어 놓은 음표들이 밤바다에 흩어지고 허공은 이름 없는 아가들을 깨우는가 이름 없는 아가들이 오래 전 잠들어 있었던 허공의 복수(覆水)가 넘실넘실 쏟아져 흐르는데 허공은 아침마다 흰빛으로 다시 살아나 그 무슨 까닭으로 이름 없는 아가들의 영원한 꿈을 이토록 세차게 깨우는가

— 「허공의 아가들에게」 전문

"허공"은 모든 세계가 표면화한 자리에서 발현된다. 즉 가령 "꿈꾸는 아가들의 옹알이가 요람 안에 출랑거릴 때"와 같은 '-때'라는 서술 구조이거나 "타들어간 연기가 굵은 핏줄이 되고 잘린 모가지가 되고"와 같은 '-고'라는 서술 구조의 끝에 "허공"이 접해 있다. "허공"은 그것에 접하는 '-때'와 '-고'로 현현된 삶의 곡절들이 귀결되는 장소이다. 그리고 그것의 귀결은 삶의 곡절들을 감싸는 기의로서의 "이름"이 삶의 숨통까지 틀어막을 때의 절명이다. 그래서 "허공"을 통해 다시 "이름" 없음의 세계, 기의 없음의 세계로 진입한다. 그곳에서 순수한 기표로서의 "아가"들이 깨어난다. 순수한 기표인 "아가"로부터 아침이 시작된다. 새로운 기의가 아가에게 달려오기 시작하는 것이다. 아가에게 달려와 새로운 이름을 만들고 유표화한다. 이를 통해 "영원한 꿈을 이토록 세차게 깨우는" 역동성이 만들어진다. 그리고 우리는 이를 두고 시 또는 예술의 갱신이라 말할 수 있을 것이다. 그러므로 김종태 시에서 "아가"의 순수함은 단순함을 넘어선다. 그것은 슬픔이기만 할 수도 없고 기쁨이기만 할 수도 없는, 슬픔과 기쁨이 동시에 발현된 것에 대한 질문과 관련된 깊은 비의로 이어진다.

하얀 손등을 내보이며 노래하는 이 그 누구인가 아침에 자장가 들
으며 깜빡 아기는 새 잠에 들었고 그 아기 깰 때쯤 또 다른 자장가들이
황금빛으로 소곤댔네 아기 옆에 누워 잠을 청하면 세상 자장가들 모두
들을 수 있었네 단조와 장조를 오가고 반음과 온음을 넘나드는 음정들
이여 잠에서 깨고 싶지 않은 아침의 나는 아기의 전생(前生)을 호명하
며 사라져 간 마음의 아기들을 생각하네 한번 부른 노래는 다시 부를
수 없을까 아침에서 오후까지 자장가들 음표가 사라지는 허공으로 귀
를 쫑긋했네 아기의 시간도 시간의 아기도 모두 사라져 지상의 지붕엔
어느덧 그늘이 지는 늦은 오후, 아직 어둡지 않은 이 시간에 자장가도
없이 아기를 부르는 이 그 누구인지

―「오후의 자장가」 전문

"아기"는 "나"의 지향점이다. 또는 "나"의 출발점이다. "나"는 "아기"로
부터 시작되었으나, 이미 "아기"는 아니다. "아기"가 아닌 "나"에게서 발
현되는 것은 질문뿐이다. "자장가를 노래하는 이 그 누구인가?"라는 물음
은 곧 "아기"로 되돌아가는 길에 대한 물음이기도 하다. 그에 대한 답은
"허공"을 통해 전달된다. 그리고 "허공"이란 "아침에서 오후까지 자장가
들 음표가 사라지는" 통로이다. 사라지는 자장가는 이미 자장가가 아니
다. 그것은 아기가 사라진 시간의 범주에, 또한 시간의 아기가 존재하지
않는 시간에 흘러넘치는, 포장지와 같은 기의로 흉내 낸 모조품일 뿐이
다. 그러므로 "나"는 지금 들을 수 없다. 잠들 수 없다. 그러한 "나"가 다
시 아기로 돌아가기 위해, 자장가를 듣기 위해 필요한 것이 바로 "허공"
이다. 그리고 허공은 내가 아는 "자장가도 없"는 비의의 공간이다.

"허공"에 "자장가도 없이"는 '아가가 없는 세상'과 짝을 이룬 '가짜 자
장가가 없음'이다. 그 없음의 자리를 통해 "나"는 듣는다. 내 기억 아전의

그러므로 누가 부르는지 모르는 소리가 "나"를 "아가"로 다시 호명하는, "나"를 순수한 기표의 상태로 정화하는 소리를 듣는다. 그리고 그 소리를 내는 비의의 주체를 묻는다. "자장가도 없이 아기를 부르는 이 그 누구인지", "맨드라미의 탯줄을 끊는 소리가 세숫대야 속으로 고여 드는지 벼랑과 벼랑을 가로지르는 구름다리를 누가 앙감질하며 건너가는지"(「아픈 아이」, 『작가세계』, 2014년 가을호)이다.

이 지점에서 나타나는 질문은 다른 시점에서 말하면 "나"를 호명의 주체로 만든다. "아기를 부르는 이 누구인지?"라는 "나"의 질문이 타자에게 닿을 때, 타자는 다시 아가로 호명되기 때문이다. 즉 타자는 "나"의 질문을 통해 지금의 타자가 아니라, 그것을 초월한 생경한 모습으로 불쑥 도약한다. 그리고 이는 김종태의 근작시가 보여주는 "아가" 세계가 앞으로도 보여줄 것이 무엇인지 지속적으로 관심 가는 이유 중의 하나이다.

색(色) · 참혹 · 경계의 언어, 전율의 언어

　시사(詩史)는 어떤 시를 기록하는가? 여러 견해가 있을 수 있지만, 공통되게 중요하게 여기는 요소는 '새로움'일 것이다. 공시적 통시적 관점에서 그 시는 어떤 개성을 지니고 있는가이다. 이러한 새로움을 칼 하인츠 보러는 '전율'이라고 말한다. 그에 따르면 '전율'은 메두사의 머리 같은 형상의 갑작스런 돌출이다. 즉 시간의 연속성, 인과적 담론의 질서에 대항하는 새로운 순간의 현현, 이를 전율의 미학이라 말한다. 그리고 이는 문학 외의 것으로 환원할 수 없는 문학만의 속성이다. 시는 전율의 떨림이 있어야 한다. 시인의 언어는 '이탈'하고 맞서는 것이어야 한다. 사랑으로부터 이탈하는 언어야 비로소 미적인 경지의 사랑을 말하는 전율의 언어가 될 수 있을 것이다. 그러므로 시는 경계를 넘어가는 색을 밝혀야 한다. 참혹함으로부터 물러나지 말아야 한다. '계몽'을 원한다면, 굳이 시를 찾을 필요가 없을 것이다. 다음의 시들은 계몽을 위반하는 도발적 언어를 장착한 시들이라는 점에서, 뜨겁고 색스럽고 참혹하게 미적이다.

오랜 만에 비어 있음의 충만이다* 황홀이다 아내가 방심한 틈이 틈을 틈답게 한다. 내게 겁탈의 기회를 허락한다 방심한 틈이 겁탈의 기회를 허락한다 방심한 틈이 겁탈의 여파를 증폭시키는 물결로 다가온다 우리 집 담장에 한창인, 만개 중인 넝쿨장미들이 붉은 겁탈로 비인 집을 뜨겁게 달군다 그러나 나는 견딘다 저지르지 않을 줄 안다 넝쿨장미에게 비켜 주었다 견딤이 겁탈을 인정하고 그래서 나의 겁탈을 겁탈답게 한다는 것을, 비어 있음의 충만을 충만답게 황홀답게 한다는 것을 마침내 금강(金剛)이 금강이 된다는 것을 일찍이 바람둥이였던 나의 체험으로 나는 누구보다 잘 알고 있다 나는 담장을 공부했다 넝쿨장미들이여, 담장이 겁탈의 본성(本城)이며 황홀의 충만의 직전(直前)이다 아름다운 경계의 운영이다 예열에서 가열까지다 저 붉은 저지름을 위하여 일찍이 너희 장미들은 여기까지 견디었으며 담장을 쌓아왔다.

　　* 비어 있음의 충만이다 : 정진규 시집 『비어 있음의 충만을 위하여』
　　　次韻(1983, 민족문화사)

　　　　　　　　　　　　— 정진규, 「비인 집에서─律呂集 81」 전문

　정진규의 언어는 색(色)스럽다. 포즈만의 색스러움이 아니다. 정진규 시의 색은 육체와 정신을 넘나들며 중심을 묘파하는 섬광이다. 그것은 뜨거움의 칼날과 차가움의 칼날이 맞부딪히며 내는 아름다움, 즉 충만을 향한 욕망의 뜨거운 돌출의 자리와 충만 직전의 빈자리를 남겨놓는 차가운 이성을 통합하는 아름다움이다. 정진규 시의 "겁탈"이 색스러운 것은 황홀 직전의 경계, 즉 "담장"에서의 "붉은 저지름"이기 때문이다. "황홀"의 아름다움은 황홀과 한 뼘 빈자리를 남겨두고서야 "만개"한다는 것. 그래서 빈자리는 "금강"의 자리이다. 빈자리는 나의 사적인 색을 넘어 세계의 모든 색을 용해하는 무변광대의 입구이기 때문이다. 이를 노래하는 언어, 비로소 "아름다운 경계의 운영"할 줄 아는 경지에 다가서는 것. 「비인 집에서」가 주목되는 이유이다.

> 머리를 누르는 손에 대해 이야기한 적 있지, 육중한 물의 몸, 고요한 심해의 눈빛. 눈길 닿는 곳마다 분연히 어둠을 뿜어내는, 멀고 먼 바다의 바닥
>
> 그러나 바다는 바닥도 물의 입체도 아니었지. 바다는 다만 땅의 천장, 전구를 갈기 위해 길게 뻗은 손처럼 우리는 뾰족이 몸을 세우고 세상 가장 어둡다는 빛을 찾으러 갔었다.
>
> 가득히 입을 벌려 아직 남은 대기와 키스해. 오직 키스로만 인간은 말을 잊는다. 말을 버리고 혀 속의 심해로 잠수해 들어가…… 그건 사람의 천장이거나 낮의 바다. 지구가 껴입은 빛나는 외투의 안감.
>
> 몸속의 공기 방울들이 급격히 팽창하고 안팎이 서로를 침범하는 자리에 대하여. 사람의 몸이 견뎌내야 하는 색(色)과 압(壓)의 연합군에 대하여
>
> 이야기한 적 있지. 우리는 낯선 수면으로 떠올라. 그건 오래 길러온 몸속 바다를 뒤집어 서로에게 내어주는 일이었다고.
>
> ─ 이혜미, 「다이버」 전문

이혜미의 시 「다이버」의 언어는 심해로 하강한다. 빛이 없는 심해로의 침잠은 "멀고 먼 바다의 바닥" 없는 바닥으로의 여행이다. 그러므로 바다

은 곧 천장이며 천장은 바닥이 되는 순환 반복의 행로, 재미있는 것은 이를 노래하는 시인의 언어가 지극히 욕망에 충실한 언어라는 것이다. 계몽적인 수준으로의 어설픈 귀환 대신 욕망에 호응하는 것, "뾰족이 몸을 세우기"이며 "아직 남은 대기와 키스"하기이다. 그리고 이를 통해 "안팎이 서로를 침범하는 자리"를 탐하는 언어이다. 결국 "머리를 누르는 손"이란 이성의 경계를 부지불식간에 넘어드는 욕망과의 마주침이다. 욕망으로 하강하는 "색(色)과 압(壓)"의 뒤범벅 속에서 서로를 내어줄 때, 비로소 육체는 자기의 모든 것이 뒤집어지는 어둠의 공포를, 그리고 동시에 최고 룩스(lux)의 오르가슴을 느끼는 것. 이것이 "세상 가장 어둡다는 빛"을 육체 안에 밝히는 유희의 언어일 것이다.

코끼리의 발이 간다. 예보를 넘어가는 폭설처럼. 전쟁의 여신처럼. 코끼리의 발은 언제나 가고 있다.
코끼리의 발이 집을 지나가며 불평하다. 더 무자비해지고 싶어. 비켜줄래?

거미의 입이 주술을 왼다. 거미는 먼저 꿈을 꾸고 입을 움직인다.
너의 집에서 살고 싶어. 너의 왕처럼. 너의 벽지처럼.

폭풍이 모래 언덕을 따끈따끈하게 옮겨놓을 때, 나의 집이 나를 두고 무화과 낯선 동산으로 날아가려 할 때.

나는 모래의 집을 지킨다. 매일 거미줄을 걷어내고 코끼리가 부서뜨린 계단을 고친다. 가끔 차표를 사고 아침에 버리지만.
상냥한 노래는 부르지 않을래.
폭풍에게 정면을 내주지 않을래.

코끼리를 막을 힘이 나에겐 없지. 코끼리 발이 코끼리의 것이 아닌 것
처럼 거미는 나를 쫓아낼 수 없지. 거미의 말을 거미가 모르는 것처럼.

거미는 줄을 치면서 거미의 얼굴을 지나간다. 나는 모래의 집을 지
키면서 나의 얼굴을 지나간다.
코끼리의 발은 간다. 코끼리의 발을 막을 힘이 누구에게도 없다.

— 이성미, 「집의 형식」 전문

집을 떠나는 언어는 새롭지 않다. 집을 향하는 자의 언어 또한 이미 오
래된 언어이다. 물론 '내용의 새로움이란, 과연 가능한가?'라는 물음 앞
에선 앞서 언급한 것 자체가 어불성설일 것이다. 어차피 시의 새로움이
란 그 형식과 더 긴밀하게 관련될 것이다. 그럼에도 불구하고 이성미의
시 「집의 형식」이 보여주는 새로움은 형식보다도 내용에 있다. 즉 '집'이
집을 지키면서 동시에 부수는, 또는 정착하면서 동시에 정착하지 못하는
이율배반의 내용을 담고 있는 '형식'이기 때문이다. "모래의 집"이란 '코
끼리'와 '거미'의 "비켜줄래"와 "살고 싶어"가 길항 관계를 이루며 비의(秘
意)를 만드는 곳일 터. "지킨다"라는 정착은 곧 '지키지만-'이라는 여운
의 틈새로 이탈하고, 그 이탈의 자리 또다시 "지킨다"라는 정착을 그리고
이탈을 반복하는 것. 데리다가 말한 덧없는 기표의 여행을 즐기는 재미,
"코끼리의 발을 막을 힘이 누구에게도 없다."이다.

창밖 가로등을 카메라에 담은 거였는데
지독한 농담과 우울의 니코틴이 흐르는
네 강가까지 와 버렸다

네 몸 위로 내가 눕고
내 몸 아래 네가 젖는다

내 목을 잃고
네 목으로 갈아 끼워
우리의 목은 박자 없이 고개를 끄덕이며
새빨간 거짓말이 적힌 새 악보를 따라 부른다

새가 없는 나라를 산 적 있는가
부리와 날개를 잃고
척추와 발톱이 구부러지는
새의 등뼈를 따라
구불구불 불구의 나라로 날아간 적 있다

나는 크고 아름다운 새의 눈에
한 주먹 모래를 붓고 싶었다
눈을 잃은 바다와
발 없는 길목을 따라
공중을 잃고
몸통을 불사르는 시체처럼
샹들리에 사이를 오락가락했으므로
나는 새가 죽은 나라에 산 적 있다

소리 없는 울음과
조용한 심장
그리고 자라는 손톱들
창밖엔 어둠 속의 어둠이 물들고
울다 웃는 일이 쉬워지고

새벽에 닦는 고요한 숟가락
커튼 대신 걸린 목들
지상에는 지상의 목들이
새가 사라지는 노래를 부른다

      — 박송이, 「구름이 지나가는 마을, 론세스바예스」 전문

 박송이의 시 「구름이 지나가는 마을, 론세스바예스」는 참혹의 진경이다. 구체적으로는 '너와 나'가 합일된 참혹이다. "네 몸 위로 내가 눕고/내 몸 아래 네가 젖는다"란 합일은 "박자 없이 고개를 끄덕이"는 도식적이고, 기계적인 '같이 있음'이다. 그러므로 합일은 "새빨간 거짓말이 적힌 새 악보를 따라" 부르게 하는 폭력의 위장(僞裝)일 뿐이다. 이에 시적으로 대응하는 방법은, 상징의 힘을 장착한 언어로 말하기이다. "눈을 잃은 바다/발 없는 길목"을 따라 펼쳐지는 상징 풍경. 상징은 인간에 의해 다 밝혀질 수 없는 진리를 현현하기 위한 방식이다. 그러므로 상징은 주술적이며, 이때 시인의 언어는 가장 시적일 것이다. "커튼 대신 걸린 목들"의 풍경은 상징이기에 적나라한 참혹일 것이며, 참혹의 진리일 것이다. 그러나 이것보다 더 중요한 것은 참혹마저 미적인 "새가 사라지는 노래를" 부르는 시적 묘미이다.

욕망과 화(和)의 언어, 황홀경의 언어

황홀(恍惚)은 무엇인가? 그에 대한 답으로서 서양의 프로이트가 기억 이전의 선험적 합일의 세계를 말했다면, 동양의 노장은 자기의 견해에서 벗어나 타자들과 무궁한 상호작용이 이루어지는 화(和)의 세계를 말한다. 이 양자는 황홀을 한 사회가 요구하는 윤리적, 제도적 테두리 이상에서 가능한 합일을 통해 말하고 있다는 점에서 유사하다. 그렇다면 황홀경은 가능한가? 의식의 세계에서는 불가하다거나, 또는 자기 멸각의 경지에 이르러야 겨우 가능하다이다. 불가하나 인간은 황홀의 기억을 무의식의 차원에서 가지고 있기에 끊임없이 부지불식간에 그것을 욕망한다. 자기 멸각으로 황홀경을 현현하나, 그것은 한가지로 잡히는 것이 아닌 무궁한 작용 그 자체로 기운생동할 뿐이다. 그리고 이러한 황홀경과 그것을 제시하려는 태도를 프로이트와 노장 모두 예술적인 태도와 긴밀하게 연관시킨다. 아름다움이란 다름 아닌 황홀경이며, 이러한 황홀경은 의식 또는 이념 이상의 소리를 들을 줄 아는 시인의 언어를 통해 가장 구체적으로 현현된다는 것이다. 이때의 황홀은 대체재로서이거나, 무한한 작용의 한 과정에 해당되는 합일의 충족이다. 그러므로 시가 제시하는 아름다움은 황홀의 현현이며 동시에 아름다움은 그것을 현현하는 기표의 틈 사이로 이탈하고 확장하는 것이며, 시인은 또다시 그 황홀로서의 아름다움을 향한 언어의 여정에 쉼 없이 나서는 존재일 것이다. 다음의 시들에서 이를 확인해볼 것이다.

낯선 도시에 간 적 있다 풍경은 겸손했다 만원버스는 아니었지만 조금 흔들렸다 내려야할 정류장은 어디쯤일까 문이 열리고 닫히고 나를 실은 버스는 달려간다

어머니는 멀리 있고 나는 홀로 남겨졌다 버스는 달리고 이 많은 정류장 이 많은 어디쯤에서 나는 내려야 한다 사람들은 주저 없이 내리고 주저 없이 올라탄다 전봇대가 흔들린다 간판이 나무가 내가 흔들린다 길은 갈라지며 또 길을 펼쳐 놓는다 생각의 팔다리가 떨어져나간다 왼쪽으로 오른쪽으로 멀쩡한 나무를 가르고 간판을 가르고 되돌아와 남아 있는 길을 흔들어댄다 흔들리고 갈라진 길들 한데 엉긴다 여기가 어딜까 나는 내려야 한다 하지만 수많은, 여기, 어디, 단, 한, 지점

갈라지는 천 개의 만개의 몸과 천장에서 내리누르는 집과 어디, 어디, 어디로 흩어지는 생각들 다시 몸속으로 다시 길 위로 버스는 달리고 들락날락 목구멍을 지나 가슴을 지나 배꼽을 지나 마침내 분명한 두 개의 길

둘 중의 하나다 안과 밖 오른쪽 아니 왼쪽 하얀 실타래는 무서운 속도로 감겼다 풀렸다 문은 열리고 닫히고 버스는 달리고 또 달리고 바퀴소리는 사납고 풍경은 예의바르다 길은 납작 엎드린 채 말이 없다 답은 하나다 달리거나 멈추거나

나는 모래알처럼 흩뿌려진다 간판에 나무에 불빛에 마구 쓰러진다
아무도 쓰러지는 나를 잡아주지 않는다 홀로 남겨진 나와, 저기 간
판에 저기 나무에 저기 불빛에 매달려 따라오는, 내가 아닌 수많은 나
와, 나도 아닌 너도 아닌 웅크려 떨고 있는 여기 알맹이가 빠져나간 이
상한 껍질 하나

— 이미산, 「내 최초의 오르가즘에 관하여」 전문

버스에 실려 가는 '나'가 내려야 할 곳은 바로 그곳, 완전한 합일이 이
루어진 최초의 장소일 것. 이때 합일은 모래알처럼 흩뿌려진 수많은 나
와의 완전한 결합이다. 그러나 '나'가 내리는 곳은 곧 합일이며 동시에 흔
들리고 갈라지는 분열이 다시 시작되는 "수많은, 여기, 어디, 단, 한 지
점"일 뿐이다. 그러므로 합일의 장소에서 다시 합일은 유보되고 지연되
며, '나'는 다시 버스에 올라타 끊임없이 달려야 한다. "알맹이"가 빠진 자
리를 앞서 자각하고, "알맹이"를 향한 여정을 선취하는 언어는 인간의 몸
에 욕망과 같이 각인된 완전한 합일이라는 열락의 아름다움을 확인하려
는 미적 언어일 것이다. 최초의 아름다움은 알맹이가 빠져나간 이상한
껍질로 남아 영원히 유보되는 열락의 지점임을 확인하는 자리에서, 시인
의 언어는 생동한다.

이제 그만 혹은 이제 더는 이라고 말할 때 당신 가슴에도 눈이 내리
고 비가 내리고 그랬을까. 수면처럼 흔들리던 날들이 가라앉지도 못하
고 떠다닐 때 반쯤 죽은 몸으로 도시를 걸어보았을까. 다 거짓말 같은
세상의 골목들을 더는 사랑할 수 없었을 때 미안하다고 내리는 빗방울
들을 보았을까. 내리는 모든 것들이 오직 한 방향이라서 식탁에 엎드
려 울었던가. 빈자리들이 많아서 또 울었을까. 미안해서 혼자 밥을 먹

고, 미안해서 공을 뻥뻥 차고, 미안해서 신발을 보며 잠들었을까. 이제 뭐를 더 내려놓으라는 거냐고 나처럼 욕을 했을까. 우리는 다시 떠오르지 않기 위해 서로를 축복해야 한다. 더는 늙지도 죽지도 않는 손들을 늦지 않았다고 물속에 넣어 보는 것이다. 세상에 속하지 않은 별들로 반짝여 보는 것이다.

— 이승희, 「밑」 전문

이승희의 시 「밑」은 "뭐를 더 내려놓으라는 거냐고"라는 말이 생성되는 지점의 언어들로 이루어져 있다. 그것은 벼랑 끝에 몰린 자의 어떤 것을 말하고 있다는 점에서, 이미 익숙한 내용이다. 그럼에도 눈이 가는 이유 중 하나는 솔직함이다. "당신 가슴에도 눈이 내리고 비가 내리고 그랬을까"이거나 "빈자리들이 많아서 또 울었을까"라는 직선의 언어는 대중에게 익숙한 정서를 말하면서도 마치 무슨 깊은 사유가 있는 듯한 치기와 요설을 일삼는 시들과 변별되는 지점에서 그 정서의 추이를 쫓아가게 만든다. 또 하나의 이유는 익숙한 내용을 개성적이게 하는 구체적인 표현의 힘 때문이다. 가령 "수면처럼 흔들리던 날들이 가라앉지도 못하고 떠다닐 때"이거나 "더는 늙지도 죽지도 않는 손들을 늦지 않았다고 물속에 넣어 보는 것"같은 구절이다. "세상의 골목들을 더는 사랑할 수 없었을 때"의 부정적인 정서를 말하는 것은 만인과 공감대를 이루기 수월하다는 점에서 매력적인 내용이다. 그러나 자칫 통속적인 것에 머무를 수 있다는 위험 요소를 내포하기도 한다. 이승희의 시는 이 중에 전자의 것을 최대화하고 있다는 점에서 재미있다.

대나무는 마디가 생장점이다. 마디에서 새 가지를 뻗는다. 마디와 마디 사이 통통하던 몸통을 빨아먹으면서 마디를 뚫고 나간다. 마디란 대나무가 긋는 경계, 경계와 경계를 잇는 실땀, 너의 손가락에 반지를 끼워준 것도 저 대숲이었다. 평생 대바구니를 짜고 살다 떠난 할아버지 손가락 마디 둘을 던져준 것도 저 대숲이었다. 없던 마디가 생겨나는 사이, 있던 마디 몇을 삼키고 대나무는 자란다. 젖을 빨리면서 야윈 몸통이 짱짱하게 부딪는 소리, 청대 청대 기우고 기운 땅속 마디들이 하늘 끝에 바지를 끼운다. 없는 손가락에 손가락을 건다. 하늘과 땅 사이, 꽉 조여진 허공 속으로 실핏줄이 흐른다.

— 손택수, 「소쇄원에서」 전문

손택수 시 「소쇄원에서」에서 "마디"는 세계와 세계의 경계이며 동시에 한 세계를 통해 다른 세계가 생성되는 기원이다. "마디"는 "젖을 빨리면서 야윈 몸통이 짱짱하게 부딪히는 소리"를 안으로 인내하는 힘을 바탕으로 해야 가능한 "자란다"라는 생장점이다. 이러한 "마디"를 현현하는 언어는 "하늘과 땅 사이"의 "허공"으로 변주 확산되며, 종국에는 "꽉 조여진 허공 속"으로 흐르는 "실핏줄"의 아름다움을 포착해낸다. 하늘과 땅 사이의 텅 빔이 하늘과 땅 각각의 개별성과 동시에 두 세계의 상호 작용을 통한 조화도 모두 가능한 아름다움을 기원한다는 것, 즉 황홀한 아름다움의 생장점이라는 것, 그것을 통해 우리는 진경을 즐기는 재미에 빠져들 수 있다.

언 것들은 가장자리부터 녹았습니다. 전단지의 얼어붙은 귀퉁이도, 동네를 싹둑 썰던 골목의 칼날도 날이 풀리면서 형체를 잃고 사라졌습니다. 옥탑 서너 평에 살며 첫 겨울을 보냈습니다. 얼기 전의 온도와 녹기 전의 온도는 비슷한데 나는 한 살을 먹었습니다. 철제 빗물받이에서 톡톡 떨어지는 물방울이 점점 커져갔습니다. 나는 가장 높은 방에 누워 물방울의 맥박을 쟀습니다. 언 것들은 가운데서 가장 먼 곳부터 얇게 사소하게 잊혀갔습니다. 가장 먼 시간이 먼저 늙어갔습니다. 먼저의 아버지처럼 다음의 어머니처럼, 그 사이에 내가 얼마나 살기 편해졌는가. 이건 겨울과 다른 문제인 것입니다.

— 백상웅,「국외자」전문

백상웅의 시「국외자」에서 시간이 지난다는 것은 옥탑방 서너 평에 단단하게 얼어 있는 겨울의 형체가 사라지는 것이다. 형체는 "가장 먼 곳부터 얇게 사소하게 잊혀"지는 늙어감의 의미를 터득하는 순간 비로소, 그 고행의 틀을 벗어 무한해질 수 있는 풀어짐의 이면이다. 한 살을 먹는 것은 굳은 형체로부터 어디론가 흐르며 형체 밖으로 스며드는 것, 그래서 나를 넘어서서 나 이외의 것으로 스며들고 이를 통해 나 이상의 세계에서 발현되는 순리의 아름다움에 다가서는 것일 터이다. 그리고 이는 "얼마나 살기 편해졌는가"를 따지는 것과는 다른 차원에서 발현되는 언어의 무늬, 즉 "물방울의 맥박을 재는 언어"의 무늬임을「국외자」는 말하고 있다.

내 상대는 나뭇잎
北에 못 박힌 별자리 處가 아니라
가벼운 나뭇잎 한 장

處의 이웃 女가 아니라 危가 아니라
가벼운 나뭇잎 한 장

살아가는 것은 복숭아를 먹고 오이를 먹고
알락할미새를 보고 흥분하고

곰 발바닥을 보려고 고개를 꼬는
便法

이와 같이,

나는 하느님을 상대했다.

— 안수환, 「상대성」 전문

안수환의 시어는 "가벼운 나뭇잎 한 장"의 힘으로 "處"의 무게를 이탈
한다. 한 자리에 못 박힌 "處"는 그것을 중심으로 "이웃 女"를 동일화하
려는 은유적 욕망이 발현되는 자리이다. 이는 곧 자기 주관의 웅덩이로
모든 것을 욱여넣는 포식의 무게에 짓눌린 "危"의 자리이기도 하다. 하
여 "가벼운 나뭇잎 한 장"은 자기로의 고립으로부터 벗어나 비로소 세계
와 작용하는, 즉 "복숭아를 먹고 오이를 먹고/알락할미새를 보고 흥분하
고//곰발바닥을 보려고 고개를 꼬는 편법"에 합일하는 황홀을 현현하는
것이라 할 수 있다. 결국 시인의 언어는 이러한 아름다움을 상대하는 언
어여야 한다는 엄격한 시적 자세 취하기, 안수환의 시 「상대성」의 요체일
것이다.

부랑, 투신, 합일의 언어

완전한 합일의 경지란 무엇인가? 시공을 뛰어넘는 전체이며 또한 개별인 것. 나와 너 사이의 경계가 없는, 나가 곧 너로 너가 곧 나로 넘나들며 이루는 전체이며 동시에 나와 너가 개별적으로 존재하는 세계. 이를 총체성이라고도 할 수 있을 때, 문제는 그러한 세계를 삶의 중심에 두는 것이 여전히 유효한가이다. 만약 총체성의 문제가 더 이상 인간 삶의 문제에 영향을 끼치지 않는다면, 이제 인간은 자기 번뇌에 빠질 필요가 없을 것이다. 나는 나일 뿐인, 너는 너일 뿐인 거리가 인간 삶의 조건을 충족시키는 데에 문제될 것이 없기 때문이다. 그러므로 시의 언어도 종전의 것과는 전혀 차원이 다른 언어가 될 것인데, 과연 지금이 그러한 시대인가. 결론적으로 말하자면 인간 삶은 여전히 불안하다. 그리고 불안의 심급은 여전히 나와 너 사이의 또는 현재의 나와 지향하는 나 사이의 좁혀지지 않는 균열이다. 루카치의 말대로 현대인의 고민이 나와 세계 사이의 좁혀지지 않는 틈에서 기인하는 것이라면, 그 틈에 대해 가장 예민하게 반응하는 존재들 중의 하나가 시인일 터. 그러므로 나와 너(세계) 사이의 균열에 어떻게 반응하느냐가 여전히 현대시의 중요한 화두라 할 수 있다. 이 반응 방식을 어떻게 달리하고 있는지를 살피는 것은 곧 현대시의 색깔이 어떻게 분화되고 있는지를 엿보는 것으로 연결된다. 여기서 살펴볼 시들에서 어떤 시인은 나와 세계 사이의 균열 자체를 순환 반복하는 부랑(浮浪)의 방식으로, 어떤 시인은 균열을 횡단해 세계와 나 사이의 연결 통로를 확보하기 위한 투신(投身)의 방식으로, 다른 시인은 세계와 나 사이의 합일을 증거하는 방식으로 세계와 나 사이의 균열에 반응한다.

1. 부랑(浮浪)의 방식

이제니 시의 언어는 부랑한다. 사물이 사물의 원인이거나 결과가 아니다. 계기 없이 연결되거나 나열된다. 그러므로 사물과 사물들의 의미는 미묘해지고 낯설어진다. 언어와 언어는 각기 다른 방향으로 탈주하며 부딪힌다. 언어가 가는 시작점도, 귀착점도 중요하지 않다. 다만 계기 없이 충돌하는 언어의 부딪힘이 이제니 시어의 "허밍"을 만든다. 그의 「수요일의 속도」를 읽으며 좀 더 자세히 살펴보자.

> 한 남자는 달리고 한 여자는 춤춘다. 달리고 춤추고 웃을 때 거리는 끝이 없고 나무는 자란다. 나무가 자랄 때 빛이 있고 그늘이 있고 피로가 있고 입김이 있고 구름이 있고 노을이 있어 순간의 망각이 풀잎 위에 그림자를 만들고 순간의 불꽃이 노란 고무공을 튕긴다. 그리고 허밍. 끝없는 허밍.

목요일에 검은 것을 보았고 화요일에는 푸른 것을 보았다. 검은 것과 푸른 것 사이에서 멀어지는 사람아. 너의 안색은 어둡고 한낮의 색에서 얼마간 비껴 나 있다. 너는 회색의 옷을 입고 있다. 너는 불투명한 감정을 가지고 있다. 너는 묻어 버리고 싶은 것이 있다. 너는 숨기고 싶은 병이 있다. 너는 위안할 것이 없어 시들어 버린 꽃을 본다.

어제와 함께 홀로 죽은 아이야. 그리움이 없어 그리움을 만드는 입술아. 너는 죽은 사람을 만들고 죽은 표정을 만들고 죽은 말을 만든다. 너는 죽은 거리를 달리며 죽은 감정을 되풀이 한다. 언젠가 잡았던 두 손. 언젠가 나누었던 온기. 속도를 견디는 너의 두 손은 식어 간다. 탁자 위에는 설탕이 흩어져 있다.

두 눈을 감아도 햇빛은 가득하다. 너는 순도 낮은 네 잠을 감시하며 어제의 거리가 펼쳐지기를 기다린다. 한낮의 반대편은 자정이다. 자정과 정오가 바뀌듯 너의 몸은 조금씩 사라진다. 우리는 저마다의 겹을 가지고 있었을 뿐이다. 거리는 멀어진다. 풀밭 위로 검은 그림자가 흘러간다. 어떤 시간이 어떤 얼굴을 데려온다. 다시 수요일이 온다.

— 이제니, 「수요일의 속도」 전문

시인의 언어는 "우리는 저마다의 겹을 가지고 있었을 뿐이다"라는 인식의 주위를 맴돈다. '나'와 '너'의 관계는 '너'를 이해하기보다는 '너'를 통해 '나'를 확인하기 위한 관계이다. '너'에게 간다는 것은 '너'를 지향하는 것이기보다는, '너'를 계기로 '나'에게 귀의하는 것에 가깝다. '나'는 '나'로 돌아올 뿐이다. 또한 '너'는 '너'로 돌아갈 뿐이다. 그러므로 '너'와 '나' 사이의 '거리'를 부랑할 뿐 '나'는, 정착할 '너'를 갖지 못한다. 이때 '너'는 또 다른 '나'를 의미하는 것은 물론이다. '나'에게로의 귀의는 '나'에게로의 정착이 아니라, 또다시 떠날 '나'에게로의 잠시 잠깐의 머묾이다. '나' 또한 '나'로 가기 위한 계기에 불과하다. 「수요일의 속도」에서의 '나'는 '세계'와 합일을 지향하지 않는다. 다만 '세계'와 '나' 사이의 거리를 떠돌 뿐이다. '나'는 총체성의 기억을 가진 존재가 아니다. 다만 '나'와 '너' 사이로 난 균열만을 지나왔기 때문이다. 그러므로 '나'의 여정은 균열 자체를 순환하는 것이 된다. 이러한 여정 속에 보이는 풍경들은 분절적이 된다. '나' 없는 '나', '너' 없는 '나'이기 때문이다. 즉 '나'와 '너(또 다른 나)'가 필연적 매듭으로 이어지지 않기 때문이다.

너와 나의 관계는 탈인과적이다. 불현듯 나타나고 불현듯 사라진다. 가령 "순간의 망각이 풀잎 위에 그림자를 만들고 순간의 불꽃이 노란 고무공을 튕긴다"는, "순간" 전후의 풍경들이 삭제되어 있다. 오로지 "순간"만이 반복되는 풍경이다. "순간"은 "홀로 죽은 아이"의 시간이며, "어떤 시간이 어떤 얼굴을 데려오는" 시간이다. 이를 계기로 이후의 시간들이 선조적으로 펼쳐지지 않는다. 이때 시간은 전진하는 것이 아니다. 시간은 "어떤"을 반복할 뿐이다. 일상의 사물과 사물을 연결하는 시간은 분절적으로 반복 배치된다. "다시 수요일이 온다"의 반복이다. 이 반복의 여정에 중심이란 없다. 나와 세계 사이의 거리만이 존재할 뿐이다. 인과 관계란 없다. 순간의 나타남만이 있을 뿐이다. 그러므로 모호하며 낯선 시어들은 부랑의 가벼움 또는 발랄함을 장착한다. 이는 이제니의 시어뿐 아니라 요 근래 일군의 시인들에게서 공통적으로 나타나는 특징이기도 하다. 그들은 끊임없이 부랑한다. '나 없는 나/너 없는 나' 즉 타자 없는 '나'의 떠돎이다. 그러한 떠돎은 귀착지를 가지고 있지 않다는 점에서 시작과 끝이 없다. 그래서 인과의 틀을 벗어나 생경하게 발랄하다. "다시 수요일이 온다"의 "순간"이 지속적으로 중심을 탈주한다. 그래서 재미있다. 다만 그 방식 또한 정형화될 때 고루해질 것이다.

2. 투신(投身)의 방식

세계와 나 사이에 난 균열을 가장 깊게 심화하는 방식은, 균열을 극복하려는 의지와 상관된다. 완전 합일의 꿈을 최종의 목적지로 삼은 존재에게만이 현재의 나와 너(세계) 사이의 균열은 필히 해결해야 할 문제이다. 균열의 처음과 끝을 가늠하기 위해선 균열에 대한 인과적 사고가 수반되어야 하며, 이는 세계로의 합일이 우연이 아니라 자기 온몸을 던지는 투신을 통해서만이 가능하다는 것을 말하는 것으로 이어진다. 가령 다음의 시이다.

> 철도역마다 폭설이 내리고 겨울은 끝이 없습니다. 당신이 가버린 철
> 길의 끝으로부터 얼어붙은 호수의 일몰은 황폐합니다. 적도 부근의 해
> 변으로 날아가지 못한 한 마리 새는, 아직도 얼어 죽고 있는 중입니다.
> 열대의 코코넛 나무는 바람에 나부끼고요. 철길 위로는 유폐된 폭설이
> 덜컹입니다.

> 횡단의 끝은 알 수 없는 미래라고, 당신은 중얼거립니다. 기착지마
> 다 날카롭게 벼린 황혼이 서늘합니다. 누구도 기착지에 하차하지 않습
> 니다. 횡단의 끝이 알 수 없는 미래인 것처럼, 기착지의 밤은 불온하고
> 음습합니다. 횡단의 마지막은 승차권에 선명하지만 누구도 횡단의 마
> 지막을 묘사하지는 못합니다. 우리는 그저 처음이 있으면 끝이 있다는
> 진리를 믿고 싶을 뿐입니다.

당신의 출생이 비밀인 것처럼 횡단의 끝은 여전히 불확실합니다. 철도원들은 선로를 거슬러 오르며 파업을 결의하고, 외계로부터 날아온 유성의 섬광은 순식간에 사라집니다. 불에 탄 침엽수림이 철길을 향해 천천히 다가와, 이제는 잊힌 민요를 노래합니다. 기착지마다 불어오는 민요를 배경으로, 기차는 횡단의 끝이라는 미지를 향해 사라집니다.

소문처럼 기차가 지나갔지만 누구도 기차를 보지 못했습니다. 누구도 기차를 보지 못했지만 기차는 여전히 대륙을 관통하고 있습니다. 철도역마다 얼어 죽은 새가 날아오르고, 호수의 일몰은 비릿한 태양을 삼키며 대륙횡단특급의 불온한 종착을 향해 경악합니다. 철길에는 적도로 날아가지 못한 철새가 죽음에 이르고 있고요. 오래전에 녹슨 철길마다, 두근거리는 기적이, 아직도 생생하게 들려옵니다.

— 조동범, 「대륙횡단특급」 전문

조동범 시에서 '횡단'은 마지막에 도착하기 위한 것이라는 점에서, 분명한 이유가 있는 여정이다. '나'는 처음에서 끝으로 향함으로써, 처음과 끝 사이의 균열을 극복하려 한다. 비록 횡단의 끝이 "알 수 없는 미래이며", "여전히 불확실합니다"이고, "누구도 횡단의 마지막을 묘사하지 못합니다"이지만, '나의 횡단'은 "끝이 있다는 진리를 믿고 싶"은 자의 여정이라는 점에서 '마지막'을 향한 전진의 그것이다. 최종의 목적지란 처음을 시작한 자에게 부여된 진리를 구현하는 장소이다. 그것을 구현하는 방식은 처음에서 끝으로 횡단하는 것, 곧 처음과 끝을 맞통하게 하는 것이다. 달리 말해서 처음을 짊어지고 끝으로 가는 것이다. "오래전에 녹슨 철길마다" 기적이 두근거리는 이유는 그 소리가 종착역을 향하는 것이기 때문이다. 종착역에 닿는다는 것은 처음이자 끝이며, 끝이자 처음인 합일의 충만함을 유일한 진리로 현현하는 것이다. 이를 지향하는 것이기에 조동범의 언어들은 필연적인 서사의 틀을 짠다. 가령 "종착역"이 불온한 이유는 처음과 끝 사이의 거리가, 화해가 아니라 아직 닿지 못했다는 불화감으로 끊임없이 '현재'를 들썩이게 하기 때문이다. "얼어 죽은 새"인 이유와 그 새가 다시 "날아오르"는 이유는 종착역 때문이다. 이때 "종착역"은 경악하게 하는 무엇이다. 가장 충격적이며, 완결된 최종의 장소이다.

"종착역"에 간다는 것은 처음에서 끝 사이를 잇는다는 의미이며, 나의 처음과 끝이 하나가 되는 합일을 의미한다. 이를 위해 종착역에 해당하는 적도에 닿지 못한 것들은 얼어 죽는다는 법칙을 만들고, 그 법칙이 지배하는 가혹한 여정에 스스로를 투신하는 존재가 「대륙횡단특급」에서의 '나'이다. 그러므로 '횡단'하는 '나'는 폭설의 유폐를 뚫고 전진하는 존재이며, 귀결점을 확신하는 존재이다.

3. 합일의 방식

하나이면서 전체인, 동시에 전체에 종속되지 않고 개별자는 개별자로 온전히 남아 있는 세계, 즉 하나와 전체가 서로 경계 없이 넘나드는 것이 제유적 세계이다. 제유적 세계는 특수성과 보편성이 상충 없이 서로를 견인해 완벽한 충족의 상태로 나아가게 한다. 이를 가능하게 하는 바탕은 '관계'이다. 나와 타자가 서로 자기 자신을 온전히 지키면서 자유롭게 서로를 향해 넘나들게 하는 '관계'는 서로를 합일의 정서적 충만에 이르게 하는 근거이다. 다음의 이시영과 고영민의 시에서 읽히는 충만감은 합일의 관계를 밝히기에 충분하다.

> 어머니 앓아누워 도로 아기 되셨을 때
> 우리 부부 외출할 때나 출근할 때
> 문간방 안쪽 문고리에 어머니 손목 묶어두고 나갔네
> 우리 어머니 빈집에 갇혀 얼마나 외로우셨을까
> 돌아와 문 앞에서 쓸어내렸던 수많은 가슴들이여
> 아가 아가 우리 아가 자장자장 우리 아가
> 나 자장가 불러드리며 손목에 묶인 매듭 풀어드리면
> 장난감처럼 엎질러진 밥그릇이여 국그릇 앞에서
> 풀린 손 내미시며 방싯방싯 좋아하시던 어머니
> 하루 종일 이 세상을 혼자 견딘 손목이 빨갛게 부어 있었네
>
> — 이시영, 「어머니 생각」 전문

'어머니'의 손목에 부어오른 매듭 자국이 빨갛게 각인되는 것은, 그것을 '어머니의 손목'에서 발견하는 것이 아니라 '나의 손목'에서 발견하기 때문이다. '어머니의 손목'을 '나의 손목'으로 끌어오거나 아니면 '나의 손목'을 '어머니의 손목'으로 환원한다. 즉 나이며 동시에 어머니인 관계가 "문간방 안쪽 문고리에" 손목을 묶어놓았던 "어머니"가 곧 나의 육체와 심정이 되게 한다. 이를 통해 슬픔의 정서가 충일한 수준까지 비등한다. 이때 슬픔의 정서는 나와 타자의 합일을 통해서만이 발견 가능한 인간 본래의 모습을 통해, 그것이 왜 세계의 원리여야 하는지를 보여주는 시적 증거이다.

어머니를 어머니로, 나를 나로서 온전히 보게 하는 것은 서로가 제유

적 관계를 형성하기에 가능하다. 나의 입장에서 어머니를 보는 것도 아니며, 어머니의 입장에서 나를 보는 것도 아니다. 만약 그렇다면 연민의 정서를 추상적인 수준에서 말하는 것에 불과했을 것이다. 그러나 「어머니 생각」은 개별적인 것을 넘어서 가장 근본적이며 보편적인 인간 본래 모습을 말한다. 이는 "이 세상을 혼자 견딘 손목"을 나와 어머니, 그리고 인간 보편의 문제로 확대하는 시력(詩力)을 통해서 가능한 것이다. 물론 이 시력의 요체는 제유적 관계의 발견이다. 그러므로 「어머니 생각」은 나와 타자의 제유적 관계가 왜 중요한지, 그리고 그것이 인간 삶에서 여전히 유효하다는 것을 확인해주는 시에 해당된다.

귀였다
나무마다 환하게 크고 작은
귀가 열려 있었다, 피어 있었다
수천수만의 귀
향기롭게 엿듣고 있었다
이어폰리시버를 꽂고 있었다
한철, 흘러넘치는 세상의 모든 소리의 건축을
듣고 새기고 있었다
귓속으로 붕붕 투구벌들이 들고
나비가 먼 마을의 풍문을 실어와 전하고 있었다
어두워지고 있었다
무슨 말을 해도 멍하니 쳐다보기만 하는 老母처럼,
목소리가 아니라 입술을 쳐다보는 老母처럼
귓속이 캄캄해지고 있었다
꽃과 나 사이,
한쪽 귀가 떨어져 깨지고 있었다

지고 있었다

가고 있었다

그저 깊기만 한 검은 골방 속으로

더 한층 두꺼운 저녁의 보랏빛 시간이 깃들고

민달팽이 한마리가 소리로 꽉 찬 거대한 귀들을 주워 모아

공명의 속주머니 깊숙이

질러 넣고 있었다

몸에 깃든 평생의 소리들은

둥글고, 달고

더 불룩해지고 있었다

— 고영민, 「가는귀」 전문

'듣는' 행위는 세계와 소통하는 가장 근본적인 방식이다. 소리의 색깔에 따라, 세계가 구별되고 그것과의 거리 정도가 정해진다. 소리를 예민하게 듣는다는 것은 세계를 이해하는 태도가 그렇다는 것이며, 이를 가장 민감하게 수행하는 이들 중의 하나가 시인일 것이다. 그러므로 시인을 직업이라 할 수 있다면, "귀가 열려 있었다"의 문제에 천착하는 「가는귀」는 시인이란 직업에 가장 어울리는 소재를 노래하는 작품이라 할 수 있다.

듣는다는 것은 곧 듣는 것을 기준으로 판단한다는 것과 연결된다. 문제는 이 지점에서 발생한다. 그렇다면 판단의 주체는 누구인가? "세상의 모든 소리의 건축"를 듣고 구별하는 주체는 결국 듣는 자이다. 듣는 자의 주관에 의해 세상 소리의 색깔이 정해진다. 즉 세상이 내는 원래의 소리에 의해서가 아니라, 그것을 듣는 누군가에 의해 세계의 의미는 분류되어 배치된다. 그렇다면 이때의 구별법은 과연 세상, 즉 세계의 의미를 제

대로 구별한 것인가?「가는귀」는 이에 대한 답이라 할 수 있다. 시인이 말하는 세계의 소리를 온전히 내 안으로 가져오는 것은 역설적이게도 "귓속이 캄캄해지고 있었다"에서 비롯된다. 즉 '꽃'과 '나' 사이의 한쪽 귀가 떨어져 깨지고 있을 때, '나'는 꽃이라는 세계의 소리를 제대로 들을 수 있다. 제대로 듣는다는 것은 결국 소리와 소리의 경계를 무화하는 것이다. "민달팽이 한마리가 소리로 꽉 찬 거대한 귀"로 세계의 모든 소리를 구분 없이 수렴하는 것이다. 판단 주체로서의 '나'의 귀를 접고, 즉 나의 구분법을 지우고 구분선 밖과 안 전체에 존재하는 세계에 나를 몰입시키는 것. 그러므로 나 또한 세계의 하나로 귀의하는 것. 바로 "몸에 깃든 평생의 소리들"이 '둥글고, 달고, 불룩해지며' 공명을 내는 의미이다. 이때 공명이란 세계와 나 사이의 귀를 지움으로써, 즉 경계를 지움으로써 가능한 나와 세계 합일을 알리는 표상일 것이다.

제2부

'바깥'의 언어

'바깥'의 시, '바깥'의 운명
세계의 경계 너머를 보여주는 시
시 쓰기 정신과 시적 현실
시와 현실 그리고 현실 너머
경계선 위를 부유하는 자의 노래
"공(空)"을 향한 자기소실의 여정
길 위에 서 있는 자들의 노래

'바깥'의 시, '바깥'의 운명

1. 극지(極知) 무지(無知)의 상호작용

나를 잊고 능히 물이 물인 깨달음을 얻었다(到得忘吾能物物).

— 서경덕, 『서화담문집(徐花潭文集)』

시인 '나'는 누구인가? 아니 누구이기를 지향하는가? 이 질문과 이 질문에 호응하는 지점을 이으면 특정한 시인과 그 특정함이 구축되어 있는 시를 우리는 단적으로 살펴볼 수 있는 통로를 발견할 수 있을 것이다. 시인으로서의 '나'는 누구이기를 지향하는가에 따라서 그가 세계를 바라보는 독자적 방식, 그리고 그러한 방식을 통해 제시하는 세계의 양상이 결정되기 때문이다. '서정적 자아', '시적 자아' 또는 '화자'는 이러한 '나'를 지칭하는 일반적인 개념어들이다. '자아'가 붙은 용어는 시인과 시 작품 내의 진술자를 동일시하는 것으로 일반적으로 사용된다. 특정한 시인의 특정 의식(사상), 정서 자체가 '아바타적' 존재인 '나'의 자아를 구성한다.

'화자'는 시인이 작품 내에 창조해놓은 하나의 존재로서의 '나'를 지칭하려는 의도로 쓰인다. 그러므로 '화자'로서의 '나'는 작품 내의 세계로 귀속되고 제한된 관념과 정서를 가진다. 그러나 '시적(서정적) 자아'가 시의 문제를 특정 시인의 그것에 초점을 맞춤으로써 다분히 사적 공간에 머무는 속성이 강하다는 점에서, 그리고 '화자'는 시의 문제를 텍스트 내의 상황에 고립시키는 결과를 초래한다는 점에서 일정 정도의 한계를 노출한다. 이는 결국 '자아' 또는 '화자'로서의 '나'는 작품 '바깥', 시인의 '바깥'과 촘촘한 관계망을 맺고 있지 못하다는 것을 의미하는 것이기도 하다. '나'는 작품 그리고 시인 '바깥'의 세계와 긴밀하게 상호작용하는 존재로서 자기의식을 구성한다는 것, 그리고 이 자기의식의 표상으로서의 정서와 사상을 구체화하는 것이 바로 시라는 것, 이를 중시할 때 호명되는 용어가 바로 '시적 주체'이다. '시적 주체'로서의 '나'가 가지는 중요 속성은 작품 내의 '나'가 작품 '바깥'의 세계를 수렴한 존재라는 점, 그러므로 '나'는 사적 존재이면서 동시에 사회적 존재로서의 성격을 가진다는 것이다.

한국의 현대시는 시적 주체로서의 '나'가 주도해왔다 해도 과언이 아니다. 그것은 한국 현대시가 '나'가 '나'와의 '소격(疏隔)'을, 또한 '세계'와의 '소격'을 마련하기보다는 '나' 또는 '세계'로 함몰하는 것을 주 속성으로 삼고 있기 때문이다. 이때 '세계'는 '나'는 시적 주체 '나'의 정서와 사상이 각인되는 대상이다. 시적 주체 '나'가 대상으로서의 '나 또는 '세계'를 구분하고 경계 지으며 점유한다. 시적 주체 '나'는 '나'를 향해서이든, '세계'를 향해서이든 모두 동일화를 지향한다는 점에서, 달리 말하자면 주체(중심) '나'의 사상과 정서를 목적으로 하고 대상들을 '나'의 의도를 드러내기 위한 도구로 삼는다는 점에서 대동소이하다. 이것이 과도해질 때 '근대 의식'이 자아의 발견으로 과대 포장되면서 한국의 근대시는 타자를 향하여 열린 시야를 접고 자기표현이라는 협소한 공간으로 눈을 돌렸다'는 구모룡의 말처럼 시적 주체로서의 '나'는 자기 제한적인 존재가 된다. 이 경우 시적 주체 '나'가 사회적 존재라는 의미는, '바깥'의 세계와 상호 작용하며, 그것을 '나'의 정서와 사상을 중심으로 재구성한 존재라는 의미에 가깝다. '사회'라는 '바깥' 현실은 시적 주체 '나'의 인식 범주 내로 한정된 세계이다. 그러므로 엄밀히 말하자면 '바깥'은 없다. 오로지 주체 '나'의 인식 내로 한정된 세계만이 있을 뿐이다.

문제이다. '바깥', 시적 주체 '나'의 인식 '바깥', 즉 '나'가 점유하지 못하고 영토화하지 못한 그곳, 미지의 영역으로 남아 있는 그곳이 문제이다. '나'가 펼치는 자기의식의 그물망으로는 결코 잡을 수 없는 영역, 정치적이거나 역사적 의식 등등을 수렴한 나의 시선으로는 절대로 볼 수 없는 영역. 그곳 '바깥'에 '나'가 모르는 '나', '나'가 절대 알 수 없었던 '세계'의 풍경이 가물거리고 있다. 그런데 그곳을 향해 걸어간 '나'가 한국 현대시의 시적 주체 '나' 이전, 아주 오래전부터 있어왔다. 불가능한 것을 보기위한 여정을 자기 운명으로 삼은 존재로서의 '나'이다.

'나'의 모든 것을 넘어서는 '바깥'에서 비로소 조우하게 되는 '나'의 세계의 진경(眞景), 그리고 이를 형상화하는 것이 '나'를 대상을 최대화하는 것이며, 동시에 진미(眞美)를 제시하는 방법이라는 것. 이를 위해 시인에게, 그러한 시인의 반영태로서의 '나'에게 요구되는 것은 '무아(無我)'의 자세였다. 나를 지운다는 것은 나의 지식, 관념, 정서 등등으로부터 탈주하는 것, 즉 무지(無知)의 상태로 나아가는 것이다. 그런데 이는 반드시 앎을 전제로 한다. 즉 무엇인가를 알아야 그것으로부터 벗어날 수 있다. 지(知)가 없는 존재에게 '무지'는 아예 불가능하다. 최고의 예술 기교로 꼽았던 자연·무위(無爲)도 마찬가지이다. 자연·무위는 인위적인 기법이 최고 수준에 이른 존재에게 비로소 허락되는 표현 방법이다. 인위적인 기법을 모르는 자의 자연·무위는 그저 무질서, 미숙함 그 자체일 뿐이다.

어설프게 아는 것이 아니라, 극단까지 최고조까지 밀어붙인 앎, 바로 '극지(極知)'에 이르렀을 때 비로소 앎의 한계를 깨달을 수 있다. 자기 앎에 내재한 결여를 인식할 수 있다. 그러므로 버린다. 비운다. 알아왔던 앎을. 그리고 다시 간다. 새로운 앎을 향해. 그러므로 극지와 무지의 순환이다. 그 극지와 무지의 사이 또는 매듭 점, 그곳이 정확히 '바깥'이다. 결과적으로 극지와 무지가 순환·상호 작용하는 것으로서의 '무아'이며, '무아'의 존재인 '나'이어야만이 비로소 인간의 인식 수준 바깥에서 가물거리는 '나'의, '대상'의 생경한 아름다움을 시화(詩化)할 수 있다. 이를 두고 500여 년 전의, 뛰어난 시인 서경덕은 "나를 잊고 능히 물이 물인 깨달음을 얻었다(到得忘吾能物物)"(서경덕, 『서화담문집』)라고 말했다.

2. '나'는 어디에 있는가

흙꽃 니는 이른 봄의 무연한 벌을
경편철도가 노새의 맘을 먹고 지나간다

멀리 바다가 뵈이는
가정차장도 없는 벌판에서
차는 머물고

젊은 새악시 둘이 나린다

— 백석, 「광원(曠原)」 전문

시적 주체 '나'는 어디에 있는가? 저 몇 량 안 되는 좁고 작은 기차가 노새처럼 천천히 달리는 "이른 봄의 무연한", 아득하게 넓은 '벌' '바깥'에 있다. 그리고 본다. 아득한, 멀리의 소격을 두고 본다. 그러므로 '바깥'의 시적 주체에게 '벌'은, 그 가운데를 달리는 기차는, 그리고 '가정차장'조차도 없는 허허벌판에서 기차가 멈추고 "젊은 새악시 둘이" 내리는 그곳은 기의가 하나의 중심 의미로 구체화되는 곳이 아니다. '바깥'의 벌을 포착한 시적 주체의 기표는 틈을 연결고리 삼아 구축된다. 그리고 그러한 틈으로 기의는 계속해서 누수(漏水)된다. 시적 주체가 '바깥'에 있기 때문이다. '소격'의 구조를 만들고 있기 때문이다. 보고 있는 대상들을 향한 '나'의 정서와 사상들을 유보시키고, 무아·무지의 자리에서 본다. 그때 '벌'의 세계는 비로소 '나'의 앎과, 인식을 넘어서는 세계가 된다. '나'의 인식의 그물망 사이로 기차에서 내린 "젊은 새악시 둘이" 내리면서 어디론가 사라진다. 도착한 기차가 어디론가 느릿느릿 달려가며 사라진다. 그러므로 반투명의 차단막 너머에서 가물거리는 물체처럼, 불확정적인 무엇인가가 가물거리는 벌판. '바깥'의 진풍경이 펼쳐지는 장소이다.

이때 시적 주체 '나'는 누구인가? 자기 앎을 넘어선 존재이다. 자기 정서와 사상을 중심으로 삼고자 하는 참을 수 없는 욕망을 억누르는 내공의 소유자이다. 앎의 정점에서 그것으로부터 자유로워진 그래서 무지·무아의 경지로 대상을 소요(逍遙)하며, 대상의 진풍경들을 구현하는 존재이다. 그런데 역설적이게도 무지·무아를 택함으로써, 인식의 깊이와 넓이는 깊어지고 확대된다. 앎을 비움으로써 나의 앎은 더욱 생생해진다. 이러한 '나'는 보이지 않는 것을 보는 눈을 가진다. '나'의 인식 '바깥' 어둠 속으로 걸어가, 어둠에 감춰진 것들을 보기, 이러한 고투를 두고 사사키 아타루(佐佐木中)는 그의 책『야전과 영원』(2015)에서 야전(夜戰)이라 했다. "'바깥'의 바람을 쐬고, 그 삐걱거림을 받아들이고, 끊임없이 울리는 작은 소리를 받아들이면서 한없는 그 '바깥'의 주름, '바깥'의 효과"를 영위하기, 창조 행위이다. 시 쓰기이다. 그러나 이러한 시적 주체 '나'가 우리에겐 이미 아주 오래전부터 있었다. 다만 잊고 있었을 뿐이다. 그리고 모르고 있었을 뿐이다. 정지용, 백석, 박목월, 박용래, 오규원 등등을 통해 우리도 모르게, 또는 시인 당사자들도 모르게 지금까지 은밀하게 지속되고 있다는 것을. 보이지 않는 것을 보는 '무아'의 눈으로 '바깥'의 어둠 속 '기차', '새 악시', '흙꽃 니는 벌', '바다'를 통해 '나'가 줄달음치고 있다.

3. 나는 '바깥'을 전전한다

> 안으로는 熱하고 겉으로는 서늘하옵기란 一種의 生理를 壓伏시키는 노릇이기에 심히 어렵다. 그러나 시의 威儀는 겉으로 서늘하옵기를 바라서 마지않는다. …(중략)… 感激癖이 시인의 美名이 아니고 말았다. 이 非定期的, 肉體的인 地震 때문에 叡智의 水原이 崩壞되는 수가 많앗다.
>
> — 정지용, 「詩의 威儀」, 『문장』 10호, 1939.11

나는 '바깥'을 걷는다. 나와 내가 보고 있는 나 '사이', 나와 내가 보고 있는 타자 '사이'이다. 그러므로 '바깥'은 단순히 안과 대비되는 것이 아니다. 그것은 안의 '바깥'이면서 동시에 밖의 '바깥'이다. 그러므로 '사이'로서의 바깥은 모든 것으로서의 '바깥'이다. '바깥'의 정신, 글쓰기란 정지용의 말한 "一種의 生理를 壓伏시키는 노릇"을 감내하는 것이다. 대상에 대한 사랑, 그리움, 절망, 외로움 등등의 정서를, 대상에 대한 지식과 이치를 대상에게 투사시키려는 참을 수 없는 "생리"를 "압복"시키는 악전고투의 공간, '바깥'이다.

'바깥'은 내가 직면한 세계에서 무한 증식된다. '나'가 속한 세계에서 내가 서 있는 자리를 따라 내가 속한 세계의 틈을 벌리는 소격이 생성된다. 세계 안에서 다시 세계 안을 만드는 소격의 자리, '바깥'의 자리. 이는 언제나 결핍된, 결여된 미완성과 미결정성을 동력으로 삼는다. '바깥'은 영원한 미완성의 자리이며, 그러므로 지속적으로 증식된다. 완성 충족에 대한 열망이 사라지지 않기 때문이다. 완성된, 정의된 그래서 보편화된 대상에, 일상에 대해 소격을 만들고, 소격에 따라 대상을 일상을 분열하고, 결여를 일으키고 본다. '바깥'의 자리에서. 결핍을 채우기 위해서 결핍을 만드는 기묘한 언어 행위를 지속한다. 언어 행위의 방향은 결코 일상 밖이 아니다. 일상의 대상의, 세계의 내부로이다. 그러므로 유유자적과는 아무 상관이 없다. 세계로부터 전해지는 이데올로기를 괄호 치고, 세계를 들여다본다. 세계의 심층으로 파고들기 위해서이다. 세계 속 결여의 자리를 배추 속처럼 채우고 다시 결여를 만들어낸다. 그러기 위해 얼음장처럼 차가워야 한다. 균형을 잡아야 한다. 철저히 '바깥'의 자리를 유지해야 한다.

그렇다 "시의 위의(威儀)는 겉으로 서늘하옵기를 바라서 마지않는다."

피 끓는 자기 내부의 요동을 함의한 냉정한 언어를 시어로 삼아야 한다. 그래야 "예지(叡智)"의 언어, 즉 대상의 이면을 밝힐 줄 아는 앎의 언어로 시를 쓸 수 있기 때문이다. "예지"의 언어를 위해 '나'는 대상 속으로 향한다. 대상에 대한 앎의 극까지 나아간다. '극지(極知)'이다. 그리고 극지를 넘어선다. 앎을 비운다. '무지(無知)'의 상태에 놓인다. 그리고 다시 앎을 채운다. 앎의 결여를 채운다. 그래서 극지와 무지, 극지가 순환하는 매듭의 자리, 그 사이의 자리가 '바깥'이다. 나는 그곳을 떠돈다. 현전되지 않는 채로 현전되는 '바깥'을 전전한다. 뱅뱅 돈다. "영원히 욕망은 충촉을 능가하고, 계속 욕망으로 남는다. 여전히 무언극을 하며".* 시의, '나'의, 시인의 운명이다.

---

* Derrida, Jacques, "The First Session", *Acts of literature*, ed. Derek Attridge, New York · London: Routledge, 1992, 161쪽.

세계의 경계 너머를 보여주는 시

시를 읽는다는 것이 더욱 '고도의 전문적'인 행위가 되고 있다. 말이 좋아 '고도의 전문적'이지 그 내막엔 소수 집단만이 향유하는 알 수 없는 것이라는, 좀 더 가혹하게 말하자면 대다수의 사람들에게 시란 예술을 입에 올리며 뭔가 아는 체할 때 필요한 장식거리조차도 안 되는 무용지물이라는 의미가 깔려 있어 씁쓸하다. 그럼에도 아직도 누군가가 시를 쓰고 있다면, 그에겐 시를 써야만 되는 절박함이 있다는 것일 게다. 그러한 절박함 앞에 대중과의 소통 유무란 부차적인 것이다. 시를 써야 하는 절박함을, 그 절박함에 시달리며 세계의 경계 너머를 기를 쓰고 보려 하는 자들의 초감각을 그래서 더욱 비가시적이 되어가는 경지를 어찌 경제적, 이성적, 합리적이란 용어로 철저히 무장한 2004년의 일반 대중들이 공유할 수 있겠는가. 그러나 세계의 경계 너머를 보려 하는 절박함에 시달리는, 그리고 그 절박함마저 자유롭게 즐길 줄 아는 특별한 존재들의 불빛이 결국 21세기 신주류로 부각된 여타 예술 장르의 방향타 구실을 할거라는 걸, 너스레 떨어보며 지난겨울 재미있게 읽은 시들을 살펴본다.

천지간 만물들의 처음 눈뜨는 울음소리

내 안에서 처녀물소리로 흐르기를

봉동 금산 법성포 태안 묵호 남대문 황학동……

……장들이 설 때마다 내 몸에도 장이 서기를

보호구역에서 영안실에서 情人을 보낼 때마다

내 몸도 종소리 목탁소리 낼 수 있기를 부디,

떨면서 돌아서려는데 삐끗 불갑사 어둔 해우소로

석삼년 두 배의 원고 뭉치가 빠져 버린다

허물 벗기의 마지막 정거장이라면

오냐 하면서 들어가 보자 앉아서 누워서 서서

귀 기울여 보자 사람의 내력이 훤히 드러나는

그곳에서 똥 되어 머무는 일

큰 바위 심장에 피워낼 색색의 장미꽃이거나

겨울 배롱나무 갈비뼈마다 촘촘히 맺힐

붉은 꽃망울이거나

나뭇가지에 혼을 붙여 건져 올린 영혼뭉치

포구의 석양에 씻어 말리려고 붕붕 달리는데

큰 바위 대신 겨울 배롱나무 대신

내 五臟 내 四肢가 가렵기 시작한다

— 박라연, 「허물벗기」 전문

박라연의 「허물벗기」는 시 쓰기 자세에 대한 시다. 시 쓰기란 무엇인가? 를 문제 삼는다는 것은 시인이라면 누구나 한번은 반드시 짚고 넘어가야 하는, 영원히 화두 삼아야 하는 궁극의 것에 다가서는 것이다. 따라서 이를 문제 삼는 시는 곧잘 그 주제의 무게에 짓눌려 선험적 당위적 진술 차원에 머물기가 쉽다. 그러나 「허물벗기」는 무거운 주제를 제 몸에 맞게 충분히 육화시켜 개성적 진술을 보여준다는 점에서 흥미롭다. 이 작품에서 시란 내 몸속 '장/종소리/목탁소리'로 곰삭인 것이다. 곰 삭이는 과정이란 단순한 시간의 흐름에 의해 해결되는 차원의 과정이 아니다. '내 오장 내 사지가 가렵기 시작하는' 초감각 소유자의 '장미꽃/꽃망울/영혼뭉치'를 '포구의 석양에 씻어' 말릴 수 있는 시적 내공의 힘이 뒷받침 되어야 하는 과정이다. 그러한 곰삭이는 과정의 끝에야 우리는, 독자는 비로소 '인생의 내력이 훤히 드러나는' '똥'인 시 한 편을 반갑게 만날 수 있는 것이다. 이때 '시'를 읽는다는 것은 새로운 차원의, 즉 '어둔 해우소' 밖 새로운 의미 수준으로 쑥 빠져나가는 놀이의 경험이다.

 베란다의 이불을 털다가 소녀가 떨어진다 무거운 수염들과 단단한 골격의 냄새가 묻은 이불을 털다 한 여자가 떨어져 버린 저녁, 피가 번지는 잿빛 구름 속으로 타조 한 마리 날아가는 지방 뉴스가 방영되고 기차를 타고 가던 그들도 앞부분이 무거운 문장의 자막을 읽게 될 것이다

 순식간이다 얼룩이 큰일이다 이불을 뒤집어쓰면서 추위는 시작된다 냄새나고 화끈거린다 두근두근한다 몰래 홑청을 바꾸고 펴놓았다 개킨다 올리다가 다시 내린다 이불 속 깃털을 뽑는다 큰 타조의 날개는 사라지고 발간 민머리 누더기, 이상한 얼룩이 묻은 이불은 논리가 없다 귀찮아 걷어찼다가 다시 껴안는다 제대로 꿰매지지 않은 기억은 비벼댈수록 스며들고 씻을수록 번져 간다 어느새 늙고 추악한 소녀를 돌돌 말고 있다

 천상에서 이불을 털고 있나 검은 구름을 뚫고 희뿌연 깃털들이 뽑혀 나오는 저녁, 자살할 기회를 주기 위해 그들이 집을 떠날 때 나는 거울

을 보며 마구 머리칼을 자르고 있었다 첫눈 내리던 밤이었고 넓고 푹
신푹신한 이불이 베란다 아래 펼쳐져 있었다.

　모두의 기대를 배반하고 난 눈을 뜬다 의사만 조금 웃는다 태어나던
순간에도 이랬을 것이다

— 김이듬, 「별 모양의 얼룩」 전문

「별 모양의 얼룩」은 환상적이다. 그러나 이 시는 지극히 사실적 진술들
로 이루어져 있다. 그럼에도 불구하고 「별 모양의 얼룩」이 환상적인 효과
를 내는 이유는 사실적인 진술들이 일정한 인과율 없이 재구성되고 있기
때문이다. '이불을 턴다'와 '소녀가 떨어진다'와 '타조 한 마리가 날아가는
저녁 뉴스가 방영된다'라는 진술들은 서로 별개의 것으로 기능할 때는 지
극히 사실적이다. 그러나 이것들이 인과의 연결고리 없이 조합되는 순간
전혀 낯선 것, 새로운 것이 된다. 인과의 연결고리가 없는 것들을 꿰매
는 것은 '논리가 없는' 자유연상식의 상상력의 힘이다. '이불—이불 속 깃
털—타조의 깃털—뉴스 화면 속의 타조 그리고 깃털 같은 첫눈—첫눈 같
은 이불—이불 위에 새겨진 얼룩'으로 뻗어나가는 상상의 억센 힘은 결
국 '모두의 기대를 배반하고' '나'를 다시 눈뜨게 한다. 다시 눈뜬 '나'를 세
계가 반기지 않는 것은 어쩌면 당연한 일인지도 모른다. 다시 눈뜬 '나'가
주어진 세계에 만족하겠는가, 주어진 세계의 틀 속에서 충실히 인과율
적인 발전과 성장의 논리를 따라가며 주어진 세계의 틀을 견고히 하겠는
가. 결코 아니다. 또다시 '나'는 상상의 가위를 들고 주어진 세계를 제멋
대로 잘라 인과의 논리 없이 이어 붙일 것이다. '나'란 또는 '시인'이란 세
계와의 불화를 숙명으로 여기는 존재이기 때문이다. 이불(세계)을 뒤집
어쓰면서 따뜻함 대신 추위를 느낄 줄 아는 감각의, 상상력의 소유자들

이기 때문이다. 이러한 감각의 놀이가 보기 좋게 전개되는 또 한 편의 시가 있다.

> 머리를 일산 시장 좌판에 내놓았는데 며칠이 지나도 사가는 사람이 없다
>
> 머리를 옥션 경매에 올렸는데 클릭을 해도 머리에서 모래시계가 생겨나지 않는다는 연락이 왔다
>
> 머리를 벼룩시장 난전에 가져갔더니 대뜸 풍선처럼 불어 본다 쭈글쭈글한 머리가 조금씩 펴지고 입이 벌어진다 남의 지문을 씹고 있는 입은 다행히 아직 울부짖지는 않는다
>
> — 이원, 「자화상」 전문

머리를 들고 다니는 자의 여정이란 이미 합리적 사실 세계 안쪽의 규칙을 따르는 자의 여정이 아니다. 「자화상」의 화자가 지나가는 순간 '일산시장/옥션/벼룩시장'은 머리를 풍선처럼 불어볼 수 있는, 그래서 쭈글쭈글한 머리가 펴지고 입이 남의 지문을 씹고 있다는, 합리적 세계의 영역을 넘어선 새로운 사건들이 벌어지는 곳이 된다. 그러나 새로운 사건들 사이에 시인은 끼어들지 않는다. 「자화상」을 읽는 재미는 이 같은 끼어들지 않는 시인의 자세 때문에 더욱 배가된다. 「자화상」엔 '사가는 사람이 없다/모래시계가 생겨나지 않는다/입이 벌어진다/울부짖지 않는다'라는 사건들의 뼈대만이 세워져 있을 뿐이다. 뼈대 사이를 으레 채우는 시인의 정서 또는 해석을 찾아보기 어렵다. 앙상하다. 사건들 사이를 앙상하게 비워두는 것이란 쉬운 일이 아니다. 그 사일 채우고 덧칠하고 싶

은 욕구가 조금의 틈이라도 보이면 비집고 흘러나오기 마련이다. 하나 「자화상」은 그러한 틈을 허용하지 않은 시이다. 앙상하다. 앙상하기 때문에 재미있다. 앙상한 뼈대 사이가 무한정 넓기 때문이다. 상상의 폭을 제한하지 않기 때문이다. 세계가 자꾸 새롭게 보이기 때문이다.

> 동해로 가야겠다 다시 그 푸른 벽과 독대해야겠다 어머니는 바닷가에 홀로 계시고 누나들은 화장품을 팔러 이웃집에 있거나 식당에 있다 태백산맥을 넘어 서녘에 온 이후로 한쪽 귀가 잘 들리지 않는다 파도소리가 스테레오로 들리지 않으면 어떡하나 허리가 자주 나가게 된 것도 서방정토로 온 이후의 일이다 경전은 틀렸다 모든 이정표가 중구난방이다 흰 모래, 푸른 바다를 사무치게 하던 붉은 해당화의 계절이 봄이든가, 가을이든가 동명항 방파제에서 멸치회를 떠 육친들과 술잔을 나누던 즐거운 날이 머나면 저승의 기억 같다. 노래 하나만으로 다시 그 해일과 마주해야겠다. 내가 부르던 노도로 화답해다오–파도여, 우리 서로 먹히고 먹어 치우자 목 놓아 부르던 옛 노래를 너는 기억 하겠지 가지 호박, 가지 호박…… 십원에 열두 개 문 열어다오

> ― 함성호, 「저승의 노래」 전문

「저승의 노래」는 「자화상」과는 정반대 경향의 시이다. 사건들 사이에 시인이 적극적으로 개입해 꽉 채우는 시이다. 때문에 「자화상」보다는 전통적 어법의 시이다. 전통적 어법의 시일수록 재미있기가 어렵다. 웬만한 밀도가 아니고서는 식상한 느낌이 들기 때문이다. 「저승의 노래」는 흉내가 아닌, 과장이 아닌 '어머니는 바닷가에 홀로 계시고 누나들은 화장품을 팔러 이웃집에 있거나 식당에 있다'라는 식의 진솔성을 바탕으로 하고 있는 시이다. 진솔성을 바탕으로 하기에 '경전은 틀렸다/이정표가 중

구난방이다'라는 확정적 진술이 겉돌지 않는다. 과장으로 들리지 않는다. '한쪽 귀가 잘 들리지 않는다'는 그래서 '파도 소리가 스테레오로 들리지 않으면 어떡하나' 하는 공포를, 그리고 '동명항 방파제에서 멸치회를 떠 육친들과 술잔을 나누던 즐거운 날이 저승의 기억' 같게 만드는 암울함을 던져주는 '서방정토'의 음험한 이면들이 진정성을 획득한다. '경전'에 쓰여진 '이정표'를 따르는 삶이란 결국 모범적 세계의 표준을 따르라는 삶이 아닌가. 시인에게 그러한 삶의 끝에 제시된 '서방정토'란 기존 세계의 반복일 뿐이 아닌가. 그러므로 시인은 다시 원래의 자리로 돌아오려 한다. '푸른 벽과 독대'하고, '노래 하나만으로 해일과 마주'하고 그때서야 비로소 가능한 '문'을 열기 위해.

> 실연사(失緣寺) 뒷길에서 먹자두를 샀다, 지나쳤다가 돌아가서 몇 개만 사려다가 한 봉지나 샀다, 리어커 젊은이는 값도 깎아 주고 덤도 주며, 고맙다는 인사까지 얹어주었다.
>
> 어느 세상에서 목맬 듯 울어 자두맛 익힌 말매미였을라 그는, 개울 물에 발 씻다가 낯 붉힌 물복숭아였을라 또 나는, 또 어느 생애에서는 지겟짐 지고 자판 깔아 이웃장사 했을라 우리는, 아니아니 먹자둣빛 아픈 한 세월을 서로 피멍들며 살았을라
>
> 앞길로 나오니, 리어카도 먹자두도 낮꿈이었다.
>
> ─ 유안진, 「뒷길의 먹자두」 전문

「뒷길의 먹자두」는 푹 익어 있다. 쉽게 쉽게 말을 이어가지만, 그것이 이루는 말의 속내는 결코 쉽지 않다. '실연사'의 뒷길에서 '먹자두'를 관

통하는 지나친 또는 잃어버렸던 인연의 끈을 보는 시적 발상은 '나' 또는 '너'가 따로 따로이지 않은 '우리'로 함께 '먹자둣빛 아픈 한 세월을 서로 피멍들며 살았을라'라는 측은지심을 가진 노련한 시선에서야 가능한 것이다. 때문에 「저승의 노래」가 '문'을 열려고 하는 싸움에 몰두하는 젊은 자의 시라면 「뒷길의 먹자두」는 열려는 '문'조차 지워버린 삶의 굴곡을 곰곰이 짚어본 자의 시이다. '앞길로 나오니 리어카도 먹자두도 낮꿈이었다'라는 진술은 결코 젊은 자가 흉내내서는 안 되는 다른 차원의 재미를 준다.

시 쓰기 정신과 시적 현실

시를 쓴다는 것은 시인으로서의 나를 통해 사물을 본다는 것이며 동시에 사물을 통해 시인으로서의 나를 본다는 것이다. 사물만의 실재 또는 나만의 실재를 드러내려는 것은 시 쓰기의 양 극단이다. 그러나 이 양극단에 완벽하게 해당되는 시 쓰기란 불가능에 가깝다. 시인의 의지와 정서를 아무리 완벽하게 통제해도 그가 문자를 사용하는 순간 그것을 취사선택하는 시인의 의도가 개입되기 때문이다. 반대로 철저히 개별적인 인간으로서의 '나'를 말한다 할지라도, 이때의 '나'란 반드시 사물과의 연결망을 가진 존재이기 때문이다. 유아지경(有我之境)의 시작 태도는 나를 온전히 세움으로써 세계를 말함이다. 그러나 나를 온전히 세우기 위해선 끊임없이 나의 '견해'를 해체 확장하여 세계를 수렴할 수 있는 '관(觀)'을 가져야 한다. 무아지경(無我之境)의 시작 태도는 나를 비움으로써 세계의 실재를 드러냄이다. 그러나 나를 비운다는 것은 단순한 없음이 아니라 나의 모든 것을 비움으로써 사물들이 상호 소통하는 '허브'로서의 '나'를 내세움이다. 그러므로 시 쓰기 태도는 유아와 무아가 서로 응하며 최고의 미적 경계를 구현하려는 언어 행위이다.

나를 온전히 드러내는 방식은 나를 지우는 것이다. 나를 지우는 것은 역설적이게도 나를 가장 잘 드러내는 방식이 된다. 이를 통해 말하고자 하는 것은 세계의 미적 실재이며, 그것을 가장 구체적으로 말할 수 있는 영역이 시의 영역이다. 시는 현실의 구분법으로 배치된 사물을 지우고 재구성하는 것이며, 이를 통해 가장 순수한 상태의 사물을 현현한다. 들뢰즈식으로 말하면 순수 사건으로서 사물의 본성을 일깨우는 것이다. 그러므로 시적 현실이란 현재의 눈으로 가시화 또는 의미화되기 이전으로 사물을 되돌려서 비로소 제기된, 잠재되어 있던 또는 은폐되어 있던 사실 또는 진실 자체이다. 시적 현실이란 보수적 사고가 문제없다고 간주하는 현실에 전면적으로 제기하는 새로운 문제인 것이다. 가장 완벽한 아름다움의 경지에서 급전직하해 그것의 밑동을 허물고 다시 쌓아 올리는 새로운 미적 저항이다. 다음의 시들에 나타나는 시 쓰기의 의미와 시적 현실들이 이와 관련된다.

　　無字禁書, 라고도 한다 가로수는 붓을 거꾸로 들고서,
　　탐내 익히던 자들은 주화입마에 빠졌다 가지가 잘린 몽당연필 같은 몸으로,
　　차지하려던 자들은 다 죽었다 하늘에다 쓰는 중이어서, 날건달의 손에 들어가, 바람 내 도망가다 관 속에 숨어서, 숨어 숨죽이고 있다가 심심하던 차 더듬다가, 無字天書인 줄도 모르다가, 어둠 속에 접한 글씨가 진본이어서, 붓은 그냥 있고 하늘이 움직여 쓰는 글이어서,
　　기연은 기연을 불러서, 계속 집필 중인 진행 중인 글이어서,
　　무한정한 무자여서, 희대의 기물을 훔쳐 달아나다 氷魂棺에 들어서,
　　마침 여인의 관이어서, 우연히 또 체온으로 죽음의 잠에 빠진 절세미

녀를 깨워서, 관은 접근을 거부하는, 지키는 이도 피하는 금기여서, 무
주공산 …

　절대무공의 경지를 천하 날건달이, 붓 흔들리는 대로 글이 되어서,
갈필 같은 가로수는 무자를 천서해서, 달리 … 금서가 무자가 천서가
우연 한 상 차려지는 중이시다

— 윤관영, 「하늘이 쓰다」 전문

　문자 행위는 자신의 견해를 드러내는 것을 바탕으로 한다. 시 쓰기 또
한 이와 관련된다. 그러나 시 쓰기는 동시에 자신의 견해를 넘어서는 지
점을 향한다는 점에서 혁신적이다. 나의 견해와 정서를 넘어서는 언어란
결국 나를 둘러싸고 있는 사회 제도적 테두리 밖으로 나를 지향해야 가
능할 것. 그것은 가시적인 현실의 질서로는 드러나지 않는 '무(無)의 대지'
를 부유하는 언어라는 점에서, 달리 말해 자연 과학적 논리의 차원을 이
탈한다는 점에서 '기연(奇緣)'의 언어이다. 한 존재만의 주관적인 언어가
아니라, 만물이 저마다 다른 본색을 막힘 없이 제대로 드러나게 하는 '천
서(天書)'의 언어이다. 이러한 언어를 지향한다는 것은 "氷魂棺에 들어서"
야, 즉 죽음의 과정을 통해 현존재로서의 나를 발본색원하는 무참함을
감내해야 한다는 것을 의미할 터. 그래서 그의 언어는 "지키는 이도 피하
는 금기"의 지대인 무주공산에 발을 들여놓는 자의 언어, 그가 쓰는 문자
는 현실의 눈으로는 볼 수 없는 '無字天書'이다. 시인이 "금서가 무자가
천서가 우연 한 상 차려지"게 할 수 있는 것은 "천하 날건달"의 풍모, 즉
모든 테두리로부터 나를 방기하고 '無字'의 무한정한 미의식을 취하는 탈
현실적 풍모를 풍길 수 있는 존재이기에 가능할 것이다.

내가 없었다
당신들의 눈에는 보이지 않는다.
향기와 빛깔이 모여 두근거리는 꽃,
그 앞에서 둥글고도 부드러운 나를 흔들기 시작하여
아랫도리부터 머리꼭지까지 흔들어도
당신들의 눈에는 꽃의 향기와 빛깔만 보일 뿐
매끄럽고 은밀한 나의 몸은 보이지 않는다.

나의 영혼은 없었다.
가슴속에 웅크리고 있던 외로움과 쓸쓸함이
갈퀴를 세우고 짐승처럼 숲 속에서
나무와 나무 사이를 휘저으면
우르르 쏟아져 내리는 나뭇잎만 있었다.
골짜기마다 스며들어 울음 울지만
절벽마다 소리의 깃발을 내세워
한세상 살아가는 정신으로 펄럭이지만
언제나 당신들의 메아리였을 뿐이다.

보이지 않는
내 몸과 영혼은 허공일 뿐이다.
그 허공 속을
꽃의 향기와 빛깔이 두근거리며 지나가고
당신들의 외로움이나 쓸쓸함도 지나간다.
사실은 지나가는 것이 아니라
하얗게 지워지는 영상같이
스르르 허공 속으로 스며들어
눈부신 하늘의 중심으로 흐르고 있다.

— 구석본, 「바람의 증언」 전문

시인이 말하는 세계는 형상을 넘어서서 구체화된다. 비가식적인 가시화라는 역설의 논리로 세계의 진짜를 현현하기. "내가 없었다"로 "매끄럽고 은밀한" '나'의 본체를 드러내는 방식이다. '나'를 '허공'으로 만듦으로써 비로소 "꽃의 향기와 빛깔", "당신들의 외로움이나 쓸쓸함"이 구분화와 차별화로 재단되지 않고 제 모습 그대로 서로 혼융되게 한다. 그럼으로써 나의 형상을 비운 '허공'은 사물들 모두를 "하늘의 중심으로 흐르"게 하는 시어의 묘미를 증언하는 근거가 된다. 결국 "한 세상 살아가는 정신"이란 '나'를 표 나게 하기 위해 무성한 말들을 꽉 채우는 것에 있지 않다. 그것은 "나의 영혼은 없었다"라는 엄격한 자기 절제로 비운 골짜기에 있는 것. 그때 비로소 "우르르 쏟아져 내리는 나뭇잎"의 소리들이 "한 세상 살아가는 정신"으로 펄럭인다.

　　내 몸의 칼자국, 노루발이 지나간 자리, 네르발이 지나간 자리, 찢은 곳을 또 찢을 때, 내 안의 물, 내 안의 불, 겉돌면서 뒤엉킨 내 안의 천적들이 찌른 곳을 또 찌르지 겹, 겹이 많아 고단한 내 살결을 돌아 그 속에 처박힌 발톱들이 내 몸에 박힌 얼음 위로 걸어가네 결박들아 내 가죽을 덮어쓰고 울어다오! 얼음을 걷어내고 빈 거죽으로 울어다오! 찢고 아물고, 찢고 다시 아물다가 높은 곳에서 아무도 모르게 어깨를 낚아채다오! 노루발이 지나간 자리, 네르발이 지나간 자리 눈을 감고 시린 손끝을 따라 내 몸의 칼자국을 짚어 가면 날카로운 눈을 도려낸 올빼미들이 암시장의 전등처럼 불을 켜고 우두커니 나를 바라보네.

　　　　　　　　　　　　　　　　　　　─ 문혜진, 「올빼미 얼음족」 전문

　시인의 자리는 어디인가? 사물의 본색을 드러내어, 그것의 무궁한 아름다움을 발(發)하는 문자를 쓰는 예술가로서의 자리는 바로 "올빼미"의 자리다. "올빼미"의 자리에서 "암시장"의 세계를 보는 것, 그래서 "내 안"의 '물과 불'이 뒤엉킨 자리, 삶의 칼자국을 확인하는 자리, 바로 시인의 자리이다. 결국 예술가의 자리란 "아무도 모르게 어깨를 낚아채"는 최종의 순간까지 찢고 다시 아문 자리, 즉 "네르발이 지나간 자리"라는 것. 이때 "네르발의 자리"에서 있는 시인의 올빼미 눈은, 눈을 도려냈기 때문에 비로소 세계를 직시할 수 있다. 내 눈의 협소한 시야를 버림으로써 비로소 어둔 시장 전체를 환히 비추는 전등의 시야를 확보한 눈. 바로 형상 너머까지 확대되는 시인의 눈이다.

캄캄한 밤 애기 울음소리가 들리자 해일이 들이닥쳤고 그것은 내 가슴 밑바닥으로 씨앗처럼 밀려왔다. 내 외로움을 동그랗게 감았을 때 나는 훌라우프처럼 그것을 돌렸다.

늑골 사이 배를 납작 깔고 그것이 허물을 벗을 때면 수천 번 피었다 지고 피었다 지는 저녁 속으로 아이는 가고 나는 목련 속으로 들어가 웃었다.

둘로 갈라지는 혀로 그것은 나를 훑었다. 막막함의 자리에는 미끄덩거리며 아이를 앞지르는 그것이 있어 내 살아가는 힘이 되었다.

허기가 허기를 먹고 갈증은 갈증으로 해갈할 때 독이 모아지고 있는 줄 몰랐다. 올리브 열매처럼 그 눈은 까맣게 익어가고 아이는 아름다워졌다. 나는 다발다발 꽃피고 있었다.

몸집보다 큰 아이를 삼키는 식욕을 보면 세상의 가장 큰 나무 위에 무서워하지 않는 아이를 올려놓았다. 바람 불지 않아도 시원했다.

줄사다리처럼 길어지는 몸. 반짝이는 비늘들을 사랑했다. 그 몸을 타고 아이와 유영을 시험하는 날 그것은 내 발 뒤꿈치를 물고 아이를 데리고 자기의 바다로 사라졌다. 고층 아파트만 한 빙벽이 떨어져 내리고.

맹목의 꿈은 맹독성을 가진 뱀이었다.

— 정영선, 「올리브 바다뱀」 전문

'인간은 무엇으로 견디는가'라는 문제를 파고드는 언어란 삶의 모서리에 서서 삶의 안쪽을 다시 환기하는 자의 언어라 할 수 있다. 인간 삶의 전체를 관통하는 힘의 동인(動因)을 향하는 언어로서, 그것은 절대계에 대한 노래이다. 이때 절대계는 '나'의 모든 것을 바치는 세계이며, 동시에 '나'의 모든 것을 생성하는 세계이다. 「올리브 바다뱀」에서 그것은 '아이'로서 내 외로움이 "홀라우프처럼" 돌아가는 이유이며, 내가 "다발다발 꽃피고" 있는 이유이다. 즉 내 전체의 이유이다. 그래서 "아이"는 "바람이 불지 않는", "막막함의 자리"를 내가 견디게 하는 무조건적인 꿈이며 동시에 나의 모든 것에 퍼진 맹독의 그리움이다. '아이'와 '뱀'이 겹이 됨으로써 환기되는 것이란 극단의 아름다움과 극단의 공포가 중첩될 때의 묘함일 터, 결국 「올리브 바다뱀」은 현실에서 상실된 것과 상실됨으로써 현존하는 것 사이를 부단히 순환하는 시적 세계를 보여준다.

탁자에 앉아 세 끼를 먹었지. 배가 차면
탁자에 앉아 품을 팔았어. 밥값은 충분히 벌 수
있었으니까. 밤마다 탁자에서 한 잔씩들 했지. 정확히 말하면
탁자와 마신 거지. 탁자를 두드리면, 피가 도는 소리가 들려.

리듬으로 밖에는 전해들을 수 없는, 탁자와 부딪힐 때마다
표정을 바꾸며 떠오르는 세계. 탁자에
방이 하나 들어 있었지.

탁자에 앉아 세 끼를 먹었어. 배가 차면
탁자에 누워 잠을 잤지. 중력의 힘으로 몸의 일부가
탁자를 파고들었어. 탁자의 귀퉁이는 네 개.
그것을 떠받치는 힘을 빌려 나는 꿈을 꾸기도 했지.
모든 다리는 다리가 다리를 떠받치는 다리인 거지?
그러니까 내게 탁자가 하나 있었지.
스스로 탁자인 줄 알고 있는, 그 어떤
탁자보다 더한 탁자가

— 송기영, 「탁자」 전문

'탁자'는 일상 그 자체이다. "품을 팔아 밥값을 벌어 세 끼를 먹는" 일상
은 삶의 바탕이다. 삶이란 그 일상의 모서리에 어떻게 부딪히느냐에 따
라 변주된다는 것. "표정을 바꾸며 떠오르는 세계"가 바로 그것이다. 이
때 일상으로서의 '탁자'는 다름 아닌 인간이 꿈꾸는 세계를 떠받치는 '다
리'라는 진실. 이를 말하기가 송기영의 시 「탁자」의 요체이다. 그러므로
「탁자」에서 '탁자'는 인간 삶의 진실을 집약한 제유적 대상이다. '탁자'를
통해 인간 삶의 일상은 무미건조한 표정을 벗고 기운생동(氣韻生動)하는
얼굴을 드러낸다. 즉 일상으로서의 '탁자'에는 '방'이 내재하며, 그곳은 인
간 삶의 이유가 만들어지는 무궁한 공간이라는 것을 직시하는 것, 「탁자」
가 흥미로운 이유이다.

시와 현실 그리고 현실 너머

시를 쓴다는 것은 때로는 지극히 간접적이어서 밀교의 방을 수십 칸 만들어놓는 일일 수도 있을 것이다. 때로는 놀랍도록 직접적이어서 가장 짧은 길을 따라 가장 단순한 전략으로 단 한 칸의 방을 열어놓는 행위일 수도 있을 것이다. 다만 개인적, 사회적 상황에 응전하는 시인이 무엇을 선택할 것인가 하는 문제일 뿐, 그 이상도 이하도 아닐 것이다. 그런데 단순하고 직접적인 언어를 요구하는 시대로 가고 있거나, 이미 그렇게 되어버린 것은 아닌지 하는 생각이 왠지 자꾸 드는 오늘이다. 비극의 시대가 비등점에 달하고 있음을 알리는 징조일지도 모를 일이다. 그래서 시를 읽는다는 것, 쓴다는 것이 현실의 블랙홀 속으로 빨려 들어가는 '오늘'이라면, 하는 상념의 너울을 넘으면서 다음의 시들을 읽어본다.

내가 잠든 밤 설산고도를 야크인 아버지가 지나고 있다.
야크의 울음은 꿈의 발원지, 울음 울 때마다 푸른 꿈이 흘러내리지만
지금은 만년 눈밭을 등짐으로 지고 포근한 명상에 잠겨야 할 야크가

질긴 무릎으로 소금덩이 지고 천 길 낭떠러지 위를

몇 천 년 전에도 갔듯 아슬아슬 가고 있는 밤이다.

모두가 잠들어 이룬 잠의 산맥위로 불면의 야크인 아버지가 가고

있다.

간 맞지 않는 밥상 미네랄 결핍의 어린 짐승의 헛바닥을 찾아

지혜의 눈으로 희박해지는 푸른 세월을 견디며 가고 있다.

때로는 등짐을 영원히 내려버리려는 야크가

스스로 아득한 낭떠러지로 헛발 디뎌버리기도 했지만

이제는 설산고도보다 더 새파랗게 깎아지른 정신으로 간다.

나는 남을 위해 널찍한 등으로 그 무엇 하나 진적 없고

이 강한 무릎으로 선 뜻 힘겨워하는 사람의 짐을 들어준 적 없는데

마른 풀 몇 줌을 씹어 삼킨 야크가 어떤 호의호식도 바라지 않는 야

크가

순도 높은 꿈의 암연을 지고 산산이 부서지는 별빛을 맞으며

우주의 모서리를 스쳐서 설산고도를 지나고 있다.

모든 것을 달관한 것 같은 야크의 얼굴, 믿음이 가는 야크의 얼굴

우리가 잃어버린 얼굴, 우리가 오래 바라보아야 할아버지의 얼굴

누가 재촉하거나 채찍으로 위협하거나 쫓아오거나 하지 않는데도

야크는 성실한 보폭으로 설산고도를 가고 있다.

희망의 대물림인 그 길을 한 치의 오차도 없이 가고 있다.

먼 씨족의 마을 동치미 그릇에 아버지 이름이 살얼음처럼 둥둥 뜨

는데

한 알 소금이 한 망울 희망으로 맺히는 곳으로 꿈의 전령으로 가고

있다.

아버지의 목숨 칼날 같은 설산고도 위에 아슬아슬 얹어놓고 가고

있다.

나는 나만의 길을 지금껏 걸어왔는데 자칫 누군가에 밀려 길을 벗어

나면

증오하고 통곡하며 퍼질러 앉아 누가 손 내밀어 주기를 기다렸는데

지금 우리의 곤한 잠 위로 그 무엇에도 무릎 꿇지 않는 야크가

누가 쌍수를 흔들며 멀리서 마중 나오는 것도 아닌데 가고 있다.

야크의 길이야 설산고도 양지바른 풀밭으로 가는 것이지만 그 길 접
어두고

소금 짐 지는 길이 아버지 길이라며 만년설 위에 발자국 꾹꾹 새기며

오랫동안 길에 중독된 듯 설산고도를 가고 있다.

아버지의 길이란 위대한 길인데도 우쭐대지 않으면서 야크로 가고
있다.

때로는 야크의 몸속으로 소금 같은 차디찬 만년설이 내리는데 가고
있다.

내가 닮고 싶은 야크가, 천년 고집처럼 저기 가고 있다.

— 김왕노, 「야크로의 명상」 전문

이왕노의 시 「야크로의 명상」은 위대함이란, 또는 그것이 만들어내는 고고한 아름다움이란 어떻게 만들어지는가를 노래한다. 그것은 "성실한 보폭"으로부터 기인한다. "쌍수를 흔들며 마중 나오는" 것과 같은 가시적인 성과나 실패에 얽매이지 않고, 요란 떨지 않고 오로지 "설산고도"를 향한 지향 의지를 실천하는 존재, 그러므로 가능한 "설산고도보다 더 새파랗게 깎아지른 정신"의 소유자, "아버지"란 결국 시인이 "닮고 싶은 야크"의 발자국을 고집하는 자. 고집과 무뚝뚝함과 등등의 이면에 여전히 유효한 "꿈의 전령"이 가로지르는 횡보에 대한 헌사의 언어를 읽어본다. 요즘 드문 만남이다.

객지를 돌던 나는 손님처럼 귀가했다

외투 주머니에서 허름한 바다를 바닥에 쏟아냈다 가시만 남은 배 한 척이 거울에 앉아있었다

나는 너무 늦게 귀향했고, 예고 없이 떠나가는 것들은 매번 조용했다 편백나무 오리(五里)길 너머 폐교 교실엔 항로를 일러주는 선생님이 없다 날개에 지도를 그려놓은 나비는 먼지와 함께 굳어버렸다, 그러고 보니

먼지는 항상 소리 없는 곳에서 자랐다

빈 방에서 먼지는 내 흔적을 먹고 살았다 내 방에서 나는 점점 사라 졌다, 먼지뿐인 낯선 방을 떠날 때마다

돌아올 채비를 꾸리지 않았으므로, 이번이 마지막이다, 마지막 항해 다, 먼지 위에 포개 놓은 유언은 언제나 유효했다

자정 무렵 잠깐, 조등(弔燈) 주위로 소란이 짠물처럼 밀려왔다
내 입에서 소금냄새가 났다
바다를 베어 먹은 나는 맘껏 배불렀으니, 이제 맨발로 떠날 수 있겠다

부서진 배 조각을 내 몸에 대고, 나비가 못질을 시작했다

가시만 남은 목선에 먼지가 돋아나고 있었다

　　　　　　　　　　　　　　　　　— 최은묵, 「목선(木船)」 전문

　최은묵의 「목선」은 '떠나는' 존재를 따라'오는' 존재의 언어로 이루어져 있다. 이는 양자 사이에 메울 수 없는 간극을 숙명으로 내재하고 있다는

점에서 비극적이다. "내 방에서 나는 점점 사라졌다"와 "나는 손님처럼 귀가했다"는 서로의 이면으로 작용하며 동시에 결코 메워지지 않는 간극을 통해 서로를 잡아당긴다. 그리고 이 간극으로 밀려오는 "목선"에 매단 "조등(弔燈)"이란 다름 아닌 '떠났다/돌아왔다'가 아니라, '떠났으나/돌아왔으나'라는 여분의 그리움을 켜놓은 것. "나비가 못질을" 하는 노래를 환하게 만드는 이유일 것이다.

1.
담이 말을 걸면 담 쪽으로 고개를 기울여 그 말을 듣는다
내가 말을 걸면 키 큰 남자같이 바람막이하고
내말을 귀담아 듣는다

2.
옥이가 안에서 담벽을 만지며 걸어가다가
돌이가 밖에서 담벽을 만지며 걸어오다가
안과 밖에서 두 손바닥이 마주치더니 같은 쪽으로 걸어간다
두 손이 나란히 같은 쪽으로 가다가
같은 쪽으로 온다
허공에 뜬 달이 한밤 내 내려다보다가
마침내 담을 지워버린다

해가 뜨면 달은 다시 제자리에 담을 세우고
골목길이 앙살을 피우며 담을 따라 휘돌아가고

— 김규화, 「담 이야기」 전문

담백할 뿐인 또는 미묘할 뿐인 노래가 아닌, 담백한데 미묘할 때가 있

다. 미묘한데 담백할 때가 있다. 김규화의 「담 이야기」가 재미있는 이유
이다. 그의 시는 담벽 '안과 밖'이, '걸어가다와 걸어오다가' 분명하게 대
응하고 구별되다, 어느 순간 "마침내 담을 지워버리"며 서로를 넘나든다.
담 안의 "옥이"와 담 밖의 "돌이"는 분명히 개별적이면서 동시에 서로를
지향하고 궁극에는 서로의 경계를 지운다. 그러나 경계는 지워진 것이기
보다는 여전히 존재한다. 다만 투명하다. 또는 열려 있다. 그러므로 안과
밖은, 나와 너는, 가시적인 것과 비가시적인 것은 분명히 구별되며 서로
를 근거로 삼는다. 그러므로 안의 확장이 밖을 억압하지 않는다. 그 반대
도 아니다. 안의 확장이며 밖의 확장이다. 그 분명함과 미묘함이 담을 따
라 휘돌아가는 "골목길"이 앙살을 피우는 바탕일 것이다.

　　　　아마존 전사가 되기 위해선
　　　　총알개미 성년식을 치러야 한다
　　　　신의 영혼을 불러 인간이 되는 의식은
　　　　잔혹하다
　　　　인디오 부족들이 독 오른 수백 마리의 총알개미를
　　　　대나무 장갑 속에 넣고,
　　　　열 살 소년은 그 속에 두 손을 집어 넣는다
　　　　세 번 기절하고 세 번 깨어나
　　　　비로소 성년이 되었다, 아마존의 전사가 되었다

　　　　나도 총알개미 성년식을 치렀다
　　　　양 어깨뼈에 나사못을 박고
　　　　끊어진 힘줄을 잡아당겨 묶었다
　　　　화살이 날아와 몸속에 박히고
　　　　뚫린 구멍 속으로 총알개미들이 파고들었다

화염방사기가 온몸을 덮쳤다

잠의 동굴에서도
왼쪽과 오른쪽을 넘나드는
고통의 간격을,
내 몸속에 박힌 일곱 개의 못과 거기에 매겨진 번호를
기억하려 애썼다
고통 때문에, 슬픔 때문에 죽지는 않는다고
되뇌며,

이렇게 일흔에 성년이 되고서야
내 몸의 절반이 고통으로 이뤄졌음을 알고서야
고통은 따뜻한 비애가 되었다

— 이명수, 「총알개미 성년식」 전문

　이명수의 「총알개미 성년식」의 시는 고통을 탁본한다. 관심이 가는 것
은 언어가 고통을 만든다기보다는 고통이 언어를 만들고 있다는 데에 있
다. "몸속에 박힌 일곱 개의 못과 거기에 매겨진 번호"를 "고통 때문에,
슬픔 때문에 죽지는 않는다고 되뇌며" 직시하며 본을 뜬다. 정서의 말랑
함을 발라낸 단단한 뼈의 언어로 "뚫린 구멍 속으로" 파고드는 "총알개
미들"을 하나하나 분명하게 찍어내는 힘의 노래이다. 그러므로 "일흔에
성년이 되고서야"라는 성찰의 이력이 가획 없는 생생한 맨얼굴로 적나
라하다.

경계선 위를 부유하는 자의 노래

김오 시집 『캥거루의 집』

1.

　디아스포라(diaspora, 離山) 문학으로서의 재외 한인 문학에 대한 관심이 근래 들어 본격화되고 있다. 식민지, 분단, 분단 역사적 격변의 과정에서 국외로의 수많은 이산을 배출한 민족으로서, 디아스포라와 디아스포라 문학에 대한 근래의 관심은 어쩌면 때 늦은 감이 있는지도 모른다. 분단 이후의 디아스포라 작가들은 탈영토화된 영역에 존재한다는 점에서 이육사, 윤동주 등 식민지 시기 작가들과 공통의 디아스포라적 정체성을 가진다. 반면 분단 이후 디아스포라 작가들은 주권 회복 등과 같은 구체적 지향점을 가지고 있지 않다는 점에선 분단 이전 디아스포라 작가들과 차이를 보인다. 이들에게 민족, 고향은 특정한 정치 의식, 공통 의식으로 결합하고 주권국가로 구체화된 장소이기보다는 근원적이고 보편적인 안식처에 가깝다. 모국의 귀환도 그렇다고 정주국으로의 동화도 아닌 그 경계선에서 부유하는 자의 발걸음, 그리고 거기에서 오는 육체적 정신적 상

흔들은 어떤 정치적 이데올로기 이전의 시원적인 것을 지향함으로써 치유될 터. 이는 김준오 교수의 말을 인용해서 말하자면 자아와 세계의 상상적 공간에서의 합일 추구라는 서정시의 본질에 닿는 길이 될 것이다.

2.

디아스포라인 김오의 시집 『캥거루』는 경계선에 서 있는 이의 시집이다. 경계선에 서 있는 것이란 집을 갖지 못했다는 것, 또는 집까지 갈 길을 아직 찾지 못했다는 문제로 이어진다. 이는 경계선에 서 있는 이가 부유하는 삶을 자신의 숙명으로 감내하고 견뎌야 함을 의미할 터. 문학인을 떠난 일반인으로서의 김오라는 사람 개인에게는 불행일지 모르지만 문학적으로는 그 반대라 말할 수 있을 것이다. 경계선에 서서 서성이는 혹한의 흔적을 가슴속에 찍어놓은 이가 부르는 언어란 거짓의 언어, 포즈의 언어와는 전혀 결을 달리하는 언어일 것이기 때문이다. 그것은 "눈물보다 날카로운/칼 하나 깊이 품고"(「캠시4」) 고국과 타국 사이 경계선에서 떠도는 자의 언어이기 때문이다. 이러한 시인의 디아스포라 의식을 선명하게 드러내는 시로 우선 다음 시를 볼 수 있다.

> '심심한 천국' 시드니를 향하여
> 이민을 꿈꾸는 너희들
> 아직은 모른다
> 바다를 건너서 눈부셔오는 열매들
> 설렘이 저질러 논 저 눈물의 보따리들을
> 채 풀어지지 않은 시드니의 겨울나기가

얼마나 시려운지 너희들은 모른다
시인 하나 견디다 견디다
진하게 흐르는 개꿈이라도
서울서 꾸겠다며 두고 간 시드니의 겨울
월남국수 한 그릇에 청춘을 풀다가
아이엄마의 눈물을 보다가
느끼하게 얽혀드는 눈부심을 뿌리치고
소주 한잔에 잠들 수 있는 개똥밭
으로 돌아간 시인이 보내온 편지에
묻어있는 편안한 외로움을

—「꿈만 꾼다」 전문

　천국에 입성하기 위한 "설렘이 저질러 논" "바다를 건너서 눈부셔 오
는 열매"인 이민이란 결국 천국이 그냥 천국이 아닌 "심심한 천국"이란
걸 확인하는 시린 통과의례에 불과하다. "진하게 흐르는 개꿈"과 "개똥
밭"의 정돈되지 않음이 "느끼하게 얽혀드는 눈부심"의 정돈됨보다 더 편
안한 것은 '개꿈'과 '개똥밭'이 현실의 구체적 무엇이라기보다는 시원적인
것이기 때문이다. 그것은 구체적 모습으로의 현재의 고국, 고향이기보다
는 시인의 가슴속에 자리잡고 있는 추억, 회상의 영역이다. 시인은 지속
적으로 추억 회상의 영역으로서의 고향을 현재화시켜놓는다. 이는 그의
현재 즉, 이민 현실이 그가 의도하지 않았다는 것과 연결되는데, 즉 그의
이민이란 "밀려서 떠나온"(「불안한 발자국」) 그래서 "어제와 오늘/의 쓴
뿌리를 씹으며" 견뎌야 하는 것이다. 때문에 시인의 얼굴은 시간을 거슬
러 올라가는 "뒷모습에서 달려 나오는 우리 얼굴"(「캠시5」)이다. 밀려서
떠나왔다는 이민에 대한 생각이 끊임없이 시인으로 하여금 밀려서 떠나

오기 전의 추억, 회상의 영역을 현재화시켜 현재의 영역인 '캠시'와 비교
하게 한다.

침침한 거리 캠시
마른 눈을 부비는 사람들
함께 발을 구르며 30초를 밀어낸다.

                    —「칠월 시드니 강」 부분

여왕의 땅에서는
폴리핸슨의 불길이 태양처럼 뜨고 있었다.

                    —「데이빗 강」 부분

너무 열려 있어
오히려 갇히고 마는 광장에
들어간 길 그대로 나올 수 없는

                    —「스트라 광장」 부분

캠시의 가로등은
떠난 사람들의 눈물로 들어온다

                    —「캠시1」 부분

캠시로
그대 가고 있다면
자신의 눈물에도
칼날을 들이밀어야 하리라

                    —「캠시4」 부분

캠시는 호주의 한인 밀집 지역이다. 새로운 세계에 대한 설렘과 희망을 가지고 도착한 지역, 그러나 시인이 확인한 것은 새로운 인종차별주의자인 '폴리핸슨의 불길이 태양처럼 뜨고' 있는 곳이며, '자신의 눈물에도 칼날을 들이밀어야 하는 또 다른 삶의 칼날이 시퍼렇게 휘둘러지는 '침침한 거리'에 다름 아니라는 것이다. 때문에 "캠시의 가로등은/떠난 사람들의 눈물로 들어온다"라는 비극적 부정적 인식이 김오의 시집 전체에 두드러지게 나타게 된다. 이러한 비극적 부정적 인식의 근저에는 물론 캠시로의 이민이 자신이 원한 것이 아니었다는 시인의 생각이 놓여 있다. 자신이 의도하지 않은 결과로서의 '현재(캠시)'에 대한 시인의 부정적 비극적 시각은 곧 그것의 대안으로서 영역인 '고향'을 부르게 한다. 이때 고향은 캠시와는 대조적으로 평화롭고, 따뜻한 이미지를 갖는다. 고향은 외롭더라도 "편안한 외로움"(「꿈만 꾼다」)을 누릴 수 있는 곳, "쓸쓸해도 마음이 놓이는 길"(「산길」)이며, 일을 끝내면 "저녁이 오는 산 밑으로 사람들이 돌아"(「안흥리」)올 수 있는 곳이다. 시인의 눈은 캠시를 보고 있으나 캠시를 넘어 고향으로 향한다. 캠시는 고향을 떠올리게 하는 계기에 불과하다. 캠시에 살고 있으나 캠시에 살고 있지 않고 고향에 살고 있는 것이다. 이런 시인의 의식이 가장 두드러지게 형상화된 시로 「마당」을 들 수 있다.

> 내 마당엔 하늘과 잔디밭이 조금 있습니다
> 두 그루의 오렌지, 레몬나무 하나,
> 자몽, 장미, 동백이 별처럼 살고 있습니다
> 마당 끝자리에 있다가
> 바람이 부는 날에 하늘로 가고

비 오는 날에
꽃을 들고 열매를 들고 마당으로 옵니다
그래서 나무들이 보고 싶으면
하늘을 보고 별이 보고 싶으면 마당을 봅니다
오렌지나무에 산양이 열리고
레몬나무에 북극성이 열리고
가끔은 직녀가 장미로 피어납니다
마당에서 올려다보는 하늘은 그리움입니다
나는 늘 내 마당에 앉아 있습니다
자몽나무에 앉기도 하고 동백에 앉기도 합니다
가끔 바람 부는 날이면 은하수에 앉아도 보고
쌍둥이좌에 갔다 옵니다
하늘에서 내려다보는 마당은
비 끝으로 열리는 아침입니다
슬픈 꿈이 깨는 아침입니다
오늘도 나는 앉아 있고
휠체어는 저 혼자 마당으로 굴러가는 아침입니다
지난 밤 별 하나
레몬으로 떨어져 마당에 구르는 아침입니다

— 「마당」 전문

"오렌지나무에 산양이 열리고/레몬나무에 북극성이 열리"는 마당은 사실적 진술이 아니다. 합리성의 경계를 넘어선 환상적 진술이다. 환상적 진술이나 사실적 진술보다 더 시인의 마음 맨 안쪽을 적확하게 그려준다. 사실적 진술로 나타내기 어려운 영역으로의 진입이란 그만큼 사실 세계와의 "산으로 가는 모든 것들은 폭포를 거슬러 올라가야"(「폭포」) 하는 고투 끝에 얻어지는 문학적 열매이다. '마당' 밖 "너무 크게 굴러가는 세상의 바퀴에/흔들리는 세월"(「원저 가는 길」)과의 힘겨운 싸움 한가운데 높게 담을 치고 깊게 파놓은 시인의 마음 안쪽은 그것을 말하는 환상적 언어란 사실적인 영역을 지나 새로운 차원의 영역으로 확대된 언어라는 점에서 주목할 만하다. 그곳에서 우리는 비로소 "자몽, 장미, 동백이 별처럼 살고 있는" "가끔은 직녀가 장미로 피어나는" 아름다운 풍경에 흠뻑 젖어들 수 있으며, "지난 밤 별 하나/레몬으로 떨어져 마당에 구르는 아침"을 맞이할 수 있는 것이다. 때문에 김오의 시에서 '마당'은 특별한 '마당'이 되는데 그것은 "아이들이 그렇게 아름다운 꿈들을 들고/열한평의 고향/좁다란 푸른 하늘을 걸어서 내게로"(「열한 평의 고향」) 오는 곳이며, "마당 어디에서도 마을이 보입니다"(「안흥리」)라고 말할 수 있는 시인을 고향이라는 시원의 세계로 진입하게 하는 '출입문' 역할을 하기 때문이다.

3.

이때 '마당'을 통과해 합일하는 고향이란, 회상으로 추억으로 존재하는 좀 더 나아가자면 자아를 잃어버린 현재의 상처를 치유할 수 있는 시원으로서의 공간이다. 현재의 영역에 속하는 고향 또는 조국이란 "개와 고양이가" "꼴푸채를 휘두르며 관광을"(「꼴푸」) 하는 천민자본주의에 찌든 곳이며, "미소는 하늘에도 없고 땅속에도 없"(「지하철」)는 도시문명에 찌든 곳에 불과할 뿐이다. 현재에 구체적으로 존재하는 고향 또는 조국이 아닌 시원으로서 존재하는 그곳으로의 합일 열망은 시인을 "오십년 껍질을 들고/어서 집으로 가야지"(「베데스다」)라는 시원으로서의 고향인 집을 향한 길 찾기에 끊임없이 나서게 한다. 그러나 그것이 현실에서는 불가능함을 자각하는 순간 곧 집 없는 자, 갈 길을 잃어버린 자 그래서 세상을 끊임없이 부유하는 경계인으로서의 비애감에 시인은 빠져들게 된다. 김오의 시에서 이러한 비애감은 주로 새의 이미지로 그려진다.

> 서울의 눈물은 저 먼 바다를 어떻게 건너와
> 여기서 울고 있는 것인가
>
> ─「겨울 시드니」 부분

> 비에 젖은 날개 무거워
> 기우뚱거리며 비행기가 떠오르네
>
> ─「비」 부분

> 걸레가 되어가는 지느러미
> 꼬부라지는 날개를 푸른 바다에 헹군다
>
> ─「희망을 헹구다」 부분

> 저 어린 사랑의 그늘을 안고 날아가는 새가
> 사월이 오면 낙엽 지는
> 파라마타 강가에 컥컥 울고 있다
>
> ─「내 사랑에 그늘이 지면서」 부분

> 말라가는 잎새라도 내밀어 새들을 가리지만
> 이 추운 세상에
> 눈이 내리기 전에 그대는 소식이 없고
>
> ─「소문」 부분

'갈 곳이 없다'라는 인식은 디아스포라 문학의 원천이다. 떠난 나라로의 귀환도 그렇다고 정착한 나라로의 동화도 아닌, 그 사이 경계에 놓여 갈 곳을 못 찾는 자의 삶을 중심에 놓고 그리는 것이 디아스포라 문학이다. 이는 호주 교포인 김오의 시에서 새의 이미지로 표상 된다. 김오의 '새'는 '먼 바다를 어떻게' 건넜으나 정착을 할 수 없는 그래서 '비에 젖은 날개 무거워 기우뚱 거리'면서도 오랫동안 내려 앉아 쉴 수 없다. 여전히 현실이란 영토는 '그대는 소식이' 없는 추운 세상에 불과하며, 먼 길을 날아 온 새는 집(고향)이 보이지 않는다는 냉혹한 현실을 '파라마타 강가에 컥컥 울며' 깨달아야 한다. 지느러미가 '걸레가 되어가'도록 헤엄쳐도 '꼬부라지는 날개를 푸른 바다에 헹구며' 날아가도 닿을 수 없는 곳이란 '마당'이라는 문을 통과하여야 만 가능한 데, 그것은 이미 사실의 영역이 아니다. '마당'이라는 문이 닫힌 사실의 영역에서 시인의 '새'가 가능한 일이란 '새의 눈을 가지고' 부유하다가 '한 알의 좁쌀만한 희망의 사람 보이면/내리 꽂히'(「눈」)는 일일 뿐이다. 이런 김오의 '새'가 '마당'의 문을 여는 시간은 밤의 시간이다.

> 가을밤
> 흔들리는 등 하나
> 바다 속
> 푸른 대문을 열고
> …(중략)…
> 솟아오르는
> 그대 같은 새들이 있다
>
> —「 깃발의 기억」 부분

마을로 가는 길을 닫고 있는 문 뒤에,
어둡게 서있던 사람이 문을 열고 나와
파도 이 편을 바라다보며 가만히 웃고 있습니다

— 「안흥리」 부분

푸른 산맥 힘없이
달빛 지나가는 여름 밤
바람소리 깊어지는데
여자면 어떻고 남자면 어때
나오라 나오라 깊은 밤 오기 전에
술래 만들어
이 어두운 시드니의 숲 속
소리의 불을 높여 부르러 오라

— 「여름 오후」 부분

　밤이 될수록 일을 마치고 돌아갈 집이 없다는, 고향이 없다는 절박함
의 강도가 세어질 것이다. 그런데 역설적이게도 그 집이 없다는 절박함
의 힘이 강해져서 '새(시인)'으로 하여금 새로운 문을 열게 하는 원동력
으로 작용하게 된다. 문을 열고 "솟아오르는 새"란, "마을로 가는 길"이
란, 결국 "나오라 나오라"라는 길 위에 서 있는 자의 간절한 부름으로 열
어 "소리의 불을 높여 부르"는 환상의 영역으로 넘어가는 길이다. 이때
환상은 부유하는 현실에 뿌리를 박고 그 절박함의 강도로 만들어낸 환
상이기에 거짓이 아니고 비감한 진실이다. 비감한 진실의 길을 걷는 존
재기에 우리는 그의 시에서 "건겨 올려야 하는 것보다/건지지 말아야 될
것들과"(「한 터 낚시터에서」)의 팽팽한 줄다리기 끝에 건져 올린 "욕심 끝

에 아가미를 찢긴 붕어들이 지나가"는 진실된 '느낌표'를 맛볼 수 있다. 그리고 그러한 김오 시의 특별함이 이제 본격적으로 시작됐다는 점에서 반갑다.

"공(空)"을 향한 자기 소실의 여정

박민흠 시집 『경계인의 하루』

1.

박민흠이 들고 있는 칼은 야전병원 외과의의 그것이다. 박민흠의 시는 클래식의 선율을 따라 정확하게 목표 부위를 찢고 봉합하는 세련된 칼질의 흔적이 아니다. 그의 시는 음악도 조명도 없는 어둠 속에서 오로지 자신의 본능적인 감각에 의지해 상처들을 도려내는 긴박한 칼질의 흔적이다. 그러므로 찢어진 살과, 부러진 뼈의 흔적이 고스란히 맨얼굴로 드러난다. 이러한 박민흠의 시는 상처 난 얼굴을 곱게 단장하는 대신 지속적으로 그것의 비극성을 환기하고, 그렇게 된 것에 대한 고통과 그렇게 만든 것에 대한 분노를 양날로 삼고 있다. 이때 상처는 '떠난 것'에서 기원하며, 분노는 '떠나게 한 것'으로 모아진다. 즉 박민흠의 이번 시집은 "풀방구리에 담긴 아름다운 꽃이었던" 그녀를 "우주 변방 뒷골목으로 밀어낸"(「길거리에서 새가 죽었다」) 불가해한 힘에 대한 분노와, 그것으로 인해 "고향 없는 눈먼 뻐꾸기"(「오래된 고향」)의 날갯짓으로 이국의 하늘을 선회하는 자의 상처를 중심으로 삼는다.

　　만상 찌그리며 칼침 놓아본들
　　흑인 백인 황인—메뉴판에 펼쳐진 모국언어들의 배창시가 쪼그라
　든다
　　익숙한 글자순도 일탈의 정신으로 뒤집힌다
　　오늘 만난 가야국 고향 사람에게 홧홧 혀를 잘렸다
　　같은 말이면서 같은 말이 아닌 말도 아닌 말을 휘두르는 두 種의 만남
　　이역 땅 밟은 지 일년 채 안 된 새내기가 애국을 아는 척 똥 폼을 잡
　는다
　　장수벌레와 개똥벌레가 입술과 똥구녕을 서로 문 체 버둥거린다
　　고향으로 무장한 그 앞에서 고향을 풀어버린 나는 무장해제 당한 이
　방인이다
　　복잡한 경계선은 복잡하다 인종전시장에서 조작된 정보로 구입한
　　이국의 말을 까뒤집으며 씨부렁거리는 내 마른 입술을 내리친다
　　결행해야 할 귀향의 꺽진 물길은 사라졌다
　　사내의 척수를 쪼개본 나는 깨달았다
　　그 사내에게도 고향은 없었던 것이다
　　그렇다 내일의 탄착점은 더 이상 내게 없다
　　고향이건 타국이건 언어는 봄처럼 생존해야 한다

　　　　　　　　　　　　　　　　　　　　—「경계인의 하루」 부분

　박민흠은 경계인이다. 경계 지역은 "같은 말이면서도 같은 말이 아닌
말을 휘두르는" 낯선 지역이다. 그곳에서는 누구나 다 '이종(異種)'이다.
그곳은 누구나 다 혼자이며, 누구나 다 고향을 풀어버려야 하는 곳이다.
경계 지역에서 향수의 힘으로 치장한 애국은 한낱 "새내기"의 섣부른 위

장술에 불과하다. 박민흠 시는 향수로의 위장을 거부한다. "귀향의 꺾진 물길이 사라진" 경계인의 눈은 감정의 살을 발라내고 고향 없는 자의 '척수'를 적확히 간파한다. 그러므로 박민흠 시는 향수라는 정서적 범주로 단순화되는 차원에서 벗어난다. 즉 "향수"라는 감정의 과잉을 뛰어넘음으로써 고향과 타국이라는 영토적 의미 이상의 차원에 다다른다. 그것은 인간 삶의 본모습을 찾는 여행이다. 박민흠은 이를 자신의 몸에 각인한다. 자신의 몸에 고향 없음의 문제를 새기는 것은, 시인 스스로를 형극의 틀에 짜 맞추고 벌주는 방식으로 나타난다. 시인은 "내가 나를 유기한 벌로 받는/형극의 길"(「족쇄」)에 나선다. 향수라는 위장을 걷어내고 "형극" 그 자체를 직시하기에 시인은 고통스러우나 아이러니하게도 그의 언어는 "봄처럼 생존"한다.

> 바닥에 떨어질 때마다 앵앵거리며
> 온몸으로 변신한 나를 보라
> 몸 닿는 곳 마다
> 떨림이다
> 삶이란
> 때론 속이
> 따끔거리는 거다
>
> ― 「빗방울소곡」 부분

> 얼마나 맞았을까 참 지독하다
> 와지끈,
> 뼈 틈으로 공기알이 쳐들어왔다
> 맞은 자리엔 부처의 미소가 수려하다

…(중략)…

맞으면 맞을수록 평화로워지는

육탈(肉脫)이다

—「백색의 공」 부분

　"육탈"과 "떨림"을 감싸고 있을 때 박민흠의 언어는 봄날의 새싹처럼 생기를 얻는다. 그것은 "떠난" 상처와 "떠나게 한 것"에 대한 분노가 선언적인 말의 수준에서 벗어나 오밀조밀하게 내재화되기 때문이다. 박민흠의 언어는 나와 타자의 이분법적인 구도에서 자기를 내세우는 언어와 결을 달리한다. 그의 언어는 나가 곧 타자이며 타자가 곧 나인, 그래서 나와 타자를 또는 나와 상처를 하나로 묶어 경계를 소멸시킨다. "몸 닿는 곳마다/떨림"의 자리는, 그리고 "맞으면 맞을수록 육탈"하는 자리는 나와 타자가 맞통하는 자리이다. 나를 통해서 타자에게로 가고 타자를 통해서 나에게로 온다. 그럴 줄 아는 자만이 "맞은 자리"에서 "부처의 미소"를 볼 줄 아는 존재일 것이다. "육탈"의 자리는 박민흠 시에서 죽음과 삶이 맞통하는 자리로 전이되어 곧잘 나타난다.

　　2.

　박민흠 시의 죽음은 현실을 견뎌내는 힘이다. 죽음은 삶의 오욕을 하나의 용광로에 집어넣고 단박에 소멸시키는 뜨거움이다. 뜨거움이 지난 뒤 남는 것은 '공(空)'이다. 삶의 오욕은 죽음이라는 뜨거움의 세계를 거쳐 '공'으로 통한다. 공의 자리에서 박민흠 시가 발견하는 것이 바로 부처의 미소이다. 박민흠의 시는 공의 자리에 미소 짓고 있는 부처를 만나기까지의 여정이다. 달리 말해 박민흠의 시 쓰기는 말을 죽이는 것이며, 수없는 말의 주검 사이로 '공'을 찾아가는 여정이다. 이때 박민흠 언어는 "세상을 떠난 수련한 주검"(「비밀의 문」)의 말이며, "해체된 몸과 뼈에 장례식장의 검은 말"(「말보따리 하나」)이다. 이때 박민흠의 시 쓰기는 구체적으로는 '오예(汚穢)의 시 쓰기'이다.

> 오예, 내 속에 검은 피가 항진중이다
> 때론 속이 더부룩하면 오물 같은 세상을 바다에 토해낸다
> 잿물로도 빠지지 않는 오예,
> 위험한 황혼에 더듬질 하듯 갈긴 문장을 이맛전에 걸어두고
> 힘센 바다를 쪼개려는 조잡한 단어들이 밑그림 그린다
>
> 오예, 곰삭은 배설물을 빨아먹고 사는 곳체다슬기처럼
> 특별한 예식을 치르는 오체투지의 구더기를 욕하지 마라
> 정결의식 치르는 제사장들이다 너의 곳간에 들어앉은 오만했던
> 물건을 털어가는 점잖은 도둑이다 욕망이 끊어진 너를
> 매만지는 마지막 여행길 동무들이다,
>
> —「오예(汚穢)」 부분

'오예(汚穢)의 시 쓰기'는 "오체투지의 구더기"가 전진하며 남기는 자국을 기록하는 것이다. 세상의 더러움을 온몸으로 빨아들이고, 그것을 검은 피 삼아 세계의 마지막으로 항진하는 장엄함을 연출하는 것이 박민흠의 '오예의 시 쓰기'이다. 그가 언어를 죽이는 것은 '조잡함, 욕망, 오만' 등을 비운 '정결함'으로 나아가려고 하기 때문이다. 이때 정결함이란 '汚

穢와 'oh, yeah'가 맞통하는 무한대공의 텅 빔이다. 그 무한대공에서 시인은 "내 눈 속에 보이는 달"(「나무탈」)을 보고 "내 몸 속에서 부처가 물집을 따고 있는 소리를"(「썩은 풋살구」) 듣는다. 박민흠 시가 '공(空)'의 세계를 어떻게 만나는지를 잘 드러내는 작품이 다음의 「만각(晚覺)」이다.

찢은 책만 해도 한 무더기다
술 한 잔에 취해 정신을 내려놓으니
술병 속에 어린 부처가 앉아있고
혀 빠지듯 뭉텅 바다가 빠져나가고
죽사리 뇌졸중에 걸린 땅이 꺼지고
고목나무의 각질이 좌우 뇌에서 떨어져 나간다
꼬마팔랑나비의 균열을 못내 부러워하던 내가
어느 순간 마주칠 투명한 고통을 예견하며
옹망추니 불알 흔들며 자못 달려든 모래밭 담박질에
666조의 세포가 핵분열을 일으켜
666,000개의 유전자가 반란을 일으켜
Junk 유전자 책-666-이 좌악 찢어진다
젊은 노인에게 지름신이 내렸는가
비상한 공기가 흥청거린다
고기 타는 냄새가 난다
발바닥이 뜨겁다
詩가 뒤집힌다
空이다

— 「만각(晚覺)」 전문

박민흠의 시 쓰기는 마치 생의 모든 걸 한군데 모아놓고 단판 승부를 걸어오는 것과 같은 행위이다. 그의 시에는 빠져나갈 모든 길을 봉쇄하고 자신의 몸을 세계의 끝으로 밀어올린 자의 절박함이 묻어 있다. '바다가 빠져나가고/땅이 꺼지고/유전자가 반란을 일으키는' 절박함으로 자신을 세계의 끝으로 밀어 올린다. 세계의 끝으로 스스로를 몰고 가는 격렬한 속도와 현실과의 마찰에서 기인하는 냄새가 다름 아닌 "고기 타는 냄새"이며, 박민흠 시의 냄새일 것이다. 그러므로 박민흠 시의 냄새는 자신의 몸을 불태우는 냄새라 할 수 있다. 즉 박민흠의 시는 모든 것을 자신의 몸 안에 집어넣고 그 몸을 불길에 던지는, 즉 "나를 벗어내기 위해 물조차 불태우는"(「연어의 눈물」) 소신공양 행위이다. 그러한 격렬한 행위를 통해서만이 박민흠 시는 '공(空)'을 만난다. 이때 '공'이란 모든 것을 걸고 그것을 소실시켜야 만날 수 있는 세계이다. 그래서 박민흠 시는 텅 비워버린 세계, 모든 경계가 무화되는 무한한 세계로의 진입을 종국으로 삼는다.

3.

이번 시집에서 박민흠 시의 종국인 '공'의 세계는 분노 또는 절망의 범주에 해당되는 현실 삶의 문제를 내면화하는 여정의 결과물이다. 그리고 그것은 곧잘 죽음과 통한다. 즉 '공'은 삶과 죽음의 경계마저 허물어진 무한대공의 세계이다. 박민흠의 언어가 자유를 획득하고, 그래서 가장 생생해지는 자리이이다. 다시 말해 박민흠 시의 언어가 "분열의 생을 잊고 날개를 세워 날아오르는 종이새"(「종이새」)가 되는 자리이다. 그러므로 '죽음'이란 "아프리카 코끼리가 마지막 숨을 몰아쉬며 마지막 불콰한 단

풍잎"(「연어의 눈물」)을, 그것이 사랑임을 확인하는 자리이며, "황홀한 죽음을 알아차린 바람의 숨이"(「붓자리」) 차는 지점이다. 「천불사 가는 길」은 무한대공으로 향하는 길과 무한대공의 세계 자체가 구체화되고 있다는 점에서 의미 있다.

천불사(天佛寺) 가는 길
천근같은 발이 꾸욱 꾹 지문을 찍는다
땅의 창자에서 잘 마른 똥들이 머리를 내민다
외줄타기 하듯 매끈한 돌은 조심조심 피해가고
온몸의 세포들은 우르르 쏠리며 중심을 잃는다
언제부터 그 많은 인장 찍힌 돌들이 길 위에 있었을까
삼보일배로 수양한 크고 작은 눈 속의 돌무덤
한 가지로 모두 득도한 성자의 모습이다
머리수염 없는 염주알을 닮아서인지
산채로 공중부양 하는 염불소리로
맑은 징소리를 이웃들에게 보여준다
수련한 득음(得音) 속에 핀 씨알 소요유
보리수 나뭇잎 아래를 스쳐 지나가는
큰 바람도 절을 하고 천불도 절을 하고
시냇물도 쥐똥나무도 떨기나무도
아기동자승도 겨울 틈새를 쓸며 가며
온통 절을 하는데
번뇌 한소끔 뿌릴 때마다
나는 온종일 천불동 중머리에 앉아
툭툭 몸 지르며
흔들린다

— 「천불사 가는길」 전문

"천불사"는 "천근같은 발"의 지문 찍힌 삶의 한복판을 통과해야 다다를 수 있는 곳이다. 적당한 이해득실의 셈법으로는 절대 다가설 수 없는 곳, 그래서 천불사로 가기 위해 시인은 "온몸의 세포들은 우르르 쏠리며 중심을 잃는" 생의 번뇌를 감내해야 한다. 시인에게 그것은 자기 자신의 육신을 소실시키는 행위, 즉 "툭툭 몸 지르며 흔들리"는 행위이다. 자기 소실의 격렬한 고투 끝에 결국 시인이 보는 것은 "득도한 성자의 모습"이다. 그리고 완전한 자유를 얻음으로써만 즐길 수 있다는 "소요유"의 충족이다. 아이러니하게도 그 충족은 삶을 완전하게 비워야만 가능하다. 완전한 비움 즉 "공"의 세계에 울리는 소리를 듣는 것, 다름 아닌 "수련한 득음"이다. 그러나 이는 모든 것을 요구한다. 인간 삶의 모든 것을 하나로 묶어 벼랑 끝으로 밀어내는 가혹한 자기 소실을 요구한다. 그러므로 박민흠 시의 "공"은 지극한 충족이며 동시에 극단의 두려움이기도 하다. 그렇다면 이제 시인은 어디로 향할 것인가.

길 위에 서 있는 자들의 노래

집에 도착한, 고향의 품에 안긴 또는 깨달은 결론에 이른 자가 굳이 시를 쓸 필요가 있겠는가. 시란 집(고향)에 이르기 전, 깨닫기 전, 결론에 이르기 전 길 위의 어둠을 노래하는 것이 아닌가. 길 위 어둠의 색이 깊고 솔직할수록, 시인의 더듬이는 맹렬하게 움직일 것이요, 그 맹렬한 움직임을 통해서야 비로소 시인은 시적 진정성을 획득하게 될 것이다. 지난 계절 길 위 어둠 속 더듬이를 움직여 시적 진정성을 획득하고 있는 시들을 살펴본다.

그녀와 눈을 맞는다
길 건너 원주집도 오전내 눈을 맞다가 겨우 문을 연다
백발의 여인이 뒤뚱뒤뚱 파란 플라스틱 장바구니에
다섯 통의 막걸리를 사들고 돌아온다
탁자가 세 개 의자가 아홉 개인 그 집
천오백 원짜리 김치전 냄새가 길 건너까지 온다

땡볕의 사거리에서 그녀와 난
차림표가 더는 늘 것 같지 않은
땅값이 더는 오를 것 같지 않은
겨울 기념사진을 찍는다.

술에 취해 34번 버스를 탄다
43번을 탄거 아냐?
자꾸만 길을 더듬는다
몸을 더듬는다

아직은 홍업사 사거리에서

— 정영, 「홍업사 사거리에서」 전문

"차림표가 더는 늘 것 같지 않은", "땅값이 더는 오를 것 같지 않은" 길 위에서 '나'는 버스를 탄다. 그러나 버스는 집을 향해 곧장 가지 못한다. '34번 버스'여야 하는데 '43번 버스'인 오류의 여정이 '나'를 집이 아닌 엉뚱한 곳으로 향하게 한다. 때문에 '나'는 다시 홍업사 사거리로 돌아와 '아직은' 길을 향한 길을 찾아 더듬고 있을 뿐이다. 더듬을수록 '아직은' 홍업사 사거리는 미로가 된다. 집으로 가는 길은 보이지 않는다. 그러나 천오백 원짜리 김치전 냄새가 건너오는 길 위를 '아직도' 더듬고 있다는 인식이, 길 위 어둠 속에서 "차림표가 더는 늘 것 같지 않은/땅값이 더는 오를 것 같지 않은/겨울 기념사진"이라는 시적 진정성의 세계를 시인으로 하여금 '찍게' 만든다. 길 위의 어둠을 노래하는 자의 곧고 정직한 시선에선 깊으면서도 명징한 울림이 전해져온다.

낙운이한테서 전화 왔다.

임진강 근처라고……

사업은 안된다고……

봉고차를 몰고 와서 철망에 박아버렸다고……

죽고 싶다고……

이제 갈 곳도 없다고……

왜 우리가 이렇게 살아야 하는지

차라리 아무것도 모르는 철새들이 부럽다고……

나도 네가 있는 곳으로 찾아가

철망에 차를 박고

철새를 보고 싶구나.

나라고 남은 게 뭐가 있겠냐고,

내 인생도 온전한 게 뭐가 있겠냐고.

— 서홍관, 「최낙운」 전문

「최낙운」엔 어떠한 기교도 감춤도 과장도 없다. '안된다고', '박아버렸다고', '죽고 싶다고', '갈 곳도 없다고', '어떻게 살아야 하는지', '부럽다고'라며 곧이곧대로 내리꽂는 직선의 시다. 어찌 보면 단순하지만 그러나 "봉고차를 몰고 와서 철망에 박아버린" 절박함을 더 이상 꾸미고 포장해서 무엇하겠는가. '철망에 차를 박는' 그 자체를, 길 위의 절망을 그저 노래하면 되는 것이다. "내 인생도 온전한 게 뭐가 있겠냐고"라고 직선의 수사에 직선의 수사로 답을 하면 되는 것이다. 직선과 직선이 부딪쳐 내는 소리가, 생의 서슬이 시퍼렇다. 때론 직선의 노래가, 기교 없음의 노래가 더욱 시적이다.

그렇게 웃는 나날이 계속되었다. 낯선 이들이 이곳으로 들어와서 퍼런 큰 새를 타고 다니는 동안, 아이들은 폭탄을 주머니 속에 넣고 다녔다. 나귀가 지나가는 자리마다 검은 기름이 솟아났다. 검은 기름 속에서는 아주 오래 전에 사라진 사람들이 끈적거리면서 나타나 오래 전에 헐린 집에 대해서 물었다. 그때마다, 그 강변에 꽃이 피었다. 붉거나 흰 꽃들이었다. 바람이 불면 꽃은 지고, 꽃 진 자리에서 열매가 돋아났다. 돋아난 열매는 우는 여자의 눈동자 모양을 하고 있다. 열매를 먹으면 갑자기 마음속에 쟁여둔 슬픔으로 가는 마음이 사라졌다. 자지러지게 웃고 싶어서 강변으로 나가서 그렇게 웃었다. 아이들의 주머니 속에 든 폭탄이 터져 아이들이 공중에서 흩어졌다. 그런데 그렇게 웃는 나날들이 계속되었다. 우는 여자의 눈동자 같은 열매가 우리를 지켜보고 있었다.

— 허수경, 「그렇게 웃는 나날이 계속되었다」 전문

허수경의 시는 처연하다. 결코 처연하다고 너스레를 떨지 않는데도 그저 지나가는 일일 뿐이라고 말하는데도 그럴수록 허수경의 시는 더 처연하다. 「그렇게 웃는 나날이 계속되었다」도 마찬가지이다. '−었다'의 과거형 진술 너머 객관적 관찰자의 위치를 화자는 일관되게 지킨다. "아이들이 폭탄을 주머니 속에 넣고 다니는", 그러다 "주머니 속에 든 폭탄이 터져 아이들이 공중에 흩어지는" 참혹한 현실에 시의 화자는 휩쓸려 들어가지 않는다. 휩쓸리기는커녕 오히려 한 발 더 나아가 "그렇게 웃는 날이 계속되었다"라는 상황과 모순된 진술을 별일 아니라는 듯 반복할 뿐이다. 바로 이 점이 시보다 더 시 같은 현실의 무게에 압도되지 않고 그것을 「그렇게 웃는 날이 계속되었다」가 넉넉히 견뎌내는 요인이 된다. 허수경의 시는 냉정하되 그래서 더 참혹하다. 객관적인 관찰자의 자리를 지키며 참혹의 맨 끝까지 들여다보기에 참혹이 참혹으로 끝나는 것이 아니라 미적으로 또는 시적으로 전이된다. "돋아난 열매는 우는 여자의 눈동자의 모양을 하고 있다, 열매를 먹으면 갑자기 마음속에 쟁여둔 슬픔으로 가는 마음이 사라졌다"가 그것이다. 그리고 이런 참혹한 현실의 미적 승화는 마침표 대신 쉼표를 사용하는 시인의 전략에 의해 정리되는 것이 아니라 더욱 넓어지고 미묘해진다. 때문에「그렇게 웃는 날이 계속되었다」에는 길의 끝이 보이지 않는다. 길 위를 아득하게 더듬어 가는 자의 무거운 발걸음만이 있을 뿐이다.

목침을 베고 누워 있는 동안 하얗게 타버린 머리카락을 잊고 있었다
작은 병에 있던 은단을 꺼내 먹으면서 울음을 참을 수 있었다

햇살이 마당에 나와서 주름진 옷을 걸치고 나가 말릴 수 있었다
개를 묶어 놓은 줄이 구렁이로 변해 허물을 벗고 있었다

가당치 않은 일들이 벌어지고 있는 집을 담쟁이가 감고 있었다
빨랫줄에 앉아 있는 꿀벌이 독신으로 사는 것을 잘 알고 있었다

사람을 피해 날아다니는 꿀벌 한 마리, 앉았던 자리에 국화가 피었다
국화 그늘 속으로 들어가 하룻밤을 묵고 싶었다

노인은 열쇠 꾸러미를 들고서 들어걸 수 없는 방을 기웃거렸다
하얀 노마님이 꽃잎 속에서 버럭 화를 내셨다

꿀벌과 겁에 질린 개가 벌떡 일어났다, 구렁이는 놀라서 달아났다

― 이기인, 「꿀벌의 집」 전문

이기인의 「꿀벌의 집」도 또한 길 위에서 더듬는 자의 노래이다. 시인은 "가당치 않은 일이 벌어지고 있는 집"에서 꿀벌의 집, 즉 하룻밤의 꿀 같은 달콤함이 있는 '국화 그늘' 같은 집을 향해 촉수를 내린다. '국화 그늘' 같은 집이란 쉽게 다가갈 수 있는 곳이 아니다. "하얗게 타버린 머리카락"조차 잊고 "은단을 꺼내 먹으면서 울음을" 참고 견뎌내야 다가갈 수 있는 집이다. 그러나 다가간다고 생각될 뿐이다. 다가서는 순간 '꿀벌/개/구렁이'는 벌떡 일어나 달아난다. 시인은 여전히 길 위에 있다. 가당치 않은 일이 벌어지는 집으로 다시 돌아와 있다. 다시 제자리로의 반복이 깊고 깊어져 '개를 묶어 놓은 줄이 구렁이로 변해 허물을 벗'는다는 새로운 세계를 볼 수 있게 만든다.

대체 書記된 자로서의 책무란 얼마나 성가신 일인가 언젠가 나는 길을 잃고 헤매는 코끼리떼를 흰 종이 위로 건너오게 한 적이 있었다

나는 그들의 숫자, 나이와 성별, 엄니의 길이와 무게, 무리의 지도자 습성, 이동 경로를 기록했다

그리고, 그들의 길고 주름진 코로 노획한 물건들─ 옷핀, 인형, 가발, 빈 콜라병, 탐정용 돋보기, 야구 사인볼, 샌들 한 짝, 담배 파이프, 테러리스트의 복면 등, 온갖 문명의 잔해들로 자세히 적었다

그들의 다리는 굵고 튼튼하다 포도주를 짓이겨 대지의 부은 발등에 붓고 거친 나뭇가지와 뿌리를 씹어 엽록의 공장을 돌리고 낫처럼 휘어진 거대한 비뇨기로 곡식을 베어 눕힌다

그들에게 실향이란 없다 황혼이 오면 그들은 목울대를 움직여 그들

이 사랑하는 악기, 튜바의 삼각주로, 전 세계로 흩어진 천 개의 코끼리
강을 부른다 달콤한 무릎 관절의 샘이 흰개미를 불러모으듯, 다이아몬
드 광산이 총잡이를 부르듯,

홍해가 갈라지는 아침, 찢겨진 범선 같은 귀를 펄럭이며 한 무리의
대륙이 새로운 길을 찾아 천천히 이동해 가는 것을 나는 보았다

— 송찬호, 「기록(記錄)」 전문

'코끼리'란 굵고 튼튼한 다리로 대지의 부은 발등에 포도주를 붓고 몸
속에 엽록의 공장을 돌리며 낫처럼 휘어진 거대한 비뇨기로 곡식을 베어
눕히는 원시적 존재이다. 따라서 코끼리 자체가 "전 세계로 흩어진 천 개
의 코끼리 강"의 근원이 된다. 대륙이 된다. 근원이 되는 대륙의 이동 경
로를 기록하는 것은 '서기' 된 자로서의 임무이며 또한 그것은 시인으로
서의 임무이다. 시인이란 '코끼리'란 근원을 찾아 배회하는 자이기 때문
이다. '코끼리'란 현실과 동떨어진 그 어떤 곳에 있지 않다. 그것은 문명
의 현실의 잔해들 사이 어딘가에 있다. 문명의 현실의 잔해 사이를 관통
해 그 밑, 근원인 대륙인 코끼리의 이동 경로를 그릴 줄 아는 시인의 눈
이란 이미 예지자의 눈이다. 유일하게 길 위에서 방향을 정할 수 있는 자
의 시선이 송찬호의 「기록」에는 투시되어 있다.

제3부

자기 복원의 언어

근데 한국 시의 문제점으로 언급되는 것 중의 하나가 시가 너무 길어진다는 것이다. 이는 시가 길어진다는 것 자체를 ...으로 안어를 나무라는 것을 지적하는 것 일게다. 대개 내용이 부족할 때 화려한 장식을 만들고, 금기어는 감당 못할 화려한 장식 ...고, 금기어는 감당 못할 화려한 수사에 빠져 길을 잃거나 또는 화려한 수사 길 보철겠없는 본의를 초라하게 내어놓는 무인함으로 ...

아시아의 시, 자기 복원의 노래

『얼마나 분명한 작은 존재들인가』

아시아 시인 11인의 앤솔로지인 『얼마나 분명한 작은 존재들인가』를 앞에 두고 우선 생각해야 하는 것은 '아시아시란 무엇인가?'이다. 그런데 이에 답하기 위해선 필수적으로 또 하나의 물음에 답해야 한다. '서양시란 무엇인가?'이다. 그리고 이는 우리를 꼼짝 못하게 짓누르는 엄청난 무게를 가진다. 그러므로 11인의 아시아 시인들의 시에 접근하기 위해 가장 원초적인 질문을 던지는 것으로 시작한다. "이들은 왜 쓰는가?"이다. 이에 대한 답을 찾아가는 과정에서 아시아 시인들의 접점과 분화점을 그나마 발견할 수 있을 것이라고 생각하기 때문이다.

세 개 눈을 가지신 부처님이 조형물일까?
두 개 눈을 가진 내가 조형물일까?

날개 달린 신이 불구일까?
날개 없는 내가 불구일까?

빛을 퍼뜨리는 부처님이 살아 있는 걸까?
빛을 모으는 내가 살아 있는 걸까?

부처님일까?
나일까?

— 일. 을찌터그스, 「누구일까?」 전문

    일. 을찌터그스는 세계를 이루는 극과 극 두 지점을 가로지르며 묻는다. "누구일까?" 극과 극 두 지점을 가로지르며 묻는 질문에 답을 찾는 일이란 의미 있는 일은 아니다. 이미 질문 자체가 답인 차원의 말이기 때문이다. '세 개의 눈과 두 개의 눈', '날개 달린 신과 날개 없는 나', '빛을 퍼뜨리고 모으는', '부처님과 나' 사이를 드러내며 동시에 채우는 물음이나 답인 형식의 말이 "누구일까?"이다. 이는 존재의 맨 처음을 탐구하는 진술인데, 이러한 일. 을찌터그스의 질문은 존재의 맨 끝을 확인하는 고형렬의 다음 시와 대조된다.

변소의 귀신이, 사상의 깊은 곳간 속에 있고
그것이 우리들의 엉덩이의 두 골반뼈 사이 한쪽으로
삐져나온 항문과 연결되어 있는 통로라는
사실을, 나는 까마득한 역사처럼 잊고 저 장기와 관계없는
안개 속에서 살아가는, 순명을 버리고 살아가는
것처럼, 회벽을 통칠한, 어두컴컴한 도문의 대변소,
대변소 쥐들의 앞발이 면봉(綿棒)같이 아슬하게
묏난 상피조직의 흉터 같은 똥껍질들을 밟으며
천길 지하 밑으로 빠지다가, 먼 3층 회랑을 건너갔다
왔다, 나는 잘못 확신했다, 도문의 쥐들이

슬그머니 밤이나 낮에 나와 아픈 배를 쥐어 안고
높다란 난간 흙바닥에 틀고 앉아 뒤를 누고 있는
인류의 똥을 쳐다보고 연명했음을, 나는 화등잔처럼 눈을
뜨고, 돌아가지 못한 한 여성을 보았다
두만강 둑 너머, 도문의 진흙 귀신의 내장으로 처바른
구중궁궐 같은 대변소의 농무(濃霧)에 그만 눈이 먼 채로

— 고형렬, 「도문(圖們)의 쥐」 부분

"슬그머니 밤이나 낮이나 아픈 배를 쥐어 안고" 찾아가는 자리란, "안개 속에서 살아가"는 것을 잊고, 확신으로 만든 선명한 목표를 향해 걷는 행보가 "순명을 버리고 살아가는" 배 아픔이 쌓여 그것을 확인하는 존재 맨 끝 종국(終局)의 자리일 터. 그곳에서 인간 몸의 맨 끝 자리인 "엉덩이 두 골반 뼈 사이로 삐져나온 항문"이 "사상의 깊은 곳간"과 연결되는 통로임을 자각하는, 그래서 "화등잔처럼 눈을 뜨고" 본다는 것이 "구중궁궐 같은 대변소의 농무에 그만 눈이 먼 채로" 본 것일 수도 있음을. 과연 보는 것이 본 것인가? 도문의 쥐가 인류의 똥을 쳐다보고 연명한 것인가? 인류가 도문의 쥐에 묻은 똥을 쳐다보며 연명한 것인가? 이는 인간 몸의 맨 끝에서 달리 말하면 가장 깊은 차원의 현실에 귀를 대고 던진 질문이며 동시에 시를 쓰는 이유이지 않을까.

인간 존재의 맨 처음에서 던지는 질문과, 인간 존재의 맨 끝에서 던지든 질문 사이로 나 있는 길이란 결국 자기 복원을 향해 나아가는 길일 터. 그곳에서 누군가는 "강 언덕을 따라, 나는 하늘을 끌고 달리기 시작"(바이링, 「연」)하고, 누군가는 "새벽 지나는 길에 모호한 문 두드리는 소리"(응위엔 꽝 티에우, 「무형의 집 계단」)를 듣고, 또 누군가는 "어떻게

달 위에 꽃이 피게 할 수 있을까"(옌 아이린, 「달에게 묻다」) 라며 불가해한 것을 열망한다. 그런데 이러한 자기 복원의 길에서 눈에 띄는 것이 우선 주객 합일의 길이다.

> 고대에는 그저 이렇게
> 네게 편지를 쓸 수 있었을 뿐,
> 우리가 다음에 어디서 만나게 될지는
> 알지 못했다
>
> 지금은 너의 우체통으로 가서
> 하나 가득 별을 채운다
> 별들은 모두 워드로 친 것이다
> 별들은 일어나 너를 위해 달린다
> 별들은 하늘의 모처에 정박해 있지만
> 나는 아무런 관심도 없다
>
> 고대에는 푸른 산이 엄연하게 존재했고
> 파란 물이 그의 산자락에 취해 쓰러져 있었다
> 우리는 그저 읍하는 것으로 인사를 나눴을 뿐인데도 서로
> 다음을 기약할 수 있음을 알았다
>
> — 자이요밍, 「고대에는」 부분

워드로 치는 별이란 구체적인 계획에 의해 만들어진 별이다. 정해진 장소와 정해진 시간에 분명 '너'를 위해 떠 있는 별이다. 정해진 시간과 장소라는 범주하에 철저히 순응해야만이 볼 수 있는 무엇이다. '현대'란 법률에 의해 촘촘히 짜여진 규칙을 지켜야 하는 시대이다. 규칙을 벗어

나는 것은 곧 신용불량이라는 낙인이 찍히는 것이다. 따라서 모두가 다 다른 사람과의 규칙을 지키려 하고, 다른 사람에게도 지킬 것을 요구한다. 정해진 장소, 정해진 시간 안에 존재하려고 온 힘을 쏟는 것. 그러나 시인은 "아무런 관심도 없다". 규칙의 한계를 뛰어넘어 "다음을 기약할 수 있"는 있는, 너와 나의 구분이 아닌 너와 나의 경계가 무화된 자리에서 우리라는 한 몸으로 묶이는 합일의 지대가 인간의 궁극의 길이기 때문일 것이다. 그 자리에서 인간은 "파란 물이 산자락에 취해 쓰러"지는 충만한 광경의 한 부분이 될 수 있을 터. 그러나 지금은 산으로부터 파란 물을 걷어낸, 인간과 자연이 또는 인간과 인간이 주객으로 분리된 시대이다.

그래서 다시 자기 복원으로 나아가는 길이란 캉시 초원을 달리며 "마부여 그대는 정말 모르겠는가/나 역시 한 필의 말이라는 것을"(안치, 「캉시의 초원」) 다시 확인하는 길이 되며, 히말라야를 넘으려는 것은 하려는 바를 사치스럽게 갈구하는 것이 아니라 "그저 히말라야의 허리, 또는 산자락에서, 이리저리 흘러 다니며/한송이 한송이 빙설에 덮이지 않은 작은 꽃의 향기를 맡"(자이요밍, 「히말라야를 지나는 바람」)는 것이며, "우리의 몸은 생산의 계절을 기다리고"(비 투이 링, 「6월」) 있음을 자각하는 주객 합일의 길이다.

이와는 달리 주객 합일의 열망 대신 소통 단절의 현실 그 자체만을 노래한 아시아 시들이 있다. 이리한 시는 소통 단절의 현재만을 확인하고 현재의 부당함이란 주인이 없는 객체만의 세계에서 기인하는 것임을 말한다.

걸으면 걸을수록 혼자가 되는 나는 어찌 된 걸까

나는 노란색일까

노란색뿐일까

그렇다고 해도 아무 말도 하지 말아라

누구와도 공유할 수 없어 걸어 다닌다

나도 예측할 수 없어 걸어 다닌다

— 마츠오카 마사노리, 「걸어 다닌 밤」 부분

연결 안 되는 건 없어요,

끝없이 계속 연결되고 있어요,

그래, 만약, 따르릉 하고 수신되면 그것은 분명 지뢰를 밟는 일.

말하는 사람도 없는 깜깜한 우주가

회로를 일제히 내려오니까.

— 카와즈 키요예, 「들판의 전화」 부분

"걸으면 걸을수록 혼자가 되는 길"은 자기 복원이 현실에서는 불가함을 드러내는 길이다. "노란색뿐"임을 "누구와도 공유할 수 없"는 길이란 집을 가지지 못한 '객'의 존재가 언제 어떻게 되리란 것을 "예측할 수 없어" 떠도는 길이다. 인간과 인간 사이의 계약과 규칙으로는 공유되지 않는 세계, 설사 "따르릉 하고 수신되면 그것은 분명 지뢰를 밟는 일"이 되는 세계에서 인간은 끝없이 계속 연결되고픈 열망을 꿈꾼다. 연결에 대한 열망은 자기가 누구인지 밝혀내는 길과 상통하는 길일 터. 이 또한 자기 복원의 한 방식이 될 수 있을 것이다.

11인의 아시아 시인들을 말한다는 것 자체가 말하고 싶으나 말할 수 없음을 인정할 수밖에 없는 버거운 일일 것이다. 이들을 하나로 모으는 지점에 무엇이 있을까 하는 질문이 다시 시작되는 것으로 글을 맺을 수밖에 없다. 그들은 모두 자기 복원의 길을 떠난 듯하다. 그렇다면 그들은 모두 어디로 갔는가? 어디로 가는가?

성긴 언어 사이 '선림(禪林)'으로 가는 길

이상국 시

근래 한국 시의 문제점으로 언급되는 것 중의 하나가 시가 너무 길어진다는 것이다. 이는 시가 길어진다는 것 자체를 문제 삼는 것이라기보다는 필요 이상으로 언어가 난무하는 것을 지적하는 것일 게다. 대개 내공이 부족할 때 화려한 장식을 만들고, 급기야는 감당 못 할 화려한 수사에 빠져 길을 잃거나 또는 화려한 수사 끝 보잘것없는 본의를 초라하게 내어놓는 무안함으로 귀결되는 시. 결국 치졸한 난해함, 치졸한 교양, 치졸한 지식 나열 수준의 시란 언어를 속아내지 않고 빽빽하게 채우기만 한, 숨통이 트일 구멍이 없는 시가 된다. 그래서 시간의 흐름을 이기지 못하고 잠시 잠깐 화려하게 필 뿐 곧바로 사장된다. 어쩌면 그것을 꼭 나쁘게 볼 일은 아닐 듯도 하다. 대개 세사의 호들갑스런 언사들은 시간의 흐름을 이기는 언어에 모아지는 것이 아니라 신기한 장식의 언어에 집중하기 마련이니 말이다. 일부의 누군가 세사의 호들갑스런 주목을 즐기는 것도 괜찮을 듯도 싶다. 그러나 혹 한다하는 대부분의 시인이나 평론가들이 청맹과니처럼 요란을 떨고 있는 것은 아닌지 섬뜩하다.

이상국 시의 언어는 성기다. 요체(要諦)의 언어로 노래하는 시이다. 얕은 수준의 성찰로 인간의 질곡을 성급하게 결론짓고 확정지으려는 요설과는 다른 차원에 있다. 이상국 시에서 인간 삶의 본의란 삶의 질곡 속으로 더욱 빠져드는 것이고 마침내 질곡 자체를 육화하는 것이다. 「국수가 먹고 싶다」에서처럼 "뒷모습이 허전한 사람들", "늘 울고 싶은 사람들"의 삶을 같이 "국수"를 먹는 묵언의 행위로 체화할 뿐, 어설픈 위안의 언어로 너스레떨지 않는다. "국수가 먹고 싶다"를 감싼 요체의 언어 사이로 그 묵언의 행위는 의미의 숨을 쉬게 된다. 성긴 언어의 틈새로 단정 지을 수 없는 삶의 질곡이 숨통을 트며 확산 변주된다. 그래서 생의 '허름함/허전함/허기짐'이 제자리에서 그 자체로 더욱 허름해지고, 더욱 허전해지고, 더욱 허기져 웅숭깊어진다. 그리고 이를 통해 이상국 시는 "선림(禪林)"으로 가는 길을 가늠한다.

> 禪林으로 가는 길은 멀다
> 미천골 물소리 엄하다고
> 초입부터 허리 구부리고 선 나무들 따라
> 마음의 오랜 폐허를 지나가면
> 거기에 정말 선림이 있는지
>
> 영덕, 서림만 지나도 벌써 세상은 보이지 않는데
> 닭죽지 비틀어 쥐고 양양장 버스 기다리는
> 파마머리 촌부들은 선림 쪽에서 나오네
> 천년이 가고 다시 남은 세월이
> 몇 번이나 세상을 뒤엎었음에도
> 흐르는 물에 발을 담근 농가 몇 채는

아직 面山하고 용맹정진하는구나

좋다야, 이 아름다운 물감 같은 가을에
어지러운 나라와 마음 하나 나뭇가지에 걸어놓고
소처럼 선림에 눕다
절 이름에 깔려 죽은 말들의 혼인지 꽃들이 지천인데
經典이 무거웠던가 중동이 부러진 비석 하나가
불편한 몸으로 햇빛을 가려준다

어디로 가는지도 모르고
여기까지 오는데 마흔아홉 해가 걸렸구나
선승들도 그랬을 것이다
남설악이 다 들어가고도 남는 그리움 때문에
이 큰 잣나무 밑동에 기대어 서캐를 잡듯 마음을 죽이거나
저 물소리 서러워 용두질을 했을지도 모른다
그러나 슬픔엔들 등급이 없으랴

말이 많았구나 돌아가자
여기서 백날을 뒹군들 니 마음이 절간이라고
선림은 등을 떼밀며 문을 닫는데
깨어진 浮屠에서 떨어지는
뼛가루 같은 햇살이나 몇됫박 얻어 쓰고
나는 저 세간의 武林으로 돌아가네

                —「선림원지(禪林院址)에 가서」 전문

  속도의 경쟁에서 이긴 것, 그래서 먼저 가서 입고, 마시고, 차지한 자를 선망하는 이유는 표가 나기 때문이다. 표가 나야만 빛을 발하는 시대. 뒤처진다는 것은 곧 뒷방의 고루한 담론으로 치부되는 시대. 이를 자본주

의 사회라 한다면, 그것에 대응하는 시인들의 언어란 누가 날렵한가, 재빠른가로 그 세련됨을 겨루기 십상이다. 그런데 모두가 자신의 언어에 가속도를 붙일 때 속도를 소거하고 제자리를 고수하며 유구하게 변해가는 한가함을 일찍이 주목한 시인이 있었다. 속도를 뒤쫓아간 자의 언어들보다 속도를 제거한 그의 언어는 오히려 더 세련되어 있었다. "더운물에 몸을 불키거나 때를 밀거나 하는 것도 잊어버리고/제 배꼽을 들여다보거나 남의 낯을 쳐다보거나 하는"(백석, 「조당(澡堂)에서」) 목욕탕에서의 게으로고 한가한 몸짓이 유구한 역사의 징표라는 것을 통찰한 것. 그래서 변방 출신의 그는 자본주의의 속도로는 포착하지 못할 변방의 아름다움을, 그 속에 본의로서 환기되는 인간 삶의 정수를 노래한다. 이상국의 언어 또한 변방의 아름다움에 대한 헌사가 되는 것이다. 그것은 시인이 「시의 얼굴」이라는 산문에서 밝혔듯이 그의 시에 "국토의 외진 곳에 뿌리를 내리고 오직 농사로 수백 년 살아온 선대와의 유전적 관계일 수도" 있는 "변방 의식과 소외가 들어 있"기 때문일 것이다.

이상국 시의 변방이 주목되는 것은 중심으로서의 대도시에 비해 뒤처진 삶의 쓸쓸함을 말하는 수준의 변방이 아니기 때문이다. 속도에 뒤처진 쓸쓸함, 소외감의 범주는 이미 너무 익숙해져서 도식적이기까지 하지 않은가. 이상국 시의 변방은 속도를 걷어낸 변방, 경쟁 논리를 걷어낸 인간 삶 자체를 말하는 것과 관련된다. 그것은 "천년이 가고 다시 남은 세월이/몇 번이나 세상을 뒤엎었음에도/흐르는 물에 발을 담근 농가"의 유구함에서 "용맹정진"을 발견해내는 통찰의 시선으로, "깨어진 부도에서 떨어지는/뼛가루 같은 햇살이나 몇뒷박 얻어 쓰고" "선림"을 성긴 언어의 지대로 남겨두고 "무림"으로 돌아갈 줄 아는 절제의 힘으로 그리는 변방이다. 이때 "선림"이란 저 세간과 뚜렷이 구별되는 별개의 지역에 있지 않다. 이상국 시에서 "선림"은 어찌 보면 세간 그 자체에 있다. "닭죽지 비틀어 쥐고 양양장 버스 기다리는 파마머리 촌부들이" 나오는 곳은 "선림" 쪽이며 동시에 삶의 한바탕 무늬가 새겨지는 세간이 아니겠는가. "서 캐를 잡듯 마음을 죽이는", "저 물소리 서러워 용두질을" 하는 세간과의 질긴 연줄 때문에 허름해지고, 허전해지는 삶 속에 은밀히 선림이 내거한다. 따라서 저 세간의 무림으로 돌아감은 동시에 선림으로 가는 또 다른 길이 될 수 있다. 이것이 시인의 언어가 지속적으로 변방의 삶으로 스며드는 이유일 것이다. "선림"의 또 다른 이름인 "시베리아"를 향한 고단한 날갯짓을 멈추지 않는 "저 밑에는 날개도 없는 것들이 많단다"(「기러기 가족」)라는 믿음의 이유일 것이다.

이상국 시에서 변방이란 자본주의의 속도 대신 자연의 순리에 순응하는 곳이다. 자본주의 불빛은 별빛보다 더 밝은 현란함으로 별빛을 사장시킨다. 어둠은 문명의 빛이 미치지 않는 음산한 치외법권의 지대일 뿐이다. 이때의 어둠은 빛에 의해 오염된, 즉 광해(光害)된 뿌연 어둠이다. 이상국 시는 광해로 훼손되지 않은 칠흑 같은 어둠을 복원시킨다. 칠흑 같은 어둠을 복원시키는 것은 곧 별빛을 복원시키는 것이 된다. 이것이 가능한 이유는 시인이 "봉창 유리"를 가지고 있기 때문이다.

> 어떤 날은 잠이 안 와
> 입김으로 봉창 유리를 닦고 내다보면
> 별의 가장자리에 매달려 봄을 기다리던 마을의 어른들이
> 별똥이 되어 더 따뜻한 곳으로 날아가는 게 보였다

하늘에서는 다른 별도 반짝였지만
우리별처럼 부지런한 별도 없었다
그래도 小寒만 지나면 벌써 거름지게 세워놓고
아버지는 별이 빨리 돌지 않는다며
가래를 돋구어대고는 했는데

그런 날 새벽 여물 끓이는 아랫목에서
지게 작대기처럼 빳빳한 자지를 주물럭거리다 나가보면
마당에 눈이 가득했다

나는 그 별에서 소년으로 살았다

— 「어느 농사꾼의 별에서」 부분

　시인은 "별"의 부름에 응하는 존재다. "별"의 생성 소멸과 인간의 생성
소멸이 대응하는 세계 즉 자연의 순리가 인간 삶의 과정과 맞통하는 세
계를 비추는 "봉창 유리를 닦고 내다보"는 존재다. 그곳은 인간의 소멸
이 조그만 유골 상자로 축소되는 것이 아니라 "별똥이 되어 더 따뜻한 곳
으로 날아가" 상승 확산되는 순정의 어둠을 하늘로 삼는 세계이다. 광활
한 천체에 응하는 것은 이상국 시가 그것을 "봉창"을 통해서 보는 것이기
에 가능하다. 자연을 사물화시켜 그것을 낱낱이 밝히고 검증하려는 강력
한 조명으로 자연을 비추는 것이 아니라, 자신이 발하는 빛을 소거하고
자연 앞에 자기를 낮추어 벽에 뚫린 조그만 창으로 스며들어오는 자연의
비밀스런 빛으로 자기를, 인간을 비춰보는 것이다. 그래서 "새벽 여물 끓
이는 아랫목에서 지게 작대기처럼 빳빳"해지는 것이 의학적, 과학적 원
리로 머쓱해지는 것이 아니라 "별의 가장자리에 매달려 봄을 기다리던

마을의 어른들"의 소멸의 다른 이름임을 말하는 것이다. 그래서 시인은 노래할 수 있다. "근사하다 내가 저 아름다운 청년을 만들다니……", "아들에게는 천지만물을 그대로 물려주었으니"(「아들과 함께 보낸 한철」). 자연의 생성과 소멸이라는 장구한 흐름에서 '나'란 '인간'이란 한낱 점에 불과한 것. 그러니 그 순환 고리의 일환으로 스스로를 확인하는 것. 그것은 "알고 보면 우리가 사는 이 큰 별도 누군가 내다버린 것이고/긴 여름도 잠깐이다"를 알아내는 것이다. 그러니 장구한 자연의 부름에 응하는 인간 삶의 비의(秘意)를 어떻게 초음파 검사식의 시선으로 감지할 수 있겠는가.

> 동네 병원 대기실에서 두 늙은이가 반갑게 손을 잡으며 농을 하는데 벽에 붙은 각종 초음파 검사료 아크릴 판이 뻔히 내려다본다.
>
> 저 걸로 들여다보면 가슴이 벌렁벌렁하던 삶이 보일까?
>
> 애 타던 사랑이 보일까?
>
> 다 될 때까지 그것들은 얼마나 힘들었을까, 나는 그들 뒤에서 괜히 이런 생각을 했다.
>
> ―「이런 생각」 부분

"벌렁벌렁하던 삶"이란, "애 타던 사랑"이란 "초음파 검사"라는 과학의 눈으로는 볼 수 없는 인간 삶의 비의 지대다. 해부학적 시선으로는 결코 포착할 수 없는 인간의 육체 그 어느 안쪽 어둠 속에 자리 잡은, 딱 부러지게 설명할 수 없는 상흔이다. 온 힘을 다해 몸이 "다 될 때까지" 자기를 내던지는 고투가 이제는 체화된 몸이란 "성한 데가 없"는 몸이며, 이상국 시에선 인간이 그려낼 수 있는 궁극의 아름다움이 된다. 그것은 초음파의 시선으로 낱낱이 밝히고 설명해야 하는 아름다움이 아니라 감히 단정을 유보하고 "얼마나 힘들었을까"같이 에둘러 가는 성김의 언어로 말하는, 그래서 인간 삶을 비의 자체로 남겨놓는 것으로서의 아름다움이다. 그의 신작시 「나중에 생각하다」에서처럼 "그 노인"과 "버스기사"와 "나"를 단정하지 않고 각기 다른 삶의 처지를 객관적으로 성찰해 삶의 복잡 미묘함을 섬세하게 갈파해내는 것이다. 또 한 편의 신작시 「골목 사람들」 또한 이러한 면을 잘 보여준다.

나는 이 골목에 대하여 아무런 이해가 없다
그래도 골목은 늘 나를 받아준다
삼계탕집 주인은 요새 노랗게 머리를 염색했다
나이 먹어가지고 싱겁긴…… 그런다고 장사가 더 잘 되냐
아들이 시청 다니는 마당에 감나무 있는 집
이번에 과장 됐다고 한 말 또 한다
왕년에 과장 한 번 안 해본 사람…… 그러다가
참 잘됐네요
나도 한때는 공무원이 되고 싶었으나 실력이 모자랐으니……
세탁소 주인 여자는 세탁기 뒤에서 담배를 피우다가
나에게 걸렸다,고 생각하는 것 같다
피차 미안한 일이다
바지를 너무 댕공하게 줄여주지 않았으면 좋겠다
골목이 나에 대하여 뭐라는지 모르겠으나
나는 이 골목 말고 달리 갈 데도 없다
지난밤엔 이층집 퇴직 경찰관의 새 차를 누가 또 긁었다고

밤으로 옥상에 잠복을 하겠단다
나는 속으로 직업은 못 속인다면서도
내 차도 봐주었으면 한다
무슨 생각을 하며 사는진 몰라도
골목 사람들은 어떻든 살아보려고 노력하는 사람들이고
누군가는 이 골목을 지켜야 한다고 생각한다

—「골목 사람들」 전문

　대로(大路)의 삶이란 인과적 원리로 뚜렷하게 설명될 수 있는 삶이다. 빨간불과 파란불의 의미가 확고부동하며, 만나야 될 사람과 그럴 필요가 없는 사람이 암묵적으로 확연하게 정해져 있는 삶이다. 보여줘야 할 것과 그러지 말아야 할 것이 계획도시의 직선 도로처럼 선명하게 줄 그어져 있는 삶이다. 일정 경계를 넘어 타인에게 다가선다는 것은 무례한 일이며 동시에 촌스런 짓에 불과하다. 그래서 선망한다. 대로의 삶은 이른바 '쿨한 것'을. 집착하지 않는 것을. 감정의 갈무리가 재빠른 것을. 그러나 집착하지 않을 수 있겠는가. 감정의 질곡에 어떻게 빠지지 않을 수 있겠는가. 다만 아닌 척할 뿐이다. 내가 얼마나 세련된지를 증명하기 위해. 그런 세련됨에 호응하는 언어일수록 속이 텅 비어 있다. 텅 비어 있음을 감추기 위해 오히려 더 과장하고 호들갑을 떤다. 그래서 나의 쿨함을 세련됨을 강박증처럼 어떻게 해서라도 증명하려 한다. 그러나 그것이 가장 촌스럽고 고루한 언어임을.

　이상국 시의 언어는 "댕공하게"라는 변방의 언어로 세련된 촌스러움이 포착할 수 없는 차원의 생생한 삶을 그려낸다. "골목 사람들"이란 명쾌하게 풀어지지 않는 사소한 시시비비, 이해득실, 희로애락이라는 삶의 잔

주름으로 서로 얽히고설켜 있는 존재들이다. 그래서 "무슨 생각을 하며 사는지" 한마디로 단정 지어 말할 수 없는 이들이다. "왕년에 과장 한 번 안 해본 사람"이라는 질투와 "참 잘됐네요"라는 축원이 "속으로 직업은 못 속인다"라는 나무람과 "내 차도 봐주었으면" 하는 소망의 모순된 감정들과 혼용되어 있는 존재들이다. 인간 삶의 현장에서 확인할 수 있는 것은 분명한 가름이 아니라 "이 골목에 대하여 아무런 이해가 없"음에도 불구하고 "늘 나를 받아"주는 불가해이며, 그런 불가해 속으로 인간 삶의 뿌리가 내려져 있음을 말하는 것이다. 그래서 시인은 "누군가 이 골목을 지켜야 한다고 생각한다"라는 당찬 신념의 언어로, '댕공하다'를 간직한 변방의 숨소리가 살아 있는 언어로 노래한다. 그래서 우리는 이상국의 시 곳곳, 불가해한 삶의 현장인 무림의 한복판 불현듯 내거하는 선림의 서늘함 속에 "소처럼" 누워 있다 나올 수 있을 것이다.

역사의 노래, 증언의 노래

신대철 시집 『누구인지 몰라도 그대를 사랑한다』

'화해'라는 단어만큼 어떤 문제가 불거질 때마다 논자들의 입에 자주 올려지는 것이 있을까. '화해'의 깃발 앞에서 균열은 곧잘 불온한 것으로 치부되어 배제되곤 한다. 그러나 강요된 망각과 침묵의 기반 위에 펄럭이는 '화해'의 깃발이란 공동체 구성원 전체의 영혼을 수라장의 고통에 빠지게 할 위험한 유혹임을. 하여 '화해'는 입빠른 소리로 섣불리 말할 것이 아니다.

신대철의 시집 『누구인지 몰라도 그대를 사랑한다』(창비, 2005)는 '불화'의 시집이다. 역사가 몸의 중심을 꿰뚫고 있는 이가 세상에 불 지르는 불화의 노래이다. 지극히 사적인 몸에 난 면도날 같은 세밀한 감각으로 베어진 균열과는 성격을 달리하는 역사적인 불화의 목소리, 균열의 목소리로 아우성치는 시집이 신대철의 이번 시집이다. 이는 시대의 대세인 양 화해를 주창하는 거센 편류(偏流)의 목소리에 정면으로 맞서고 있기에, 맞서 아직도 음습한 자리를 떠도는 눈감지 못한 영혼의 무리를 직시하고 그것이 과거가 아님을 현재임을 말하고 있기에, 그래서 입빠른 화해의 목소리 아래 감춰진 허위를 들춰내고 그것을 다시 반성하게 하기에 주목할 만하다.

> 모래밭 부근에서 갈대 끼고 나는 올라가고 그대는 협곡으로 내려가고, 서로 엇갈려 생을 나눠 가진 그대와 나, 그대 아직 기억하는가, 1969년 9월 12일, 유난히 하늘 푸르고 물새들 후다닥 엉키며 날아오르던 날, 사정거리 밖으로 물 흘러가고 갈대 서걱거리는 소리 안으로 안으로 들어오다 흘러가고 좁은 강 사이에 두고 총부리 겨눈 채 굳어 있던 우리, 그대가 협곡으로 사라진 뒤에도 나는 해골 굴러다니는 바위 구멍에서 총부리를 겨누고 떨었다. 물새들 제자리로 돌아오면서 갈대 속으로 몸을 숨겼다가 하늘 푸르러지는 2004년 11월 14일, 진부령에서 작전도로를 타고 굽이굽이 긴장된 기억들 돌아나와 향로봉에 올랐다.
>
> — 「향로봉에서 그대에게」 부분

'나'는 2004년 현재에도 1969년으로 살고 있다. '그대'와 엇갈려 생을 나눠 가진 그때, 총부리를 겨누고 바위 구멍에서 벌벌 떨던 그때, '나'가 밟은 작전도로가 나의 현재 속으로 나 있다. 작전도로로 '나'는 북파 공작원을 세상 너머로 보냈으며, 그들이 간 길에 지뢰와 부비트랩을 매설하였음을 시인은 고백한다. 그들이 간 길을 폐쇄한 이, 그 길을 밟았을지 모를 사람들의 피투성이 얼굴들이, 영혼들이 스스로의 몸에 떠도는 이의 노래란 곧 그동안 간과했던 그래서 갑작스레 불쑥 솟아난 담벼락에 부딪히듯 우리가 잊고 있던 역사적 진실에 우리를 맞닥트리게 하는 충격을 주는 노래다. 2003년, 한 편의 영화가 계기가 되어 떠들썩하게 인구에 회자되었던 북파 공작원들에 대한 이야기와 그때 다소는 생소하게 그것과 관련돼 신문지상에 오르내리던 시인을 기억한다. 그것이 대중의 얕은 호기심을 자극할 한때의 기삿거리로, 그래서 시간이 지난 뒤 또 다른 자극적인 사건의 뒤편으로 그것을 사라지게 만드는 상업적 저널리즘의 시각으로 주로 말해졌었음은 안타까운 일이다. 최전방 GP 장교로 근무했던 이의, 역사의 이면에서 관등 성명 없는 북파 공작원들의 핏빛 눈빛과 그들의 눈빛을 빗돌이 되어 가슴에 각인한 이의 그때란, 시대의 조류에 편승하는 저널리즘의 언어로는 결코 온전히 복원될 수 없는 터, 오직 그것을 과거가 아닌 현재로 감당하는 이의 노래로만 제대로 위무될 수 있을 것. 그래서 신대철의 시는 '비무장지대에 떠도는 젊은 영혼들'에게 바치는 한판의 제대로 된 달램 굿이다.

　역사의 핏빛은 몸에 접한 이가 가는 길은 역사의 수레바퀴에 짓눌렸던 이들의 고통으로 점철된 '협곡'으로 향한다. 이는 고통스런 과거를 현재진행형의 그것으로 끊임없이 환기하는 되새김의 길이다. 알래스카에선 에스키모 여자를 통해 춘천 의정부 송탄의 여자들을(「북극일기」), 몽골에선 북한전쟁고아수용소를 통해 현재진행형인 한국전쟁의 모습을(「북한전쟁고아수용소1·2」) 그리고 몽골을 떠도는 북한 벌목공(「검은눈발─북한벌목공1」)을 직시하는 길이란 아직도 역사에서 소외된 자들의 "미소 짓는 눈빛에/어루만지는 불룩한 배에/동토대의 얼음이 박혀 있다"는 것을 확인하는 되새김이다.

　시인은 "당신 몸속에 꽉 차오른 메아리에 실려 당신에게서 당신 모르는 누가"(「협곡1」) 있는 협곡을, 힘센 자들이 조장한 역사의 폭력에 희생된 "아직도 무수한 당신 사이를 지나고"(「협곡1」) 있다. 시인의 노래는 비극적인 역사의 한복판에서 "쭉정이만 남겨도 살아 있는 것은 사력을 다해 올라오는"(「협곡2」) 역사의 저 뒤편 배경으로만 존재했던 이들을 전경화하고 주인공으로 앞세우며 그들을 증언하는 노래이다.

　모순의 역사가 남겨놓은 상처의 한복판을 지나는 이, 그것을 우회하지 않고 덮으려 하지 않고 끊임없이 들춰내 말하려는 이, 곧 그것을 스스로의 상처로 육화한 이며 따라서 스스로의 상처를 지속적으로 후벼 파야 하는 고통을 숙명으로 감내하는 존재이다. 시인은 "고비에 들어와서도/나는 아직 고비로 가고 있다"라고 말한다 고비로 가는 길이란 "모래 구릉의 칼날 선에 눈 베이고 가슴 베이는 황막한 땅에"(「고비사막으로 가는 길」) 온몸을 던지는, 상처에 상처를 내며 상처를 잊지 않으려는 고투의 길에 기투(企投)하는, 그것을 통해서 비로소 자기 존재의 의미를 찾는 길이다. 그리고 그 여정에서 "고비, 한번 들어오면 제 손으로/나갈 데를 막아야 살 수 있는 곳"(「오도가도 못하는 시간—고비삽화2」)이라는 것을, "삶이란 모래와 풀과 바람에 길들여지며 굴러다니는 거"이며 "악취도 향기"(「악취도 향기지요—고비삽화7」)라는 것을 자각하는 여정이다. 역사가 남긴 고통의 '협곡'과 '사막'이 온몸에 육화된 이, 그래서 그의 몸짓이 그대로 증언이 되는 이만이 다음과 같은 화해 또는 희망의 빛을 잠깐 그러나 날카롭게 그을 수 있으리라.

불굴(不屈)과 낭만의 미학

조정권 시

조정권의 시는 '겨울'을 견딘다는 것이 무엇인가에 대한 답을 증거하는 존재의 아름다움을 노래한다. 이해득실의 셈법으로 가시화되는 일상세계의 비루함을 통박하고, 시류의 흐름에 결코 훼손되지 않는 절대 진리를 지향한다. 그러한 존재는 시류의 유혹에 맞서 스스로를 가혹한 동토의 세계에 가두고 일관된 의지를 견지한다는 점에서 지사적 풍모를 지닌다. 니이체에 따르면 정신의 억센 힘만이 가장 무거운 짐을 요구한다.*
가장 무거운 짐을 짊어지고 사막을 횡단하는 낙타의 정신을 가진 자만이 외경(畏敬)적인 존재이다. 세속의 이해득실을 차단하고 오로지 가장 높은 차원의 고결함을 지향하는 태도, 그러기 위해서 그것을 방해하는 불순함과 단 한 치의 타협도 용납하지 않는 불굴의 의지를 견지하는 조정권 시의 존재들은 그래서 외경적이다. 숭고하나.

---

* 프리드리히 니체, 『짜라투스트라는 이렇게 말했다』, 황문수 역, 문예출판사, 1975, 42쪽.

동토의 지대를 견디며 보고자 하는 것이란 개체성을 넘어서 모든 사물의 지향점이 되는 '진리'이다. 이때 '진리'는 인간의 말초적 욕망과 가장 멀리 떨어진 곳에 자리잡고 있다. 일상이란 인간의 말초성이 집요하게 뿌리를 내리는 세계이다. 그것으로부터 가장 멀리 나아가기. 그래서 절대불변의 '이데아'를 지향의 꼭짓점에 놓은 존재, 시인이다. '겨울'의 추위가 강할수록 그 속에 존재하는 시적 자아가 시선을 향하는 쪽의 이데아는 더욱 뚜렷이 빛을 발하며, 그것을 바탕으로 시적 자아의 생명력은 동토의 땅과 대비되어 강하게 생동한다.

> 시는 큰 부채 속에 얼음을 담아
> 세상을 부치신다.

— 「시」 전문

세속은 가시적인 이해득실의 셈법이 목적이 된 세계이다. 이러한 세속에서 의미 있는 것은 당장의 셈법으로 구체화될 수 있는 것들뿐이다. 이해득실의 계산법을 벗어난 높은 차원의 말들은 비현실적이거나, 비실용적인 허상으로 용도 폐기된다. 이때 인간은 이해득실이 노리는 목적을 위한 수단으로 전락한다. 그러므로 세속의 인간은 자신의 본래적인 인성을 상실한 존재이다. 세속의 시류에 부합하기 위해 능수능란하게 겉모습을 탈바꿈시키는 재주가 한 인간의 본래적 모습으로 가치 전도된 세계는 고정불변의 이데아가 동결된 겨울의 세계이다. 이를 직시하고, 겨울 속에서 그것에 굴하지 않는 불굴의 의지로 이데아를 향한 생명 의지를 견지하는 것이 바로 "얼음을 담아 세상을 부치"는 조정권의 시이다.

조정권의 시에서 아름다움이란 다름 아닌 세속의 틈입을 허용하지 않는 곳에서만이 발견된다. 세속의 억압에 맞서, 그보다 높은 차원의 진리를 지향하기, 이를 통해 세속의 셈법이 보잘것없는 잠시 잠깐의 욕망의 발로라는 것을 조정권 시는 말한다. 다음의 시도 그러한 경우이다.

> 소나기의 수첩을 열어보니
> 진주가 가득 들어 있다
> 파초잎사귀에서 주운 진주알들 시려어
>
> ──「비망록」 전문

조정권 시의 비망록에 적혀 있는 아름다움은 "소나기"의 과정을 지나온 "진주알"의 아름다움이다. 인간의 이기적인 욕망과 접한 가공력(加工力)이 영향을 미치지 않은 곳, 무위의 순리가 만들어낸 결정체로서의 "진주알"이 진주알다운 진주알이다. 즉 조정권의 비망록은 "진주알"같이 가장 본래적이며 그러므로 불변하는 것들의 아름다움을 기록한 언어로 채워진다. 조정권의 비망록을 우리가 펼친다는 것은 곧, 상황 논리에 따라 유동하는 세속의 변덕으로는 발견할 수 없는 비가시적이나 엄존하는 것들의 비경을 살피는 경우에 해당된다. 이러한 비경(秘境)이란 모든 사실의 시작점이었던 절대 진리의 자리인 이데아를 향한 불굴의 의지를 지니기 때문에 가능할 것이다.

조정권의 시의 비경은 시공을 초월한 존재들의 풍경이다. "겨울"의 가혹함을 피하는 것이 아니라 정면으로 받아들이며, 이를 통해 시간의 자장 밖에 은폐되어 있는 비가시적, 비경제적인 진리를 인간 삶의 궁극적인 원리로 환원한다. 물론 이는 현실을 지배하는 세속적 법칙에 위배되는 것이며, 그러므로 이에 따른 가혹한 고통을 감내해야 한다. 이러한 존재의 여정은 일상의 범주에서는 거의 실패하는 것으로 귀결된다. 그럼에도 불구하고 그것을 향한 의지를 굽히지 않는 것. 성공 유무를 따지는 것이 아니라 오로지 세계의 본의를 얻으려는 의지만으로 현실의 고통을 견디는 것. 이러한 존재들에게서 발현되는 아름다움을 노래하기가 조정권의 시이다. 즉 산소가 희박한 산정 지대에서 메말라 있는 나무 같은 존재의 아름다움을, 세찬 "소나기" 줄기의 억센 채찍으로 단련된 "진주알"의 아름다움을 노래하기이다. 이는 다음의 시들에서도 마찬가지이다.

> 언 호숫가 겨울나무가 서 있다
> 흰 눈의 면사포를 쓰고 있다
> 눈이 온다
> 일생 겨울숲속에서 밑둥은 얼어 있을 것이다
> 바람 속에서
> 견디고 있는 마음과
> 벌서고 있는 마음
> 진정한 두 마음은 한마음임을 약속하겠는가.
>
> ―「겨울 주례사」 전문

"겨울나무"가 의미 있는 이유는 "견디고" 있기 때문이다. "벌서고" 있기 때문이다. 세속에서 "진정한 마음"을 이루기 위해선, 세속이 요구하는 셈법을 따르지 말아야 한다. 이는 곧 세속의 현실적인 유혹으로부터 엄동설한의 지역으로 스스로를 유폐하는 행위이다. "일생 겨울 숲속에서 밑

둥"까지 얼어가며 '견디고/벌서는' 것이다. 시적 자아는 이 고난의 길을 택한다. "진정한" 것이 그 속에서만이 찾아지고 지켜지기 때문이다. 자기의 현실적인 모든 것을 상실할지도 모를 가혹한 "겨울"의 시간을 향해 서슴없이 걸어가는 행위는 장엄하다. 개인의 이해관계를 지우고 호수가 얼어붙은 시간을 서로를 향해 다가서기 위해 견디는 것, 진정한 마음의 합이다. 왜 면사포가 "흰눈의 면사포"여야 하는지의 이유이다. 즉 흰 눈 같은 깨끗함을 얻는 것은 엄동설한의 추위를 견뎌야만이 가능하다. "겨울"을 견디는 의지의 힘을 전제했을 때 비로소 절대 불변하는 진정한 마음의 합인 면사포가 가능하다는 것, 시「겨울 주례사」의 의미이다.

결국 시인의 주례사는 "진정한" 것을 위해 자신의 밑 둥을 얼리는 과정을 운명으로 받아들인 자만이 지닐 수 있는 품격을 말한다. 이전투구가 삶의 원칙이 된, 그래서 현실의 논리로 가늠할 수 없는 절대적 진리를 한낱 관념적인 허상쯤으로 치부한 가혹한 현실 세계에서 절대적 진리 즉 이데아를 향한 자신의 의지를 견지하는 것. 설사 그러한 자신의 의지가 가시화될 가능성이 지극히 낮다 하더라도 그것을 향해 가는 것을 조정권의 시는 "진정한"이라고 말한다. 그러므로 조정권 시의 아름다운 존재들은 지사적이다. 이러한 지사적 아름다움이 변주되는 시가 다음의「참나무 숲에서 거절당하다」이다.

　　바람의 제자가
　　겨울 속으로 찾아가 문안드렸다
　　참나무 숲이 말했다.
　　아무리 빈궁해도

난 이 겨울추위를 장작으로 팔지 않았다
나는 추위로부터 자유로워했지만
추위가
나를 평생 구속했다는 것을.

—「참나무 숲에서 거절당하다」 전문

"아무리 빈궁해도" "장작"을 팔지 않는다는 것은 이해득실의 현실적인 셈법과는 무관한 차원을 삶의 원리로 삼는다는 것이다. 지향하는 삶의 모습은 추위를 회피하기 위해 자기 의지를 꺾는 것이 아니라, 차라리 얼어붙는 것이다. 그 가혹한 동결 속에 불굴의 생명이 내재한다. 생명다운 생명이란 세속의 이해득실의 달콤함을 단호하게 '거절'했을 때만이 가능하다. 참나무 숲이 아름다운 이유는 가혹한 추위에 "평생 구속"당하며, 불굴의 생명을 지켰기 때문이다. 물론 불굴의 생명력으로 뻗는 방향은 일상의 차원, 가시적인 차원을 넘어선 이데아의 세계이다. 이데아를 향한 불굴의 의지는 인색한 현실에 낭만성을 끼어들게 하는 계기로도 작용한다.

밤 시냇물에서 만진다 동치미 같은
겨울 달
양평해장국집 계산할 때
주인은 카드 대신 슬쩍
달만 받고 만다.

—「시냇물」 전문

현실 차원을 뛰어넘은 이데아를 지향하는 정신은 낭만적인 것 또는 풍류적인 것과 연결되기 쉽다. 이해득실의 법칙을 거절하며 세속에 존재하기 때문이다. 즉 "양평해장국"집이라는 세속에 존재하는 시적 자아가 발견하는 삶의 원리가 "돈"이 아닌 "달"로 대치되기 때문이다. 계산을 "달"로 하는 방식이란 현실적인 셈법을 박차고 하늘로 상승한 탈일상적인 낭만에서 세계의 진면목을 찾는 삶의 방식이다. 본질적인 것을 가리는 현실의 논리에 대해서는 자신의 모든 것을 담보로 하고 맞서는 단호한 저항과 거부라는 불굴의 지사적 풍모와, "카드"로는 절대 밝혀지지 않는 세계의 진면목이 "겨울달"로써야 비로소 환히 비춘다는 낭만성과 궤를 같이한다. 불굴의 정신과 낭만의 미학이 현실의 개별적인 셈법을 뛰어넘어 세계의 심급를 향하는 것으로 확대된다는 점에서 맞통한다.

그러므로 조정권의 이번 시는 불굴과 낭만의 미학으로 빚어진 시라 할 수 있다. '겨울'의 혹독함을 견디며 절대적 진리를 견지하는 불굴의 정신과 삶의 진리를 수단에 불과한 자본의 차원이 아닌 인간의 본원적 감수성에서 찾는 낭만성이 조정권 시의 두 축을 형성하고 있다.

그리움과의 연대(連帶)

안도현 시집 『북항』

1.

　안도현의 시는 '그리움'과 연대한다. 이때 '그리움'은 시적 자아가 '당연
히 있어야 할' 당위적 존재로 귀결하기 위한 고투의 여정이다. 그것은 가
장 단순하고 자명한 원리가 지배하는 애초의 것에 호응함으로써, 시적
자아가 현재와 응전하게 만드는 바탕이다. 그러므로 안도현의 시에서 그
리움은 단순한 과거로의 역행이 아니다. 현재를 성찰하는 근거이며, 이
를 통해 현재를 개진하려는 의지의 표명이다. 이는 안도현의 시가 전형
적인 서정시의 특성을 띠고 있는 것과도 연관된다. 세계를 재구성 또는
재해석하는 시인의 욕망이 가장 자명하게 나타나는 방법이 동일화의 원
리에 충실한 진술 방식이며, 이는 다름 아닌 서정시의 주된 발상 방식이
기 때문이다. 안도현 시의 그리움은 시적 주체의 욕망으로 동일화되는
세계를 호명하는 목소리, 즉 서정적 자아의 목소리이다. 안도현의 시집
『북항』에서 이를 잘 드러나는 작품들 중의 하나가 「그 집 뒤뜰의 사과나

무」이다.

적게 먹고 적게 싸는 딱정벌레의 사생활에 대하여
불꽃 향기 나는 오래된 무덤의 입구인 별들에 대하여
푸르게 얼어 있는 강물의 짱짱한 하초(下焦)에 대하여
가창오리들이 떨어뜨린 그림자에 잠시 숨어들었던 기억에 대하여

나는 어두워서 노래하지 못했네
어두운 것들은 반성도 없이 어두운 것이어서

열몇 살 때 그 집 뒤뜰에
내가 당신을 심어 놓고 떠났다는 것 모르고 살았네
당신한테서 해마다 주렁주렁 물방울 아가들이 열렸다 했네
누군가 물방울에 동그랗게 새겼을 잇자국을 떠올리며
미어지는 것을 내려놓으라 한동안 아팠네

간절한 것은 통증이 있어서
당신에게 사랑한다는 말 하고 나면
이 쟁반 위 사과 한 알에 세 들어 사는 곪은 자국이
당신하고 눈 맞추려는 내 눈동자인 것 같아서

혀 자르고 입술 봉하고 멀리 돌아왔네

나 여기 있고, 당신 거기 있으므로
기차 소리처럼 밀려오는 저녁 어스름 견뎌야 하네

— 「그 집 뒤뜰의 사과나무」 전문

"어두운 것"은 당위적인 세계를 잃어버렸기 때문이다. 더 나아가서는 잃어버렸다는 것조차 "반성도 없이" 살아가는 현재의 부정적 양태 때문이다. 이러한 맹목의 현재를 자각하는 것, 안도현 시의 시작점이다. 즉 "당신을 심어 놓고 떠났다는 것 모르고 살았"던 자기에 대한 자각을 "통증"으로 육화하기가 안도현 시의 요체이다. 이때 특징적인 것은 안도현 시의 여정이 "당신"과의 거리를 좁히는 것이 아니라, 그 거리를 지속한다는 점에 있다. 구체적으로 그것은 "당신하고 눈 맞추려는 내 눈동자" 같은 당신에게 다가서는 방식이 아닌, "혀 자르고 입술 봉하고 멀리 돌아왔네"라는 당신과 거리 두기 방식이다. 이러한 가혹한 자기비판의 방식으로 "통증"을 최대화하는 것이다. 가령 "아득하기만 한 당신아"(「아득하기만 한 당신」), "내 애인은 옛날부터 나를 알아보지 못했지"(「익산고도리석불입상」), "또 기별 전하리다, 총총"(「일월의 서한」)같이 "당신" 부재의 비극성에 스스로를 던지는 것이다. 그리고 이를 통해 안도현의 시는 "당신"의 세계를 절대화한다. "기차 소리처럼 밀려오는 저녁 어스름 견뎌야 하"는 것은 "당신"이 이처럼 절대적 세계 그 자체이기 때문이다.

2.

"당신"을 향한 그리움은 가혹한 자기 성찰의 방법이며 또한 현재를 극복하고 현재 이상으로 자기를 기투(己投)하는 방식이다. "당신"은 '딱정벌레, 별, 강물, 가창오리' 같은 자연을 통해 상징화된다. 자연을 "-에 대하여"의 자리로 호명하는 주체는 시적 자아이다. 그러므로 자연은 시적 자아가 생각하는 당위적 세계의 반영태로서 기능하는 것이라고 할 수 있는

데, 이때 자연은 간명하며 그럴수록 가장 처음의 진리가 작용하는 세계이다.

> 산은 높아지려 하지 않아도 위로 솟아오르고
> 물은 깊어지려 하지 않아도 아래로 흘러내리네
>
> — 「몽유도원도」 부분

> 땅이 비켜준 자리
> 누구도 구멍이라 말하지 않는데
> 둥굴레는 미안해서 초록을 펼쳐 가린다
>
> — 「비켜준다는 것」 부분

> 그리하여 마지막으로 불러보는
> 강이라 부르지만 다시는 강이라 부를 수 없는,
>
> — 「강」 부분

자연은 간명하면서 정교한 세계이다. 그것은 주어진 작용의 원칙을 순리로 여긴다는 점에서 간명한 세계이며, 동시에 한 부분의 작용이 전체의 모든 부분으로 파급되어 나간다는 점에서 정교한 세계이다. "산"의 솟음과 "물"의 흐름이라는 작용은 "—하지 않아도"라는 간명한 무위(無爲)적 작용이면서, 인위(人爲)로는 결코 대체될 수 없는 '높이'와 '깊이'의 세계를 이룬다. "비켜준"이라는 이타적 작용을 "미안해서"라는 이타적 작용으로 호응하는 당연한 원리가, 이해득실을 따지는 복잡한 원리는 불가능한 "초록"의 세계를 가능하게 한다. 그러므로 안도현의 시는 자연을 지향한다. 그리고 무엇을 지양해야 하는지를 분명히 한다. 그것은 "다시는 강이라 부를 수 없는" 인공적인 "강"을 만들고, "땅에서는 풀벌레가 울고 하늘에서는 별이 운다고 믿던 단결과 연대의 시절"(「가을밤의 풀벌레 소리」)을 사라지게 한 인위적 가공이다.

이러한 안도현 시의 자연 세계 지향은 "당신" 부재의 상황을 공동체적인 문제로 확대 심화한 것이라고 할 수 있다. 또한 "당신"을 잊고 지냈다는 개인적 성찰이 생태적 세계에 대한 사회적 성찰로 연결된 것이라고도 할 수 있다. 안도현 시의 그리움은 시적 자아를 개인적 존재로 동시에 사회적 존재로 호명하는 기능을 하는 것이다.

3.

이번 안도현 시집에서 또 하나 특징적인 점은 '서사'를 활용한 시가 많다는 점이다. '서사'는 그 어떤 글쓰기 방식보다도 가장 완결된 수준으로 세계를 제시한다. 이는 '서사'가 시간의 순차성, 인과성에 따르는 글쓰기 방식이기 때문이다. 독자는 '서사'를 통해 보다 사실적이고 생생하게 구현되는 세계를 만나며 이로써 이해를 동반한 재미를 느끼게 된다. '서사'를 활용한 안도현의 시 또한 일정 정도의 흥미를 유발한다. 그러나 이보다도 더 주목되는 점은 안도현의 시의 '서사'가 세계의 완결성을 해체하는 방향으로 진행된다는 데에 있다. 그러므로 '서사'를 활용한 안도현의 시는 "명징함과 모호함의 경계쯤에서 시를 두고 싶었"다는 시인 자신의 말을 염두에 두고 살펴볼 수도 있을 것이다. 이를 이와 관련된 작품들을 통해서 좀 더 자세히 살펴보겠다.

그해 섣달 초이렛날, 나는 매화 분(盆)에 물을 주라 겨우 이르고 나서 아득하여 눈을 감았네 그리하여 매화꽃은, 매화꽃은 목둘레만 남았네

— 「매화꽃 목둘레」 부분

코끼리가 간밤에 벚나무에 몸을 비비고 떠난 뒤에 벚나무는 연분홍 코끼리 새끼들을 낳았다 이 기이한 착종에 의해 태어난 코끼리들은 울지 않았다 벚나무의 한숨이 십 리 밖까지 번졌다 …(중략)… 봐라, 벚나무 아래 뿔뿔이 돛대도 아니 달고 떠나는 저 어린 코끼리들의 정처 없는 발자국 좀 봐라

— 「벚꽃」 부분

그때부터였다 팔짱을 끼고 강건너 불구경하는 사람들이 생겨난 것은 그들이 한때 명궁이었다는 말이 있다

— 「명궁(名弓)」 부분

안도현 시의 '서사'는 세계의 모습을 명징하게 하면서, 동시에 세계의 명징성에 균열을 내고 있다는 점에서 특징적이다. 「매화」는 "나"의 "매화"(시)를 향한 욕망의 과정을 서사를 통해 전체적이면서도 완결된 수준에서 제시한다. 그런데 "매화"를 향한 "매화치"의 최종은 '눈을 감아버리는 것', 즉 매화의 형체를 사라지게 하고 그것의 "목둘레만 남"기는 것이다. 이는 매화를 향한 "나"의 욕망을 최종의 지점에서 다시 시작되게 한다. 그리고 '매화란 무엇인가?'에 대한 답을 재구성하게 한다. 그리고 이를 통해서 "매화"는 모호해지나 그 의미의 크기는 모호함의 정도만큼 확대된다. 이러한 모호함은 결국 안도현의 '서사'가 「벚꽃」의 "기이한 착종"

으로 향하고 있기 때문이다. 즉 "태어난 코끼리"들의 '서사'가 '돛대도 아니 달고 떠나는 정처 없는 발자국'이라는 여전한 미궁으로 귀결되기 때문이다. 그러므로 안도현 시의 '서사'는 세계를 완결하는 과정이라기보다는 완결된 세계를 해체하는 과정에 가깝다. 즉 "명궁"이란 두 팔이 잘린 채 "강 건너 불구경"으로 귀결된다는 모순의 과정이 안도현 시의 '서사'인 것이다. 그리고 이를 통해 어쩌면 시인은 시적인 서사의 가능성을 모색하는 녹록치 않은 시적 실험을 감행하고 있는 건지도 모르겠다.

무참(無慘)의 미어(美語), 서정의 생기(生氣)

성선경 시

1.

성선경 시는 무참으로 아름답다. 무참함으로 그것 이상에서 발현되는 경이의 지대에 들어선 언어일 때, 그의 서정에 생기가 돈다. 시적 아름다움은 미(美)를 미로 추(醜)를 추로 지시하는 관습적 사유와의 투쟁에서 기인한다. 관습적 사유란 하나의 제도 또는 체제에 가장 확고하게 고착된 표준이라 할 수 있는데, 이것으로부터의 이탈하는 것으로서의 시 의식이란 체제의 중심 권력에게서는 위험하거나 불순한 사유의 발현이다. 그러므로 이탈자는 정상 또는 소통의 자리에서 스스로를 비정상 또는 고립(유배) 지대로 스스로를 내모는 모험적(낭만적)이거나, 비현실적인 존재라는 낙인을 감수해야 한다. 그런데 시에서 또는 예술에서 요구되는 아름다움은 한 체제가 만들어낸 표준적이거나 도식적인 그래서 곧잘 상품의 도구로서 활용되는 수준 이상의 것이다. 시적인 아름다움은 표준과 도식을 부수적인 것으로 돌린다. 더 나아가서 기존의 표준과 도식을 해체하고 다시 새로운 표준과 도식을 기인하게 하는 '빅뱅'의 아름다움이다. 노장의 '무(無)'의 미의식도, 칸트가 말하는 '무관심적 관심'의 미의식도 향유자로부터가 아니라 사물의 현상으로부터 기인하는, 사물 실재의 아름다움을 포착하는 것을 지향한다. 그리고 이때의 아름다움은 기존 인식의 테두리 밖에서 생성되는 사물(세계)의 경이함을 수렴하면서 그 자체가 표준이 되는, 그래서 기존의 인식을 재편성하게 한다.

목적으로서의 아름다움은 그것을 포착하려는 창작자에게 가혹한 대가를 요구한다. 그것은 기존 체제에서 기인하는 앎[知]에서 벗어나는 통과의식을 거쳐야 하는 것이다. 이는 단순히 지식을 우회하는 것이 아니라 지식을 통째로 관통하면서 그것으로부터 이탈하는 것이다. 기존의 지식을 철저히 습득하는 것이 요구되면서, 동시에 그것에 얽매이지 않고 그것을 무화시킨 상태에서 사물 본연에서 기인하는 아름다움을 포착하라는 것이다. 사물 이외의 것에서 기인하는 일체의 관심을 무화하는 것을 통해, 오로지 사물 그 자체에 집중해 기존의 관습적 사고로 포착할 수 없었던 뜻밖의 아름다움을 지향하는 미의식이다. 이는 자기 지식을 최대화한 자가, 그것을 자기 권력 삼아 세계를 정의하고 구분하려는 본능에 가까운 욕망을 제어하고 '판단 정지'의 벼랑으로 자기 사유를 몰고 가기를 요구하는 사유라는 점에서 가혹하다. 동시에 기존의 체제에 틈을 내고 지속적으로 빠져나가 기존 체제의 정당성 또는 확정성에 맞서는 속성을 가진다는 점에서 반체제적이거나 저항적이다.

2.

성찬경 시의 언어가 가진 서정은 세계로부터 기인하는 순간 활력을 지닌다. 사물 외의 것과 얽혀 있는 자기 지식과 정서를 약호화하고 최대한 객관적 상태에서 사물을 볼 때, 그리고 이를 통해 언어가 사물의 현상에서 기원하는 것이 될 때 성찬경의 시의 서정은 정의와 관습으로부터 도약한다. 이를 단적으로 보여주는 시가 다음의 경우이다.

> 아들이 아버지를 업고 건너는 봄이다.
> 텃밭의 장다리꽃이 나비를 부르면
> 걷지 못하는 아버지의 신발은 하얗다
> 중풍의 아버지를 모시고 아들은
> 삼월의 목욕탕을 다녀오는 길이다.
> 아버지는 아들의 등이 따스워 웃고
> 아들의 이마엔 봄 햇살이 환했다
> 아들이 아버지를 업고 건너는 봄이다.
> 아버지의 웃음엔 장다리꽃이 환하고
> 장다리꽃은 배추흰나비를 업고 건너는 봄이다.
> 중풍의 아버지를 모시고 아들은
> 삼월의 온천을 다녀오는 길이다.
> 장다리꽃이 나비를 부르는 봄이다
> 나비가 장다리꽃을 찾는 봄이다
> 걷지 못해도 아버지 신발은 하얗고
> 뛰지 못해도 아들은 신명이 나 훨훨
> 장다리꽃이 배추흰나비를 업고 건너는 봄이다.
> 배추흰나비가 장다리꽃을 안고 건너는 봄이다.
> 방금 장다리꽃이 빙긋이 웃고

따라서 배추흰나비가 빙긋이 웃어
장다리꽃이 배추흰나비를 업고 건너는 봄이다.
배추흰나비가 장다리꽃을 안고 건너는 봄이다.

—「백화만발」 전문

「백화만발」은 사물과 사물 간 상호작용의 힘으로 팽팽하다. '아'과 '아버지', '장다리꽃'과 '배추흰나비'는 서로를 지시하면서, 의미 경계를 열고 서로로 화(化)한다. 즉 아들은 아들이면서 아버지로 작용한다. 아버지는 아버지이면서 아들이다. 장다리꽃과 배추흰나비도 물론이다. 체언과 함께 이들의 행위를 지시하는 용언도 그러하다. '업고(안고)와 업힘(안김)'은 서로의 행위를 '부르고 불리'는 호명 과정을 통로 삼아 자기성의 테두리로부터 이탈하고 비약한다. 이는 시 전체를 이루는 사물들이 행위와 정서의 주체이면서 동시에 그것의 대상이 되게 한다. '아들이 아버지'를, '장다리꽃이 배추흰나비'를 "업고 건너"는 주체이나 동시에 업히는 대상이다.

이러한 관계는 모든 체언과 용언들의 의미를 생경하고 묘연한 자리에서 생성하게 한다. 봄날의 "웃고/환하고"의 풍경이 아름다운 이유이다. 즉 "웃고/환하고"가 그것의 의미 경계 너머로 도약하는 힘으로 생기를 가지는 이유이다. '웃음'이 "중풍의 아버지를 모시고 아들은 삼월의 온천을 다녀오는 길"은 절대 '웃음일 수 없는 웃음'이다. 결코 '무참할 수 없는 무참'이다. 웃음이 무참으로 화하고 무참이 다시 웃음으로 건너간다. 그러면서 묘연해진다. 웃음(무참)이 깊이를 가지면서 입체적 질감을 가지게 되는 것이다. 그리고 이 지점에서 성선경의 시가 제시하는 봄은 미적인

아우라로 '하얗고 환한' 공간이 된다. "깨어지고 부서져서" 존재의 눈을
뜨는 '죽림의 빛남'(「파죽」)도, "근심으로 키워 온 내 뿌리"와 작용하며 피
어난 민들레의 생애(「민들레 민들레」)도 마찬가지이다. 즉 웃음과 무참함
이 서로를 업고 업히고 안고 안기면서 맞통하는 황홀한 풍경이다. 이를
성선경의 시는 유난히 봄의 공간을 통해서 말한다. 그 이유는 다음과 같
은 시들을 통해서 짐작할 수 있다.

> 입구멍이나 똥구멍이 다 토하는 봄이다
> …(중략)…
> 입구멍이 뒷구멍이 되는 봄이다
> 귓구멍이 아가리가 되는 봄이다
>
> —「워낭 소리」 부분

> 이 봄날의 화단에서 꽃이여
> 또 풀이여
>
> —「봄, 화단에서」 부분

> 사랑은 인생인기라. 씨발 눔아
>
> —「녹양방초」 부분

성선경의 시에서 '봄'은 세계를 이루는 사물들 간의 상호작용이 가장
강하게 이루어지면서 그것이 전면적으로 외연화되는 배경이다. 이때 외
연화된 봄의 현상들은 기존의 의미 체계로는 다 설명되지 않는 비의(秘
意)적인 영역을 포괄하고 있다는 점에서 새롭다. 즉 성선경 시에서 '봄의
화단'은 기존 체계 질서에 익숙한 인간의 의식 수준 이상에서 약동하는

"꽃"들로 가득하다. '꽃'과 '풀'은 서로를 향해 화하면서 각각 자기의 독자적인 생기를 가진다. 이때의 독자성은 '꽃'이 '풀'을, '풀'이 '꽃'을 자기 이면으로 가지고 이를 통해 입체적 질감을 가지는 데서 기인한다. 부단히 '입구멍'과 '똥구멍'이 서로의 경계를 무너뜨리고 맞통하는 작용을 전제하며, 이를 통로 삼아 성선경의 언어는 '꽃'과 '풀'을 구분하는 언어 질서보다 앞서 존재하는 사물의 궁극적 실재로 향한다. 사물의 궁극적 실재로 향하는 언어이기에 '실연(失戀)'은 "마 잊어 뿌라"라는 언어 차원으로 단순화될 수 있는 의미가 아니다. '실연'은 또 다른 만남으로 잊혀질 것이라는 관습적 사고의 틀로 한정될 수 있는 무엇이 아니다. 그것은 그 자체로 파고드는 무참함을 통해, 그 속에 내재한 황홀에 맞닿는다. 무참함은 황홀을 더 황홀하게 하며 황홀은 무참의 정도를 배가하는 상호작용으로, 만남과 떠남의 구분법보다 앞서는 근원적인 생명을 획득한 '사랑'을 제시한다. 성선경 시에서 꽃이 피어난 봄의 황홀은 꽃이 지는 날의 무참함에 전면적으로 개방되어 있다. 이러한 개방의 언어가 황홀과 무참함으로 뒤범벅되어 있는 봄의 진경을 이루게 한다. "사랑은 인생인 기라. 씨발 놈아"라는 항변은 이를 지향하는 성선경 언어의 강력한 도발이다.

3.

성선경 시의 언어가 가진 생기는 현상을 직시하는 데서 기인한다. 시인의 주관적 정서보다 현상이 먼저 있는 것이다. 성선경의 시는 현상을 종속시킨 주관을 제시하기보다는 현상에 합일되는 것으로서의 주관을 말한다. 시인의 주관으로부터이기보다는 현상으로부터이기 때문에 성선경 시어의 서정은 생생하다. 이를 위해 우선 시인은 자기 주관과 정서를 정제하는 과정을 밟는다. 주관과 정서의 소리를 최대한 제어한 '허정(虛靜)'의 상태로 사물의 현상과 직접적으로 대면하는 순간, 그것이 성선경의 언어가 '적막'에 당도하는 순간이다. 이때 사물들이 이루는 풍경은 자기의 고유한 활력으로 생동한다. 그것을 지시하는 언어는 비로소 아름다워진다. 다음의 시는 그것을 가장 자명하게 보여주는 작품이다.

> 걷고 걸어서 나는 적막에 당도했네
> 적막은 고요보다 더 수굿하여
> 저 신선도 풍의 그림 속에선
> 석양보다 수염이 긴 노옹이 바위에
> 노송처럼 기대어 호리병을 들고
> 가없는 노을을 끌어당기는데
> 나는 걷고 걸어서 막 적막에 당도했네.
> 두 눈을 손차양으로
> 노을 저쪽의 저문 빛을 모으며
> 나의 등짝도 어둠 쪽으로 슬며시 기대네.
> 걷고 걸어서 당도한 적막이
> 오랫동안 과객을 받지 않은 주막같이
> 밝힐 듯 덮을 듯 등불을 흔들고
> 적막은 고요보다 더 수굿하여
> 말없이 어둠의 등짝에 나를 기대네.
> 적막은 고요보다 더 수굿하여
> 그림 속의 늙은이는 더 깊은 그림 속으로
> 어둠은 불빛을 피해 더 깊은 어둠 속으로

적막적막 걸어가 거울에 비친 얼굴 같이

내가 호리병을 물끄러미 바라보면 노옹도

물끄러미 호리병을 놓을 듯 들 듯 보고

내가 두 눈을 손차양으로 빛을 모으면

가없는 늙은이는 석양보다 긴 수염을 쓸 듯

아니 쓸 듯 노을을 끌어 등짝에 기대네.

적막은 고요보다 더 수굿하여서

졸릴 듯 아니 조릴 듯 주막같이 깜박거리고

노인의 수염은 가없는 노을을 자꾸 끌어당기는데

나는 걷고 걸어서 이 적막에 당도했네.

걷도 걸어서 당도한 적막은

오랫동안 과객을 받지 않은 주막같이

밟힐 듯 덮을 듯 등불을 흔들고

—「적막강산」 전문

"적막"에 당도한 자 침묵한다. 그곳으로까지의 곡절과 애통의 온갖 소리들을 제어하고 오로지 본다. 그리고 펼쳐지는 적막은 '무지(無知)'의 풍경이다. 규정할 수도 구분할 수도 없다. 온전히 현상이 있을 뿐이다. "석양보다 수염이 긴 노옹"은, "오랫동안 과객을 받지 않은 주막"의 등불은 규정을 이탈해 "밟힐 듯 덮을 듯", "놓을 듯 들 듯", "쓸 듯 아니 쓸 듯" 유보되고 깊어지며 "더 깊은 그림 속으로", "더 깊은 어둠 속으로" 무변광대해진다. 그것은 적막에 도달한 자가 가진 의식 이상으로 확대된 풍경이다. 달리 말하자면 현상을 초월한 풍경이다. '나'는 침묵하고 본다. "말없이 어둠의 등짝에 나를" 기댄다. 나의 주관으로 현상을 당기지 않고, '나'의 주관을 약화하고 이를 통해 현상에 합일한다. 그때 비로소 성선경의 언어는, 그리고 서정은 팽팽한 힘을 가진다. 이 자리에서 성선경의 시는 사적 정서를 뛰어넘어 보편성을 획득하거나, 표면적 관습적 차원을 넘어서 심층적이고 개성적인 세계를 펼친다. 바로 성선경의 언어가 미어(美語)가 되는 자리이다.

자연을 전유한, 자연에 전유된
언어의 아름다움

권숙월 시집 『가둔 말』

1.

권숙월의 열한 번째 시집 『가둔 말』은 '자연'을 통해 삶의 이치를 터득한 시선이 묘파한 아름다움을 노래한다. 『가둔 말』에서 '자연'은 단순한 완상(玩賞)의 대상을 넘어선다. 그것은 교환가치를 기준으로 위계화된 서열에서, 하나의 대상으로 전락된 인간이 자기 가치를 복원하는 공간이다. 권숙월의 언어는 자신의 것을 전면에 내세우는 복잡한 이해득실의 셈법을 해제하고, 비로소 드러나는 나 밖의 공간인 '자연'으로 향한다. 그리고 자연에 내재한 세계의 진(眞)을 현현하고 이를 육화한다. 그때 권숙월의 언어는 가장 자명한 수준에서의 아름다움을 나타내며, 또한 궁극적인 삶의 가치가 무엇인지에 대해 답으로 모아진다. 그러므로 이번 권숙월의 시집은 자연을 전유한 자이며 동시에 자연에 전유된 존재에게서 비로소 가능할 정결한 사유의 노래라 할 것이다. 즉 '시장(市長)의 욕망'으로 혼탁해진 정신을 자연의 순리로 가다듬어 나의 눈을 맑게 하는 것. 맑은 눈을 통해 나 이외의 것을 보고, 나 이외의 것을 통해 다시 나의 본래적 가치를 직시하는 여정에 『가둔 말』의 내밀한 의미가 견지되어 있다. 다음 작품이 그러한 경우이다.

그의 품은 막힌 데 없이 넓다
골짝 물 골목 물 가리지 않고
맑은 물 좋다고 고집하지 않는다
웃는 날 있으면 우는 날도 있는 법
눈앞이 캄캄할 때는 흙탕물 뒤집어쓰고
보채는 물 찾아오면 얼른 잠재운다
그의 품이 편한 것은 이 때문이다
가까운 데서 온 물도 먼 데서 온 물도
스스럼없이 한 몸 되어
누워서 흐르는 꿈 이루게 한다
가슴을 파헤쳐도 입 한 번 열지 않고
목마른 생명 없도록 젖만 먹인다

— 「낙동강」 전문

시인이 보고 있는 '낙동강'은 아름다운 삶의 경지가 무엇인지를 구체적인 수준에서 현재화시키고 있는 공간이다. 당면한 현재의 밖으로 밀어내 한낱 이상적인 관념의 차원으로 한정지은 가치를 바로 현재 삶의 원리로 끌어오는 것, '낙동강'이다. '낙동강'은 경계를 지운 세계이다. '골짝과 골목' 또는 '맑은 물과 탁한물'을 가리지 않는 무한한 품의 세계이다. '낙동강'은 나에게 '맑은 물/가까운 것'만을 허락하고, 또한 그래야만 현명한 것이라고 간주하는 계산적인 셈법의 언어로는 터득할 수 없는 이치가 아름다움으로 현현하는 공간이다. '낙동강'이 말하는 이치는 "스스럼없이 한 몸 되어 누워서/흐르는 꿈을 이루게 한다"로 구체화된다. 이때 '한 몸'은 "먼데서 온 물"을 중심으로 또는 "가까운 데서 온 물"을 중심으로 동일화시키는 은유적 욕망에서 이탈한 것이라는 점에서 특징적이다. 권숙월 시의 '한 몸'은 나의 셈법을 지워 먼 데와 가까운 데의 개별적이고 독립적인 가치를 온전하게 할 만큼 넓고 편한 품을 가진다. 이는 인간 삶의 본래적 가치를 '나'의 품을 확대해서 "목마른 생명"인 타자를 향해 '젖'을 먹이는 데서 발견하기에 가능하다.

'낙동강'은 삶의 궁극적 가치가 무엇인지, 그리고 아름다움은 무엇으로부터 나오는지에 대한 답을 구체화한 '자연'이다. 이를 발견하고 인간 삶의 원리로 삼기. 그래서 세속에 떠도는 장황설의 거창한 수사를 뒤로하고 간결 명확한 이치와 그것 위에서만 가능한 생의 맑은 모습을 찾는 것. 이는 권숙월 시의 중요 지점인데, 그의 언어가 모이는 응집점의 출발이 여기에서 기인하기 때문이다. 그러므로 시인이 '자연'을 어떻게 말하는지를 좀 더 자세히 살펴볼 필요가 있다.

> 만나면 반가운 표를 내는 거야
> 이것저것 따져 뭐 할 건가
> 상대가 누구든 낯가리는 일 없이
> 강아지처럼
> 강아지풀처럼
> 반갑게 인사를 하는 거야
>
> ─「강아지풀」부분

나무들이 장맛비에 몸을 맡겼다
평생 태어난 데 사는 나무도
마음이 젖을 때가 있구나
몸 섞고 사는 이웃에게도 털어놓을 수 없는
가둔 말이 있구나

—「가둔 말」 부분

권숙월 시의 시적 자아는 자연을 지향하는 존재이다. 그는 자연을 전유하고 그것을 되돌려 스스로가 자연에 전유하게 만든다. 자연의 이치와 삶의 이치가 길항 관계를 이루고, 이를 통해 이치는 구체적인 형상의 모습을 띠고 나타낸다. '강아지풀'과 '나무'는 이치가 구체적으로 증거된 세계이다. '내'가 '강아지풀'과 '나무'에게서 '이치'를 터득한 것은 다름 아닌 그것을 전유하기 때문이다. 그런데 주목되는 점은 이 지점에서 다시 역방향의 전유가 일어난다는 것이다. 즉 '나'를 '강아지 풀'화(化)하고, 또는 '나무'화(化)하는 것이다. 권숙월 시에서 전유의 대상은 자연일 뿐이다. 그리고 이를 통해 나를 자연만으로 전유시킨다. 이때 발견되는 이치의 세계가 시인의 언어가 현현하는 구체적인 아름다움이다. 가령 그것은 "길 떠나면 접고 말 사랑"에 대해서조차도 "수많은 날개를 달아보는" '민들레'의 아름다움이며(「민들레」), "사시사철 청정한 꿈 잃은 적 없"이 "하늘 방송에 채널 맞추는" '나무'의 아름다움(「나무 안테나」)이다.

「강아지풀」에서 아름다움은 "상대가 누구든 낯가리는 일 없이", "반갑게 인사하는" 강아지풀이 구현하는 삶의 이치이다. 나를 기준으로 '이것저것 따지'는 장황설의 수준에서 이탈한 경계 없는 품의 세계. 이때 가능한 '반가움'을 모든 타자를 향해 보내는 개방적 태도에서 아름다움이 생성된다. 또한「가둔 말」은 "몸 섞고 사는 이웃에게도 털어놓을 수 없는 가둔 말"이 마음이 젖는 이유라는 삶의 원리를 '나무'에게서 발견한다. 비애는 물질적인 셈법이 틀렸을 때보다는 말을 가두는 데서 기인한다. 의미 있는 또는 가치 있는 비애란 삶의 이치로 승화된 것, 즉 "평생 태어난 데 사는 나무"조차도 가지게 되는 삶의 비애이다.

비애를 직시한다는 것은 자기를 지양하고, '가둔 말'을 지닌 동병상련의 대상으로서의 타자를 지향하는 것으로 이어진다. 그리고 나와 타자의 경계를 넘어 '가둔 말' 소통하는 데서 비로소 인간 삶의 본래적 가치와 아름다움을 발견한다. 그러므로 자연을 통해 권숙월 시가 발견한 이치의 요체는 '타자'와 관련된다. 이를 다음에서 자세히 살펴보겠다.

2.

타자란 '나'를 넘어서는 것이며, 그것을 통해 다시 '나'로 돌아오는 하나의 과정이다. 타자로의 열림을 통해 '나'는 타자로 타자는 '나'로 수렴된다. 이를 통해 '나'의 세계는 타자의 세계로까지 확대된다. 이러한 '나'를 두고 레비나스는 자기 동일적인 고정체에서 벗어난 주체라고 말하는데, 주체는 물질에 얽어놓은 자기 매임에서 벗어나 새로운 차원의 시간으로 들어서는 존재이다.* 그러므로 타자는 '나'가 확대된 주체로 다시 생성하는 시간의 입구이다. 타자를 향하는 언어를 통해 '나'는 과거

---

* 엠마누엘 레비나스, 『시간과 타자』, 강영안 역, 문예출판사, 1996, 153쪽 참조.

적인 나를 지양하고 미래적인 나를 지향하는데, 이때 '나'는 하나의 보편적 이치에 해당되는 깨달음을 터득하는 여정에 나선 구도자적 풍모를 가진다.

> 오래 가까우니 당연히 뜨겁지요
> 이러다 정말 탈 나겠어요
> 더 이상 안 되겠어요
> 제발 좀 물러나 주세요
> 땅이 이렇게 애원했다 하자
> 해가, 못 이긴 척 들어주었다 하자
> 그러면 가을은 어떻게 되겠는가
>
> 숨 막히는 불볕더위 아랑곳없이
> 땅이, 나무 하나하나에 진한 그늘 만들어
> 지나가는 바람 죄다 불러들이다
> 물 내는 일 귀찮아 가만히 있다 하자
> 그러면 우리는 어떻게 되겠는가
>
> ─「배려」 전문

"못 이긴 척 들어주는 것"이나 "물 내는 일을 귀찮아 가만히 있는 것"에 해당되는 행위는 가치 판단의 한복판에 자기 이익을 세워두는 행위이다. 자기를 중심으로 내세우는 것은 자기 존재성을 자기 얽매임에서 찾는 것이다. 이때 인간은 자기 감옥으로 격리되고, 결국은 스스로를 세계로부터 소외시킨다. 권숙월의 시는 자기 얽매임에서 벗어난 존재들로 향한다. 자기 곤란함 또는 자기 귀찮음을 넘어서서 '우리의 가을'을 가능케 한 존재들의 '배려'에서 시인은 인간 본래의 모습을 읽는다. 그것은 "더 이상은 안되겠어요"라는 자기 정당화의 목소리를 제어하고 "숨 막히는 불볕더위"의 여정에 기꺼이 나서는 자, 그래서 '우리'를 가능케 하는 행위를 실천한 존재의 모습이다. 이해득실의 경계를 넘어서서 '너'를 '나'에게로 '나'를 '너'에게로 수렴하는 것을 당위로 삼은 존재에 대한 경의는 이번 권숙월 시집에서 중요하게 말해지는 것 중의 하나이다. 다음 또한 이러한 경우이다.

> 책이 가르쳐 주지 않는 참 따뜻한 공부를 했다
> 자두 다 따내면 '감사 비료'를 한다는 것을
> 자두농사 잘 짓는 사람에게 배웠다
> 죽음의 강 아무 탈 없이 건너
> 자두 돈 많이 하게 해 달라
> 지갑이 비는 날 없게 해 달라
> 그런 뜻이 아니라
> 그동안 애 많이 썼다고
> 고개 숙여 예의를 표한다는 것이다
>
> 아니, 자두 밭 가진 사람이 여태 그걸 몰랐다니
> 자두나무 덕분에 아들 딸 공부 잘 시키고도
> 지금까지 한 번도 인사할 줄을 몰랐다니
>
> ―「참 따뜻한 공부」 전문

'책으로 하는 공부'란 합리적, 이성적이라고 간주된 현실 원리를 배우는 것일 터. 문제는 이때의 합리와 이성이 자기중심적인 틀을 통해 세계를 말하고, 그때 주재한 세계를 자기의 협소한 시야로 설명하는 원리라는 데에 있다. 결국 책이 가르쳐준 공부란 자기에게 따뜻하나, 타자에게는 냉정한 지극히 배타적인 규칙을 학습하는 것. "따뜻한 공부"는 "돈 많이 하게 해 달라"라는 자기중심적인 언술을 성찰하는 것에서 시작된다. '자두'를 자기 이익의 원천으로만 보는 것을 반성하고 '자두'에게 "감사 비료"를 할 줄 아는 것이 결국 "자두 농사 잘 짓는" 방법의 실체라는 것이다. 그러므로 주체는 타자를 향해 "고개 숙여 예의를 표"하는 "따뜻한 공부"를 학습하고 이를 통해 성숙한 인간의 자리에 올라선 존재이다. 이러한 성숙은 그러나 아무나 할 수 없는데, 자기 헌신을 성숙의 과정으로 삼기 때문이다. 타자에게로의 전면적인 개방이란 곧 자기를 하나의 도구로 삼는 가혹함을 견뎌야 하는 것이기 때문이다.

> 누나에게도 다홍치마가 잘 어울리는 나이가 있었다
> 저고리에 미처 못다 감춘
> 실처럼 가는 끈 풀고 속치마를 내리면
> 대 이을 자식 볼 수 있는 청춘이 있었다
> 조카 셋 대학 공부 뒷바라지 다 하고도
> 동생에게 짐이 되는 것 죽기보다 싫다
> 분홍치마도 어울릴 때가 지난 육십 대 후반의 우리 누나
> 이 나이에 일자리 있는 것이 어디냐
> 수십 년 다닌 봉제공장 떠날 생각 못하고
> 담 밑의 봉숭아처럼 끈질기다
>
> 눈물샘 바닥나면 저리 고운 꽃 피울 수 있을까
> 아기집 같은 씨 주머니 생기는 대로 키우고 있다
>
> ──「봉숭아」 전문

'고운'이란 수식어는 결코 잘 정돈된 화단에 핀 꽃을 위한 것이 아니다. '고운'이란 수식어의 주인이 될 수 있는 자격은 '청춘'을 담보로 걸고 "조카 셋 대학 공부 뒷바라지"한 강인한 생명의 힘을 육화한 존재에게만 있다. 또한 누군가의 짐이 되기를 극구 거부하는 자기 자신에 대한 엄격함, 그리고 그것을 지키는 방편으로 "수십 년 봉제공장 떠날 생각" 못 하는 자의 담 밑의 봉숭아처럼 끈질긴 일관됨에 있다. 자기 헌신과 자기 엄격함을 동시에 견지하는 삶이란 곧 "아기집 같은 씨 주머니 생기는 대로 키우는" 모태적 삶이며, 이러한 삶이 피운 꽃에서만이 우리는 아름다움이 무엇인가를 예감할 수 있다. 이때의 아름다움은 슬픔을 머금고 있다.

세계의 이해득실의 셈법에서 소외된 자의 슬픔이 권숙월 시의 언어가 향하는 '아름다움'을 둘러싼다. "다홍치마가 잘 어울리는 나이"를 "눈물샘"이 바닥날 때까지 살아온 자의 슬픔인데, 이때 슬픔은 인간의 심성을 정결하게 씻어 삶의 이치를 밝혀주는 하나의 정화수이다. 그러므로 권숙월 시의 슬픔은 청승의 차원과는 격이 다른 자기 절제의 엄격함을 지킨 존재의 간명한 떨림이다. 즉 "숨이 턱턱 막히는 불볕더위"(「골목 복숭아」) 속에서 피운 '꽃' 또는, "세경 못 받는 머슴살이"를 살면서도 "어느 누구에게도 대놓고 욕을 하지 않고" 생을 마감한 '학재 삼촌'(「학재 삼촌」) 같은 표 나지 않는 존재들을 둘러싼 슬픔이다. 이는 장황설을 다 빼고 남은 인간 삶의 정수에 깃든 슬픔이다. 이를 노래하는 권숙월 시의 언어 또한 함축적이며 동시에 자명하다.

3.

　권숙월 시가 밝히는 삶의 이치 그리고 그것을 둘러싼 아름다움의 요체
는 자명함이다. 진리를 터득한 삶이란 복잡다단한 현실 원칙을 지나 가
장 보편적인 차원의 자명한 진리를 아름다움으로 현현한 것. 이를 노래
하는 시인의 언어 또한 에두르지 않고 간명하다. 이것이 권숙월 시가 단
순함을 통해 아름다움을 말하는 이유이다. 아름다움이란 타자로의 헌신
으로 자기를 최대한 분명하게 한 자의 모습이 지닌 단순함 그 자체이다.
이를 말하는 것이 이번 권숙월 시집의 중요 특징인데, 다음의 시가 주목
되는 이유도 여기에 있다.

　　　평생 같은 자리, 발이 묶여
　　　햇살도 바람도 찾아와야 만나는
　　　해마다 되풀이되는 단조로운 삶이지만
　　　다른 사랑을 욕심내지 않는다
　　　복사꽃 배꽃에 하나도 없는 향기
　　　아무리 퍼주어도 줄지 않는다고
　　　향기로운 삶이라고 소문 내지 않는다
　　　열매로 가는 길 환하게 열리고
　　　그 아래 마음 쉴 자리 곱게 깔려도
　　　봄 시샘하는 서리 덮치는 날이면
　　　풀이 죽을 것이지만 저리 눈부시다

　　　전국에서 가장 많은 김천 자두꽃

　　　　　　　　　　　　　　　　　　　—「자두꽃」 전문

'자두꽃'이 의미 있는 존재가 되는 이유는 일관됨에 있다. 평생 같은 자리에서 해마다 되풀이하는 '단조로운 삶'이란 결국 하나의 길만을 여는 일관된 삶의 태도에서 기인한다. 시적 자아가 자두꽃을 통해 발견하고 인간 삶의 이치로 확언한 것은 "다른 사랑을 욕심내지 않는다"이며, "아무리 퍼주어도 줄지 않는" 향기로 "열매로 가는 길"을 여는 이타적 삶의 태도이다. 물질적인 셈법에 자신을 맡긴 삶이란 매 순간 좀 더 큰 이득을 따라 움직일 것이며, 복잡한 이면의 계산으로 스스로를 불투명하게 할 것이다. 때문에 '자두꽃'의 의미란 이면적인 계산이 복잡하게 얽혀 있는 자리와 대비되는 자리에서 피는 존재라는 점에 있다. 즉 "시샘하는 서리 덮치는 날"까지 "퍼주는" 이타성으로 삶을 일관하는 것. 이를 두고 단조로운 것이라고 말하며, 이때 단조로움은 깊이 없음이 아니라 생명의 가장 깊은 곳까지 자명하게 드러내는 투명함이라는 것. 가령 그것은 권숙월의 다른 작품인 「글자」에서 "해바라기는 이 한 자에 일생을 바친다"라는 태도이며, 또는 「오래 짓는 집」에서 "수십 년 걸려 지어도 미완성"인 집을 짓는 태도이다. 이것의 공통점은 그것이 현실화되느냐의 여부와 그것에 따른 셈법을 중심으로 삼고 갈지자 행보를 걷는 자의 태도와 대척되는 자리에 있다는 것이다.

"눈부시다"는 가장 높은 차원의 삶의 이치를 향해 일관하는 태도에서 현현하는 아름다움에 대한 헌사이다. 투명한 단조로움을 삶의 이치로 구현한 존재에게서 발견하는 아름다움은 시인의 언어가 향하는 중요한 지점이다. 다음과 같은 시들을 통해서도 역시 잘 드러난다.

꽃이 아름다운 것은 단순하기 때문이다

봄만 되면 분위기를 잡는
개나리꽃 진달래꽃 가까이서 보라
자두꽃 복사꽃 멀리서라도 보라
그 표정이 얼마나 단순한가

…(중략)…

너무 복잡한 사람의 마음이여
꽃을 얼마나 읽어야 단순해질 것인가

— 「꽃을 읽다」 부분

털어놓지 못한 속상한 일 씨앗 된 것일까
머리에 미운 종양이 돋아
서울 큰 병원에서 수술을 했다
빠른 회복 소식에 문병을 가니
까까머리에 화장기하나 없는 얼굴
말도 눈으로 하는 진짜 미소천사가 되어 있었다
사십 대 중반이 새색시처럼 다소곳하다

— 「민들레꽃처럼」 부분

권숙월 시가 의미를 부여하는 '꽃'의 요체는 단순함 또는 다소곳함이다. 사람의 복잡한 마음을 정제하는 단순함이란 꽃이 피기까지의 지난함을 순치시킨 존재의 표정에서 나타나는 자연스러움이다. 갈피를 잡지 못하는 삶의 속내를 가장 근본적인 차원의 간결한 진리 앞에 비추어 보는 것. 그래서 다시 궁극적인 삶의 원리에서 멀어진 "복잡한 마음"이 결국 부자연스러운 인위에 불가하다는 것을 성찰하게 한다. "화장기 하나 없는 얼굴"로 "말도 눈으로 하는" 다소곳함은 생을 간명하게 정제한 존재가 터득한 자연스러움이다. 이를 말하기가 바로 권숙월 시의 요체인데, '진짜 미소'란 장황설을 앞세우는 이해득실의 잡다한 표정이 다 지워지고 나서야 나타나는 아름다움의 구체화라는 것이다. 그러므로 권숙월 시는 자명한 존재의 아름다움을 구현하는 언어이며, 이를 향해 전진하는 일관된 삶의 자세를 둘러싸고 있는 언어이다.

제4부

문향(文向)·탈문(脫文)의 언어

하이데거가 말하기를, 시작(詩作)은 모든 예술 행위란 세계에 있어서는 특정 정신과, 아무도 가지 않았던 곳을 지향하는 모험 또는 실험 정신이 길항하는 ……에서 멀리 떨어진 어느 그윽한 곳에서 흘러오는 정신(의 회 ……것에 대해 만족하는 것이 아니라. 그곳에 대해 끝임없이 흘만족하는 자기 결여를 육화한 존재(……해 한 것이다. 그러므로 시인은 자신이 이루어놓은

언어이며 언어가 아닌 것으로서의 노래하기

하이데거가 말하기를, 시작(詩作)은 또는 예술 행위란 세계에서 멀리 떨어진 어느 그윽한 곳에서 들려오는 정신의 화음을 되풀이하는 것이다. 그것은 확정된 세계에 맞서는 투쟁 정신과, 아무도 가지 않았던 곳을 지향하는 모험 또는 실험 정신이 길항하는 행위이다. 그러므로 시인은 자신이 이미 이루어놓은 것에 대해 만족하는 것이 아니라, 그것에 대해 끊임없이 불만족하는 자기 결여를 육화한 존재이다. 극단적으로 말하면 '행복하고 싶은 시인이여 우선 맨 먼저 기꺼이 시를 버려라'이다. 시인다운 시인이고 싶은 이, 불만족에 자신을 몰아넣는 행위를 잠시 잠깐의 흥내가 아닌 운명으로 삼아야 할 것. 그래서 확인하는 것은 무엇인가? '모른다'이다. 자기 결여를 운명으로 삼는 신경증의 여정 끝에 얻으려 하는 것이 무엇인가에 대해 시인이, 시가 답할 수 있는 것은? '텅 비어 있다'이다. 그렇다면 시란 말장난인가? 아니라고 딱히 말할 수도 없을 것이다. 그럼에도 시는 무엇이어야 하는가에 겨우 말하자면 어쩜 시란 프로이트가 말하는 '사전쾌락' 행위이다. 행동 이전에 가능한 쾌락이며, 그래서 순수하게 형식적인 미적인 쾌락을 수반하는 행위. 이때 순수하다는 것은 가장 합리적인 또는 가장 현실적인 권력으로부터 벗어나 그렇다는 것이다. 그렇다면 시는 이성적인 범주의 세계를 기준으로 했을 때는 사기여도, 한낱 유희여도 이상할 것이 없다. 오히려 그것이 시다운 시일 것. 즉 사기의 언어이나 동시에 그 속에 세계의 한복판을 찌르는 비수가 섬광처럼 빛나는 언어. 언어가 노림수를 적확히 파고드는 순간 다시 그 언어를 지양하고 넘어서는. 그래서 시인의 언어는 언어이며 동시에 언어가 아니다. 달리 말해 순수한 것이며 동시에 훼손된 것. 탈권력적이며 동시에 권력적인, 모순 충돌 언어로서의 시어. 시는 처절하며 장난스럽다. 그러니 시는 본질적으로 어리둥절한 것이다. 명약관화한 언어는 종교의 언어에 가까울 뿐이다. 다음의 시들은 종교의 언어 반대편에 있는 언어들로 이루어져 있기에 시적 재미를 선사한다.

> 피 흘린 적 있어도
> 아직 뼈 한 토막은 잃어버린 적 없다
> 피는 안으로든 밖으로든 영원히 흘러야 하고
> 뼈는 건반처럼 음계를 지켜야 하고
> 분홍색 살점과 뼈와 피가 아름답게 꿰매져 있는 몸
> 갈피갈피 추억과 고통이 스며 있는 화폭
>
> 전신골격 모형은 한 마리 뼈의 날개다
> 뼈가 자라는 속도는 영혼이 자라는 속도와 반비례
> 뼈가 자라는 속도는 고통이 자라는 속도와 비례
>
> 비 오는 날 저녁

따뜻한 살과 뜨거운 피들이 모여
나의 외로운 겨드랑이를 물들이기 시작했다
누군가 왔다가 간 자리는 언제나 가렵다
온도가 높고 붉다

통증이 없으면 우리는 잠시 뼈를 잊고 산다
뼈가 못처럼 살을 찌른다
날개의 모습을 완성하려고 팔을 늘어뜨리고
어깨를 더 크게 그렸다
고통이 더 커졌다

뼈를 잃어버리면 모두 잃는 것이다
외투가 굶주린 옷걸이를 감싸고 조용히 흐느끼는 걸 보면
딱히 그런 것도 아닌 것 같다
하혈이 멈추지 않던 어느 날 밤
비명은 살과 뼈와 피가 뒤엉켜 색칠되었다
두꺼운 물감이 덧입혀진 유채(油茶)처럼,

— 박서영, 「몸의 유채화」 전문

「몸의 유채화」는 상실의 흔적을 따라 묵언 수행한다. 상실은 시간의
힘으로도 희미해지지 않는 각골(刻骨)의 고통이다. 시간이 지나면 잊히
는 상실을 노래하는 언어는 요란할 뿐 허공을 부유한다. 그러나 박서영
의 언어는 "뼈가 못처럼 살을 찌르는" 예리함으로 뼈에 상실을 새기는 언
어이다. 이때 시인은 상실의 힘에 압도되는 것이 아니라 그것과 거리를
유지하고 관조하는 시력(詩力)으로, '전신골격 모형을 한 마리의 뼈의 날
개'라는 상실의 본모습에 다가선다. 시적인 상실이란 "분홍색 살점과 뼈

와 피가 아름답게 꿰매져" 있다고 말할 줄 아는 미의식으로 노래할 줄 아는 것이다. 역설적으로 시어는 고통의 경계를 넘어서 미적 쾌감과 맞통한다. 고통과 미적 쾌감이 맞통하는 모순의 자리, 시어의 자리이다. 미적 환희의 언어란 결국 고투의 화염에서 환하게 피어오르는 것. 이는 다음 조연호 시에서도 확인된다.

> 여름밤은 납작했다
> 아내는 화재로 타버렸기 때문에
> 사슴이 울었다 가끔 큰 소리를 내며 항문으로 기체를 뿜던 그들이
> 숲마다 얇은 실의 천적을 걸어놓고 자기 귀를 부흥하고 있었다
> 최근(最近)이 없는 사람을 따라 거미가 가라앉는 가족묘 언덕길을
> 오른다
> 그래, 최근이 없어진다, 발음기(發音器) 안쪽에 잘 접힌 내가
> 자기 노래의 짐승됨에 잘 마른 풀밭을 얹어주었다
> 아내의 여름밤에 남김없이 물이 부어졌기 때문에
> '네가 옳은 경우에만 대답은 고통을 갖고 있다' 는 구령(口令)이 들려
> 왔다
> 까맣게 타버린 아내가 기계체조를 했기 때문에
> 낚시꾼이 울었다 아아, 네가 다시 등과 배에 세로무늬를 새기고
> 밤을 물고 끌어당길 수 있다면
> 나의 줄은 꾸준히 사나울 것이다
> 아름다운 네 기륜(氣輪)에 먹구름이 몰려온 들판을 쏟고 말리라,
> 익살에 못 이겨 여름밤은 절하는 사람의 얼굴에 물을 뿜었다
> 그로써 완쾌된 사람은 이번에 종두(種痘)에 걸려 있었다
> 손톱으로 긴 홈을 파낸 그 골로 사람은 흘러간다
> 우편행랑이나 구멍자루에 담겨
> 자유에 미쳐가게 되는 이 여행

나는 더 많은 꿈에 돌을 맞췄다

— 조연호, 「행려시(行旅屍)」 전문

　조연호 시에서 '행려'는 '주검'의 여행이다. 삶의 뿌리를 뽑는 통과의례를 거친 다음에야 가능한 부랑(浮浪)이다. 통과의례를 거치는 제의의 기록은 참혹하다. '정착'을 화염에 불태우는 극단적인 형벌의 언어이기에 그렇다. 그래서 조연호의 시는 "최근이 없"는 자의 노래가 된다. 지금을 지우고 지금의 경계를 넘어서는 자, 지금에 얽힌 기억에 구멍을 내고 기억을 '행려'하는 자의 노래. 그것은 "아름다운 네 기류에 먹구름이 몰려온 들판"에 투신하는 언어이다. 언어의 날 끝에 "꾸준히 사나울" 여정이 빛난다. 시적인 것이란 결국 평화로운 가정에 귀의하는 것에 있기보다는, 그러할 가능성을 모두 불태우는 화염에 있는 것. 치유가 아니라, 끊임없이 상처를 환기하고 더욱더 깊이 파고드는 것. 급기야는 '시(屍)'의 눈으로 생명들의 경계선 밖을 보는 것. 이때 비로소 시적 쾌감은 발산된다.

　시는 가혹한 것을 요구한다. 시인은 그것을 지불하고 나서야 한 편의 시를 쓸 수 있다. 그러니 시에 대해서 함부로 말하지 말 것. 시를 대중들의 이해와 연관시켜 급전직하시키려고 하지 말 것. 영화 등등에 비교하며 시의 미래를 우려하지 말 것. 인간이 불완전한 한, 그것을 가장 깊은 심급의 차원에서 노래하는 시는 독버섯처럼 피어날 것이다. 최후의 인간이 그것을 먹고 떠난 다음에도 시는 계속 어느 벽에 새겨져 있을 것이다. 시어는 지워지는 것이 아니다. 물론 그 언어는 혹독하게 대가를 지불한 것이다. 다음의 신달자 시도 마찬가지이다.

너는 그렇게 왔다

사막을 지나 다시 사막으로
다시 사막을 지나 다시 사막으로
모래바람 살 허물고 뙤약볕 뼈를 조금씩 허물어
두 발 헐어 너덜거려 불길 속 맨발 끌기의 속도로
밤이 오고 다시 아침이 오기까지
제 몸속의 피라도 빨고 싶은 목마름으로
다시 사막을 다시 사막을 질질 끌며
발가락뼈 이미 녹아내리고 온몸 사막의 입에 물어뜯겨
그래도 가야 한다고
오직 정신 하나로 여기 도달하였으니

나는 그렇게 왔다

원시림을 지나 눈 시린 히말라야 산맥
목숨 들고 오지 않으면 들여놓지 않는
영험한 설산 정상을 넘어
길 없는 눈 속을 목까지 푹푹 빠지며 이미 목까지 다 언 침묵의
칼날이 목을 베는 바람의 날(刀) 위를 건너
심장의 박동소리라도 한 줄 꺼내거나
등뼈라도 한 줄기 뽑아내거나 해서
뒤뚱거리는 동상(凍傷)의 검푸른 몸을 바로세우며
그래도 가야 한다고
오직 그리움 하나로 피를 돌리며 여기 나 왔으니

모든 육체는 찢기고 썩어
오직 두 개의 손으로만 하얗게 만나

우주 속 대성당 하나를 이루었느니.

— 신달자, 「두 개의 손」 전문

신달자의 시 또한 조연호의 '행려'에 호응하는 여정을 그린다. 사막을 지나면 시원한 샘물이 있을 것이라는 명제는 한낱 수사에 불과한 것. 사막을 지나 다시 사막으로 이어지는 끊임없는 목마름의 여정을 따라 인간은 전진한다는 것을. "그래도 가야 한다는" 꺾이지 않는 정신으로 "칼날이 목을 베는 바람의 날[刀] 위"를 건너는 투쟁의 무늬, 그것이 삶의 본(本)을 뜨는 언어의 정체라는 것. 중요한 것은 진리로서의 "대성당"이 아니라, 그것에 다가서기까지의 과정이다. "목숨 들고 오지 않으면 들여놓지 않는"이라는 참혹한 대가를 지불하며 그래도 전진하는 고투의 부산물일 뿐, 결국 "대성당"은 고투의 여정을 동반하지 않으면 무의미한 것이다. 그러므로 「두 개의 손」의 요체는 사막에서 사막으로 이어지는 여정에 자기 자신을 몰입시키는 데 있다. 시란 고통의 절정에 오르는 것, 그리고 그것을 품은 심미안을 개시(開示)한 자만이 격을 유지할 수 있는 언어 구성물이다. 다음의 시 또한 이를 확인하게 한다.

연꽃 벙그는 아침이면 지팡이 짚고 여기 나와 한참씩 앉았다 가곤 하였다고들 마을 사람들이 기억할 것이다 실은 한 송이 연꽃이 터질 때마다 가슴에 비수(匕首)를 맞고 있었음을 아무도 눈치 채지는 못하였으리라 연꽃 벙글던 어느 해 아침 이 언덕에서 그는 이별의 비수를 가슴에 받았다 그는 그 기억으로 한참씩 혼절하고 있었던 거였다 벼리고 벼리어서 사랑으로 벼리어서 던지는 이별의 비수, 터지는 연꽃 한 송이 그게 사랑의 완성이다 그 완성으로 그는 한참씩 혼절하고 있었던

거였다 살 내리던 거였다 그는 그렇게 연전 어느 날 아침 완성되었다
벼린 작두날 맨발로 올라 연꽃 한 송이 들고 허공으로 높이 솟았다 내
려오지 않았다

— 정진규, 「연꽃 한 송이 들고—律呂集 59」 전문

생의 정점이란 무엇인가. 연꽃이 핀다는 것이다. 그것을 생의 정점이
게끔 만드는 것은 무엇인가? 정진규 시의 묘미는 그것을 "비수(匕首)"에
서 찾는 데 있다. "이별의 비수"를 가슴에 맞은 자만이 연꽃을 피울 수 있
다는 것, 눈부심은 어둠을 전제한다는 것. 소멸이며 동시에 생성이라는
것. 생성과 소멸을 맞통하는 자리에서 연꽃은 피어난다. "벼린 작두날 맨
발로" 오르는 이별의 비수를 가슴에 꽂아야만 '사랑'은 '완성'된다. 그러
므로 '완성되는' 자리는 서로 맞서는 대응물들이 하나로 용해되는 장대한
지점이다. 이를 노래하는 언어는 격정을 머금은 고적한 언어이며, 이것
이 시적인 언어의 본색이다. 정진규의 언어는 시의 언어만이 가질 수 있
는 경지로 향한다. 다음의 고형렬의 시 「유리 염색체의 꿈의 바깥1」 또한
그렇다.

이럴 수가, 탄성하는 소리들이 침묵하는 죽음
뇌 속에 떠도는 유리 염색체의 기호, 대기의 수증기 방울처럼
높고 맑고 자유롭다, 유리 염색체는 날카로운 불안과 위험 속에서
이것이 현재의 꿈이며 꿈의 사전(辭典)
언어의 유리 염색체는 생의 유일한 도구로서 그의 전부
명령을 기다리고 있는 유리 염색체의 나, 수령되기 일 분 전 영면할
언어는 그때 통보될 것, 이 말은 수십년 기다려온 헛기침
이 쓸쓸한 유언을 이해할 사람은 단 한사람, 그만이 나에게 인간이다

꿈 바깥의 어느 모기(母氣)에서 액체화한 기이한 약속들
나의 심판과 실형은 사후에 있을 것
생으로 열리지 않는 유리 염색체의 기이한 환상체(幻想体) 속에
사슬의 결정체만 남고 내장과 뼈는 풍장과 똥으로 빠져나갈 것
죽음의 탄생, 백조의 환희 속에 존재하는 무의 비밀
이럴 수가! 뚝 문합하는 조철견독이다.

— 고형렬, 「유리 염색체의 꿈의 바깥1」 전문

「유리 염색체의 꿈의 바깥1」의 언어들은 의미를 지운다. "그때 통보될" 언어는 몸을 벗어난, 그리고 몸을 강제하는 세계를 벗어난 언어이다. 그것은 언어이며 동시에 언어가 아니다. 장자를 흉내 내자면 세계의 '견해(見解)'를 부정하는 언어이며, 또 하나의 견해가 되기 이전에 견해를 부정하는 언어까지도 해체하는 "헛기침"이다. 그러므로 "기이"한 언어이다. 시어는 현재의 눈으로는 볼 수 없는 논리 이전, 의식 이전의 "생으로 열리지 않는 유리 염색체"로 향한다. 아니 그것조차 넘어선다. 그렇다면 종국에 가닿는 곳은? "무(無)"이다. 이는 단순한 없음이 아니라 '빈 것으로 있음'이다. 빈 것으로 존재함으로써 "죽음의 탄생"이란 역설의 논리가 가능한 무한한 경계의 세계를 가능하게 한다. 그곳에 언어가 닿는 순간 "조철견독"이다. 나의 진리가, 그리고 나의 진리를 구성하는 만물의 진리가 벼락같이 드러나는 에피파니이다. 그러므로 「유리 염색체의 꿈의 바깥1」의 언어는 현재를 갱신하는 도저한 사유의 언어이다. 아무것도 아니며 모든 것인 언어, 모든 의미로 열려 있는 언어로 이루어져 있는 절대 미의 경지를 꿈꾸는 언어이다. "이럴 수가!"이다.

시적 전략으로서 오브제화된
'당신'에 대한 언어

2010년대 젊은 시인들의 시적 전략

1.

　시적 대상은 현실 체험에서 비롯되나 현실과 일정한 거리를 둔다. 현실의 인과적 배열 질서에 연관된 어떤 대상과 조응되는 언어는 대상을 하나의 오브제로서 치환하는 지점에서　시적 속성을 띤다. 오브제화된 대상은 현실로부터 비롯된 것이라는 점에서 현실과 관련되나 동시에 그것으로부터 자유로운 미적 속성을 갖는다. 오브제로서의 시적 대상은 인과적 의미의 질서에 관련되며 탈주한다. 그러므로 시적 대상은 사전적 의미 세계의 확장이며 그것과의 '맞섬'이다. 시인의 상상력은 오브제화된 대상과 오브제화되기 이전의 대상 사이에 개입된다. 시인의 상상력은 현실로의 함몰이나, 현실과의 단절이라는 양 극단 사이 어디쯤에서 극대화된다. 시적 리얼리티가 환상과 밀접하게 연관될 때, 시적 환상이 리얼리티와 긴밀해질 때 시는 선명하며 모호하거나, 모호하며 선명하다. 시적 긴장감, 시적 재미 등도 이와 함수관계를 이룬다.

시적 인식의 맨 처음은 시적 대상을 만드는 데에 있다. 그리고 시 각각의 개성은 시적 대상을 만드는 방식이 무엇인지와 긴밀하게 연관된다. 시적 상상력의 색깔도 물론이다. 그러므로 시인이 쓴 작품들이 가진 개성의 본질을 살피는 것은 그가 시적 대상을 어떻게 만드는가 하는 전략을 엿보는 데서 시작된다. 이런 의미에서 한 시인의 시 쓰기 여정의 출발점은 특히 의미 있다. 왜냐하면 한 시인의 시적 개성은 일관되게 유지되거나, 바뀐다 하더라도 맨 처음에 시적 대상 형상화 방식으로 삼았던 시적 전략과 긴밀하게 연관되기 때문이다. 이 점에서 지금부터 언급할 세 시인의 시집들이 모두 그들의 첫 시집이라는 점은 중요하다. 앞으로 전개될 그들의 시 여정을 가늠할 수 있는 자리가 되기 때문이다.

2011년 첫 시집을 낸 최정진, 유희경, 김산 세 시인들은 모두 '당신'으로부터 기인하는 시를 쓴다는 점에서 공통된다. 즉 이들은 '당신'을 시의 화두로 삼으면서 현실과 비현실의 경계를 넘나든다. 세 시인들의 시적 긴장감은 현실과 비현실의 경계에서 극대화된다. 이때 '당신'은 과거적인 대상이며, 부재하는 존재들이다. 세 시인은 부재하는 과거의 대상이라는 사전적 의미로부터 그것을 오브제화하는 데에서 시적 인식의 출발점을 삼는다. 그리고 오브제화한 당신을 변주하는 방식에서 각각 다른 시적 개성을 보인다. 대체로는 최정진의 시집『동경』에서 '당신'은 연대의 대상으로, 유희경의 시집『오늘 아침』에서는 '당신'이 불화의 대상으로, 김산의 시집『키키』에서 '당신'은 순수한 미적 대상으로 각각 오브제화된다. 지금부터 이를 구체적으로 살펴볼 것이다.

2.

　최정진의 시집『동경』(창비, 2011)에서 두드러지게 나타나는 것 중의 하나는 과거 체험이다. 체험이란 측면에서 그것은 의식의 수준에, 달리 말하면 실제의 수준에 자리한다. 그러나 시인의 언어에 의해 재구성되는 체험은 과거 특정 시공간을 중심으로 한 인과적 의미 배열의 질서를 탈주하는 오브제로서의 시적 대상이다. 체험을 체험으로부터 어긋나게 하는 최정진 시의 시적 전략은 '물의 상상력'과 관련된다. 최정진 시가 체험을 오브제화하는 방식은 그것을 '물'을 통해 재구성하는 것이다. 즉 "뒷걸음질로 온 나는/물살이었어"(「배의 기묘한 리듬」)라는 언어로의 재구성이다. 단선적 시간의 고리를 뒷걸음치는 물살의 시선으로 풀어 대상을 전복하고 대상의 배후를 현시하는 것이다. 체험과 시적 대상 사이에 있는 최정진의 언어는 물에 젖은 언어이다. 물에 젖은 언어는 체험 이상의 독립된 세계를 표상하고, 이것이 그의 시에 환상이 개입되게 하는 바탕이 된다.

　　(전략)… 내 몸을 감싼 강보에 번져 있던 축축함은 요즘도 내 눈 밖으로 눈물이 되어 나오는데 자꾸만 가늘어져가는 아버지 몸과 드라이 기계를 번갈아 볼 때마다 나는 저 둥근 유리뚜껑이 심해로 가라앉고 있는 ………… 수압 속에서 옅어지는 게 나인지 희박한 공기 중에서 부푸는 나에게 구분되지 않았다

　　　　　　　　　　　　　　　　　　　　　　　　　　　　— 「드라이」 부분

　시인의 언어를 감싸는 것은 "축축함"이다. 시인의 언어는 '세탁소와 아

버지의 몸'을 세탁소 드라이 기계 속의 물로 재구성한다. 그 순간 '세탁소와 아버지의 몸'이라는 체험 대상은 "심해"로 가라앉아 실제 이상의 미적 대상으로 승화된다. 미적 대상으로서의 '세탁소와 아버지의 몸'을 통해 세계를 개진하는 시인의 언어가 무엇인지가 드러난다. 그것은 중심에서 가장 멀리 떨어진 변두리 삶의 "심해"에 침잠하는 언어이다. 이러한 시인의 언어는 우선 의식을 영점화하는 지대로 향한다. 의식 너머를 향하는 언어는 현실과 비현실이 혼재된 환상의 지대를 만든다. 구체적으로 그것은 '심해(물)' 속에서 심해 밖 '아버지의 몸(체험)을 보기'이며, 이를 통해 "아버지의 몸"을 미적으로 치환하는 시적 전략이다. 물에 잠긴 시선은 의식이 영점화되는 곳을 향할 때 곧잘 죽음과 맞닿는다.

> 욕조에 누워 책을 읽는데 욕조 밖으로 뻗은 발이 시리다 창밖으로 무덤이 보인다 내가 몸을 씻는 높이에 누군가 죽어 있다 이 높이에서 애인과 나는 옷을 벗는다 이 높이의 욕조를 향해 새들이 날아오르고 있다 나는 지나갈 것이다
>
> ─「내 몸 안의 반지층」 부분

"이 높이에서" "나"가 날아오르는 방향은 "창밖으로" 보이는 죽음의 세계이다. 죽음이란 의식의 수준에서는 다가서지 못하는 전인미답의 세계이다. "나"가 의식하는 순간 "죽음"은 더 이상 "죽음"이 아니다. 의식을 영점화하는 높이에서야 비로소 새들은 '창밖의 무덤'으로 날아오를 수 있는데, 이때 물은 의식이 영점화하는 통로가 된다. 즉 물을 통해서만이 의식의 영점화도, 죽음으로의 진입도 가능하다. 최정진 시에서 물 밖은 "발이 시리다"의 공간이다. 그러므로 '물'에 잠긴다는 것은 의식이 영점화되

는 죽음으로의 날아오름이며 이는 곧 "시리다"로부터의 벗어나기를 '동
경'하는 시적 개진이다. 시인이 동경하는 세계는 "나는 바다에 빠져 죽어
서 눈물이 푸르다"(「기울어진 아이4」)의 푸른 시선으로 그려지는 세계이
다 "어떤 동작을 취해도/아무것도 드러나지 않는"(「동경5」) 인과적 논리
이상의 세계이다.

"심해"에 침잠하는 최정진의 언어가 향하는 또 하나의 방향은 물에 젖
은 변두리 삶에 연대하기이다. 좀 더 보태어 말하자면 물을 육화하고 물
밖으로 던져진 자가 물 젖음에 민감하게 반응하고 연민하며, 나아가서는
물에 젖어 기울어진 삶 자체에게서 아름다움을 발견하는 것이다. 다음의
최정진 시는 이를 잘 나타낸다.

　　　세탁소가 딸린 방에 살았다 방에 들여놓은 다리미 틀에서 엄마의 품
　　에 안겨 잠들었다 내 몸의 주름은 구김이 아니라고 말했지만 엄마는
　　다림질밖에 몰랐다 엄마의 품에 안겨 다려지다 어느날 삐끗 뒤틀렸는
　　데 세탁소 안에서 나는 구부정하게 다니는 아이라고 불렸다

　　　…(중략)…

　　　세탁소가 딸린 방에서 나는 밤마다 기울어졌다 엄마, 내 몸의 기울
　　기에 맞춰 몸을 숙이지 마라 방에도 걸음걸이가 있는지 바짓단에 얼굴
　　처럼 곰팡이도 한쪽 벽에만 핀다 세제의 기울기가 달라서 얼룩도 때로
　　빠지는 정도가 다르다 지구에서 잠드는 우리는 제각기 다른 별의 중력
　　을 한 자루 가득 꿈속에 담아온다

　　　　　　　　　　　　　　　　　　　　　　　— 「기울어진 아이1」 부분

"기울어진"이란 삶의 어딘가 한 부분이 "삐끗 뒤틀"리는 상실을 육화한 징표다. '기울어진 나'는 곧 나의 옷이, 집이 기울어짐이다. 한 존재의 기울기는 그 존재의 세계 전체가 "곰팡이도 한쪽 벽에만 피"게 기울어지는 것을 의미한다. 최정진의 언어는 이러한 기울어짐을 강보에 번져 있던 축축함에서 기원하는 '젖음'의 시선으로 육화한다. 스스로를 "나는 가만히 있어도 몸에 금이 번지는 아이"(「기울어진 아이2」)의 자리로 끊임없이 되돌린다. 이때 그의 언어는 기울어짐에서 곧음을 지향하는 것이 아니라, 기울어짐 자체에서 "제각기 다른 별의 중력을 한 자루 가득 담은" 아름다움을 발견하며, 이를 통해 비로소 기울어진 삶과의 연대가 모색된다. 따라서 시인의 연대란 기울어진 삶이 존재하는 기울어진 세탁소를 물의 상상력으로 오브제화해 미적 대상으로 승화하는 것 자체가 된다.

3.

유희경의 시집 『오늘 아침 단어』(문학과지성사, 2011)에서 '당신'은 부재의 대상이며 동시에 불화의 대상이다. 유희경 시어의 당신에 대한 지향은 당신과의 합일이기보다는 당신과의 어긋남에서 더욱 날카로워진다. 부재를 통해 표상한 '당신'과 비켜가는 거리만큼에서 유희경 시는 '당신'을 오브제화한다. 오브제화한 '당신'은 체험의 가장 바깥까지 '나'를 나아가게 하는 하나의 통로이다. 즉 '당신'과 '나' 사이의 불화의 거리만큼 시적 상상력이 개입되고 이를 통해 '당신'은 먼 기억 속에서 끊임없이 출몰하며 현재화된다. 가령 다음의 작품과 같은 경우이다.

지갑을 잃어버리고 난 다음에야, 나는 코트 속 아버지를 발견한다 그는 길고 가느다란 담배를 물고 있었다 젖은 발처럼 내 코트 속 아버지 어떻게 해야 우리는 낯섦을 이해할 수 있는 것일까 …(중략)… 아버지 왜 그러냐 좋으세요 좋을 리 없지 않겠니 그런데 왜 그러셨어요 그 질문은 내가 해야지 나는 사라져가는 방향을 향해 고개를 들었다 가로등과 가로수 사이 잎들이 흔들렸다 하지만 우리는 아직도 싸워야 하는군요 같은 코트 속에서도

　　　　　　　　　　　　　　　　　　—「코트 속 아버지」 부분

'아버지(당신)'는 상실을 통해 표상된다. 그러나 이는 다른 시인들의 시에서도 흔하게 나타나는 익숙한 것이므로 그렇게 주목할 것은 아니다. 유희경 시의 본색은 상실을 통해 나타나는 "아버지"가 또한 그 자리를 통해 "나"의 세계 밖으로 "사라져가는" 데에 있다. 상실한 자리를 메우는 대상" 시의 "아버지"는 특징적이다. "지갑을 잃어버린" 자리를 통해 발견되는 "아버지"는 그 자리에서 발견됨과 동시에 낯설어진다. '아버지와 나' 사이는 "몰래 알약 반 개 같은 씨앗/을 심지만 자라는 것은, 없다"(「지워지는 지도(地圖)」)는 텅 빈 지대이다. "왜 그러셨어요 그 질문은 내가 해야지"라는 어긋남이 '나와 아버지' 사이에 엄존하는데, 이를 통해 '낯선 아버지'라는 하나의 오브제가 생성된다. '낯섦'은 "아버지"가 지속적으로 변주되며 현재로 출몰하는 통로이다. 가령 "그의 목소리를 들은 적이 없었다"(「벌거벗은 두 사람의 대화」)를 통해 그의 목소리는 지속적으로 출몰하나 그의 목소리는 여전히 들리지 않는 것이다. 그러므로 "비명 같은/내가 빈 종"(「꿈속에서」)으로 노래하는 것은 '당신의 텅 빔'을 통해 '당신'의 경계를 무한 확대하는 울림이다. 즉 시인의 상상력이 최대화되는 순간이

다. 가령 다음과 같은 시이다.

> K는 꿈을 꾸고 있는 것이고 그건 내가 K를 생각하는 태도이기도 하
> 다. 상상할 수 있는 모든 반응의 바깥에 서 있는 것. 나를 데려간, 가장
> 가벼운 무게의 자리. 그는 수천의 나비가 만들어낸 사람이다. 그러므
> 로. 여전히 날개다. 날개들 쌓여 달아오르는 열이다. K가 사라진 자리
> 에 온도만 남아, 타오른다. 그때 불타버린 K는 다시, 그 자리에 설 수
> 없이, 흔들리는 K는 K가 아닌 바로 그 K가
>
> — 「K」 부분

'K(당신)'는 "상상할 수 있는 모든 반응의 바깥"으로 "나"를 데려간 존재
이다. 이 자리에서 시인의 언어는 최대치의 크기로 확장되고 이때 '그(당
신)'는 현실 세계 이상인 환상의 차원으로 전환된다. 환상의 차원에서 "당
신"은 구체적인 형상의 틀에서 완전히 벗어나 "날개들 쌓여 달아오르는
열"의 모습으로 부재하며 존재하는 오브제이다. 「부드러운 그늘」은 이와
관련된 유희경의 시의 본색을 가장 선명하게 하는 작품 중의 하나이다.

> 조용히 책이 놓여 있고 나는 택시를 타고 멀리 간다 문을 닫았고 다
> 시 열렸다 당신은 아직도 깜깜하다 그 컵처럼 떨어뜨린 소리 이렇게
> 어둔 구석이 있을 줄 생각하지 못했다 몇 단어들을 새긴다 다시 조용
> 한 책의 표지
>
> 나는 택시에서 내려 문을 닫고 오늘 닫은 몇 번째 문인지 곰곰이 생
> 각한다 문 뒤에는 또 문이 있고 문 뒤의 당신은 아직도 깜깜하다
>
> 더 오래 그럴 것이다 날카로운 소리에 손끝을 찔리고 어둠은 어디

에나 있다 단어를 깔고 앉은 그늘 그것은 무척 조용한 책의 맨 뒤 나는 하얀 종이를 생각하고 사랑한다 떠밀려 올 수 없도록 그제야 이만큼 수많은

— 「부드러운 그늘」 전문

"문을 닫았고 다시 열었"으나 "당신"은 여전히 "깜깜한" 존재다. "단어들을" 새기는 것은 의미가 생성되는 것이 아니라 그것이 조용해지는 것이다. 달리 말해서 "당신"을 지향하는 언어는 "당신"을 지우는 행위이다. 그럼으로써 "당신"을 구체적인 형상의 세계로부터 풀어놓는 것이다. 이때 "당신"은 의식의 차원에서 본능적인 감각의 차원으로 전환된다. "손끝을 찌르는 날카로운 소리로 만나는" 통증으로 각인되는 존재로 변주되는 것이다. 이때의 당신을 지향하는 시인의 언어는 "그늘"을 내재한다.

"그늘"은 의미가 조용해지는 문자 행위를 통해 현시되는 "당신"이다. 또한 언어의 의미를 침묵시켜서 비로소 인과적 의미 논리의 세계 맨 뒤에 나타나는 "하얀 종이"의 징조이다. 그것을 향해 "문 뒤에 또 문이 있고 문 뒤"를 향하는 시적 여정, 유희경 시의 한 줄기이다

4.

김산 시는 시적 언어 형식을 먼저 만들고, 그것을 통해 내용을 생산한다. '당신'은 시적 언어 형식을 구체화하는 대표 기호로서 김산의 시집 『키키』(민음사, 2011)에서 기능한다. 김산 시에서의 '당신'은 구체적인 체험에서 기인하는 것이 아니라, 순수한 미적 형식으로 나타난다. '당신'은

현실 토대 위를 부유하는 하나의 오브제이며, 이에 수렴되는 '당신'에 대한 내용은 탈인과적이고 분산적이다. '당신'이란 시적 형식과 내용의 관계는 임의적이다. 이는 '당신'이란 시 형식의 그물에 언어의 무리가 담기는 순간, 그것이 형식을 채우는 하나의 내용으로 채워지는 시 쓰기 방식이다. 이때 '당신'의 형식에 채워지는 '당신'의 내용은 불현듯 점멸하는 의미들로 파편화되어 나타난다.

> 그러니까 당신의 주변은 당신 아닌 것으로 숨 막히게 환하고 아름다운 것이 아닌지요. 내가 좇던 사랑이라고 부른 것들이 당신의 언저리를 맴돌던 한 줌 먼지는 아닌지요.
>
> ―「달달」 부분

> 당신과 내가 웅크리고 앉아 손과 발을 주억거리던 태초의 방
>
> 당신의 지문이 찍힌 손등 위로 강물 강물 강물이 흐릅니다
>
> ―「지문의 시차」 부분

김산 시의 "사랑"은 '당신 없는 당신'을 향한 시적 지향이다. 달리 말해 "당신 아닌 것으로 숨 막히게 환하고 아름다운 것"을 미의식으로 삼는 것인데, 그러므로 "당신"은 애초부터 구체적인 형상을 가진 적이 없는 존재이다. "당신"은 내용이 빠져 있는 순수한 형식이다. 또는 사전적 의미가 소거된 순수 기표이다. "당신"을 지시하는 언어는 기의를 비운 기표이며, 내용을 비운 순수 형식이다. 이때 "당신"은 원인 없는 현상으로 나타난다. 그리고 의식적, 논리적 차원에서 탈주하는 의미를 내용으로 갖는

다. 이는 "당신"이 "태초의 방"에 존재하는 것과 관련된다. "당신"과 "손과 발을 주억거리던" 경험은 의식의 차원에서는 무엇인지 알 수 없는 "나"의 선체험이다. 달리 말해 "당신"은 의식 바깥 세계의 경험이다. 체험했으나 체험의 기억이 억압된, 무의식적 대상이다. 무의식의 "당신"은 의식의 틈이 벌어지는 순간, "당신의 지문이 찍힌 손등 위"로 흘러온다. 이때 당신을 말하는 시적 언어는 무의식 차원의 언어에 근접하며, 그러므로 시어는 탈인과적이다. 이러한 김산 시의 특징은 다음의 작품들에서 단적으로 나타난다.

> 제 자리는 언제나 기린의 일곱 번째 목뼈 위에 떠 있을 뿐이죠. 전체가 가는데 부분이 따라가지 않는다는 것도 참 헤게모니 하잖아요
>
> —「내가 그린 기린 구름」 부분

> 행성과 행성 사이로 무중력순환열차가 뿔을 따라 당신을 실어 나릅니다. 당신의 분홍 당신의 보라 당신의 초록이 모여 때구루루 수다를 떱니다.
>
> —「우주적 명랑함」 부분

> 흰파랑양떼구름을 몰며 유랑하는
> 내 이름은 허허벌판
> 허리에 큰 헬륨 풍선을 달고 한걸음에
> 열나무씩 열 우물씩 지나쳐 간다
>
> —「어쩌면 허허벌판」 부분

"기린의 일곱 번째 목뼈 위"에 있는 '나'의 자리는 하나의 기표이다. 그

것은 기의를 동반하지 않는다. 단지 기의를 비운 순수 기표의 형식이다. 이때 기표는 특정 기의에 고정되지 않은 채 부유한다. 이러한 시어는 기의의 무게를 덜어낸 경쾌한 기표로서 "당신"을 지향한다. 즉 "행성과 행성 사이로 무중력순환열차"가 "당신"을 실어 나르는 '우주적 명랑함'이 언어에 장착된다. 명랑한 언어는 기의에 고착되지 않음으로써, 원인 없는 현상으로서의 "당신"을 표상한다. 그러므로 "당신"의 의미는 분절되며 확산된다. 세계의 도처에 임의적이며 부분적으로 출몰한다.

　"당신"을 지향하는 '나'의 여정은 귀결점이 없는 무목적적인 "유랑"이다. 애초 김산 시의 "당신"은 구체적인 내용이 비워진 형식이었으며, 그러므로 "나"의 "유랑"은 "텅 빈 형식"을 지나는 것이다. 또한 이것은 사전적 의미로부터 "허허벌판"으로 탈주하는 미적 놀이에 가깝다. 이러한 "유랑"의 언어는 고정된 중심을 가지는 무거움, 어른스러움에 대한 경계로 이어진다. 「키키」를 통해 이러한 특징을 잘 엿볼 수 있다.

> 　(전략)… 키키는 아무 생각도 없이 국경 수비대를 조롱하며 전진한다. 목적이 없다는 것은 얼마나 순정한 실천자의 자세인지 몸소 보여 주듯이. …(중략)… 키키가 조금씩 어른이 되면서 키키의 속력은 주춤한다. 무언가 의미를 찾아 해독하고 중얼거리는 것은 어른들이나 하는 짓.
>
> 　　　　　　　　　　　　　　　　　　　　　—「키키」 부분

　김산 시의 특질은 "키키"의 언어를 쓰는 데에서 기인한다. 즉 '생각/목적/의미'가 "없이" 전진하는 그 자체만을 "순정한 실천"으로 삼는 언어 행위가 시인의 특징적인 시적 전략인 것이다. 이때 언어는 속력과 명랑함,

즐거움의 언어이다. 그리고 그것은 "의미를 찾아 해독"하며, 확정된 기의의 무게로 기표의 "속력"을 주춤하게 하는 어른스러움에 대한 경계를 동반한다. 결국 김산의 시는 순수 형식으로서의 또는 순수 기표로서의 "당신"을 부유하는 언어로 이루어진 경우이다. 그러므로 그의 시의 요체는 "미뢰와 미래 그리고 밀애"(「밀애파」) 사이를 경쾌하게 유희하는 것과 관련된다. 이런 점에서 김산의 시는 시적 자율성을 확보하고, 이를 통해 미의식을 극대화하려는 특징을 가진다고 말할 수 있을 것이다.

관찰의 언어, 역설의 언어

하나의 대상이 시적 대상화하는 이유는 시인이 대상을 보았기 때문이다. 즉 인식했기 때문이다. 이때 인식의 발원지는 대상일 수도 있고, 시인의 의식일 수도 있을 것이다. 달리 말해 대상은 시인을 보는 것일 수도 있고, 보여지는 것일 수도 있다. 그러나 지금 이 글에서 주목하는 것은 이보다는 우선 시적 대상과 시인 사이의 거리이다. 왜 시인은 시적 대상으로부터 한 발 물러나는가? 다가서기 위해서이다. 제대로 보기 위해서이다. 시적 대상의 원심력에 휩쓸릴수록, 시적인 긴장감이 느슨해지기 때문이다. 거리를 두고 냉정한 관찰을 통해 대상의 실체를 포착할 때, 그것은 적나라하고 낯설어진 시적 대상이 된다. 우리는 이러한 시적 대상에게서 이른바 전율을 느끼는데, 그것은 가려져 있던 이면을 낱낱이 확인하는 순간이기 때문이다. 지금까지 보아왔던 대상이 대상이 아니거나, 대상이 아닌 것이 대상인 역설과 전복의 언어가 펼쳐지기 때문이다. 다음의 시들이 가지는 시적 재미는 이와 관련된다.

거미는 아테네의 선물이다 배때기 불룩한 혹에서 마술처럼 나오는 은빛 줄로 어디든 그물을 친다 그물은 그의 어량(魚梁)이다 거미의 보석 같은 머리에는 여덟 개의 눈알이 박혀있다 죽은 것처럼 감고 까딱도 않고 기다리다가 무엇이든 걸리면 먹이로 먹는다 파리나 나비나 벌레들이 잘 걸린다 걸리는 먹이의 몸무게를 잘 견딜 만큼 끊어지지 않고 허기(虛氣)를 채울 수 있을 만큼만 걸린다

지옥의 맨 아래층 불바닥에는 도둑의 두목 간다타가 신음하고 있다 쬐그만 거미 한 점을 죽이지 않고 살려준 일로 부처께서 연꽃잎 위 극락의 거미줄을 지옥의 맨 밑바닥까지 내려보냈고, 그 은빛 가느다란 거미줄에 매달려 올라오는 간다타의 청바지 엉덩이가 점점 커보인다*

* 오자기 시게요시, 『거미줄의 미스테리』(중앙신서, 1549), 127쪽.

— 문덕수, 「거미」 전문

시 「거미」의 언어는 단단하다. 말랑말랑한 정서의 외피를 다 걷어내고, 단단한 골격만을 미시적으로 관찰한 객관적인 시선이 현상한 것은 "먹이의 몸무게를 잘 견딜 만큼 끊어지지 않고 허기(虛氣)를 채울 수 있을 만큼만 걸린다"라는 절묘한 이치이다. 허기를 채우는 욕망에 순응하면서도, 동시에 욕망을 다스리는 이치를 구현하는 것으로서의 "거미", 그런데 문제는 이치의 세계로 나아가는 것이다. "간다타"는 이를 보여주는 존재이다. 도둑의 두목에서 "거미 한 점"의 생명을 살린 존재로, 즉 자기 욕망에 무한 집착하는 지옥의 존재에서 자기 욕망의 바깥을 본 극락의 존재로 나아가는 "간다타"의 혁신은, 결국 "거미줄"로 정확히 끄집어 올린 이치이며 곧 시 「거미」의 아름다움이다.

네 신발은 보이지 않고
내 신발은 처음부터 없지

이것은 안락과 착란이 함께 출렁이는
바닥이 끌고 온 길의 그림자

물이 차오르네요 발가락은 부풀어 오르고요 이제 어디로 가야 하나
요 누군가 날마다 낯선 멜로디를 발 앞에 놓고 가요 발등에서 검은 풀
들이 자라고요 문밖을 바라보며 일렁이네요 뒤꿈치를 들고 신발이 날
아다니는 꿈속으로 들어가요

벽을 손에 대고
한쪽 발을 내밀 때마다 사라지는

물컹거리는 발자국들
그 위에 앉은 어린 새들의 발목

밖으로 나가 끝내 돌아오지 않는
신발이 벗겨진 신발들

— 김미정, 「신발들」 전문

"이제 어디로 가야 하나요"라는 물음에 응하기 위해 필요한 것은, 지나
온 과정의 이력이며 그 끝에 서 있는 시간으로서의 현재 위치일 터이다.
그러나 김미정의 시 「신발들」의 요체는 이러한 물음에 답하는 것에 있지
않다. 오히려 "한쪽 발을 내밀 때마다 사라지는" 발자국들을 뒤로하고 어
린 새들의 발목 같은 가벼움으로 새롭게, 낯설게 답 아닌 곳에 내려앉는
데에 있다. 달리 말해서 "낯선 멜로디"를 밟는 여정의 내부를 살피는 것

인데, 이를 통해 확인할 수 있는 것은 '신발이 아닌 신발' 또는 '신발은 원래부터 신발이 아니었다'라는 역설적인 정언의 묘미이다.

그가 떠난 빈 집 마당에 차를 세워 놓고 나는 한참을 울었다 통째로 저당 잡힌 내 동생의 집, 서까래에선 바람이 윙윙 늑대처럼 울었다 여기저기 붙은 붉은 딱지, 그가 토하고 떠난 핏덩이처럼 뭉클 뭉클 구름 덩이로 치솟아 올랐다 그가 남긴 흔적처럼, 목소리처럼 빈 소주병과 농약병이 웅웅댔다 누런 달빛이 그의 눈동자인 양 한참을 내려다보다가 '누나, 이젠 그만 돌아가!' 그의 손길이 어느 새 내 등을 토닥거리고 사라졌다 적막이 그의 목소리로 꺽꺽 울어 댔다

나의 엔진은 오래도록 시동이 걸리지 않았다

— 이영춘, 「바람의 집」 전문

「바람의 집」은 삶을 적나라하게 말한다. 이를 가능케 하는 것은 시적 대상으로부터 한걸음 물러나 그것의 면모를 객관적으로 볼 줄 아는 관찰의 힘이다. 혈육의 죽음이라는 사적인 문제에, 사적 또는 주관적 시선으로 응하기보다는 냉정한 관찰자의 시선으로 응함으로써 비로소 "그가 떠난 빈집"의 "그가 남긴 흔적처럼, 목소리처럼 빈 소주병과 농약병이 웅웅대는" 삶의 비극성이, 인간 보편이 가지는 비극적 감수성의 극단까지 파급된다. 세계를 직시하는 시인의 태도가 객관적인 만큼 세계의 실체는 자명해지고, 세계의 실체가 자명해질수록 전해지는 전율은 배가된다. 이는 "나의 엔진은 오래도록 시동이 걸리지 않았다"라는 맺음에서 비극적인 아름다움이 최대화되는 이유이다.

그렁거리는 가래가 나뭇가지 같은 몸뚱이를 먹어치웠다
목에 구멍을 뚫고 호스로 숨을 쉰다
가느다란 손가락이 이불 밖으로 빠져나간 발을 잡아당긴다
병원 안의 공기가 얼음처럼 차디차다
— 집에 가실래요?
고개를 흔든다
지는 꽃에 풀무질을 해대듯
바쁘게 아픈 눈동자 위로 미소가 번진다
병원을 믿을 게 못 된다는 듯
철 늦게 핀 수선화가 고개를 흔들어댄다
입에 넣었던 대롱을 빼자 한 움큼의 가래가 쏟아져 나온다
— 집에 가실래요? 다시 묻는다
개운한 듯 주먹을 폈다 쥐며 고개를 흔든다

늦가을 소나기가 길을 막고 식은땀을 흘린다

— 김월수, 「집으로 오는 길」 전문

　　김월수의 시 「집으로 오는 길」은 객관적 묘사와 주관적 묘사가 상호작
용하며 시적 긴장감을 팽팽하게 한다. '병원에 입원한, 호스로 음식을 섭
취하는, 대롱으로 가래를 빼야 하는' 객관적인 묘사는 그 장면 사이사이
개입되어 있는 주관적인 묘사와 맞물리면서 평면적 단순함을 넘어서, 입
체적인 의미를 함의한다. 가령 객관적 묘사와 "지는 꽃에 풀무질을 해대
듯", "철 늦게 핀 수선화가 고개를 흔들어대는" 것과 같은 주관적 묘사가
맞물리면서, '만남과 이별/눈물과 미소'가 경계 없이 하나로 맞통하는 장
면을 그린다. 살아 있음이 죽음에 개입될 때, 반대로 죽음은 살아 있음에
개입될 때 펼쳐지는 파장의 결은 그 자체로 무한한 함의를 지니고, 이때

시인의 언어는 뜨거운 냉정함을 견지한다. 이를 통해 환기되는 아름다움이란 단순히 비극적인 것에 국한되지 않는 무한한 함의의 열림이다. 오로지 "늦가을 소나기가 길을 막고 식은땀을 흘리"는 장면 앞에서 분별 없이 조용해질 뿐이다.

> 벚꽃 핀 천변으로 가기 위해 세 곳의 신호등을 건넜다
> 벚꽃 핀 천변의 황홀을 만나기 위해 세 번의 기다림을 견디고
> 아스팔트 절단기 정비점과 대형 냉장기 취급점들을 지났다
> 벚꽃 피워낸 나무들의 환부를 쓰다듬으러
> 천변의, 내가 아주 오래전에 밤새워 소주를 마시던
> 포장마차들이 줄지어 선 길가를 지나 천변에 들었다
> 나무의자에 앉아 담배 한 개비를 꺼내 물었지만 라이터가 없었다
> 벚꽃 그늘에 앉아 나는 내 생이 아주 더디게 점화된다고 느꼈다
> 아니 이 세상은 온통 불의 천지임에도
> 나는 아직도 그 불씨 하나를 못 얻은 것인지도 모른다
> 라이터 한 개를 사기 위해 도로로 올라와
> 내가 아주 오래전 쉬 점화되던 시절
> 밤새워 소주를 마시던 포장마차들이 줄지어 늘어선 곳을 지났다
> 라이터 한 개를 사기 위해 세 곳의 신호등을 건너고
> 아스팔트 절단기 정비점과 대형 냉장고 취급점들을 지났다
> 벌써 벚나무에 매달렸을 꽃잎들이 성기게 날렸다
> 라이터 한 개를 사 담배 한 개비를 피워 물고 꽃그늘에 앉았다
> 벚꽃잎들이 눈 가늘게 뜨고 담배를 피워 물고 서성대고 있었다
> 벚꽃잎들은 벚나무의 생에 불붙은 불꽃이었다
> 찰나의 불꽃이 타올랐다는 기억 하나로
> 생에 다가오는 온갖 신산고초마저도 황홀하게 할 것이다.
> 아스팔트 절단기는 흉한 소리를 내며 아스팔트를 절단할 것이다

대형 냉장기는 수리돼서 한때 뜨겁던 기억들도 끄집어낼 것이다

— 송태웅, 「벚꽃 핀 천변으로 갔다」 전문

왜 황홀한가? 「벚꽃 핀 천변으로 갔다」는 이에 답한다. "세 곳의 신호등"을 건너고 "세 번의 기다림"을 견뎌야 하는 지난한 여정의 끝에서 비로소 만날 수 있기 때문이다. "벚꽃"은 피어났기 때문에 "환부"를 남기듯이, "황홀"은 발화되었기 때문에 또한 다시 건너고 견뎌야 하는 "신산고초"의 시간을 남겨놓는다. 그리고 "신산고초"란 황홀의 이후이며 동시에 이전이라는 것, 즉 "찰나의 불꽃이 타올랐다는 것"은 과거이며 미래라는 것을 말하는 데에서 이 작품의 시적 재미가 깊어진다. 결국 "신산고초"의 일상에서 "눈 가늘게 뜨고, 담배를 피워 물고 서성"이며 피어나는 "뜨거운 기억"들이 황홀임을, "아스팔트 절단기 정비점"과 "대형 냉장고 취급점"을 지나는 길 위의 시인은 노래한다. "불씨 하나를 얻은 것"과 "불씨 하나를 얻지 못한 것"이 동전의 양면처럼 이면이면서도 결국 마찬가지로 하나의 동전임을, "신산고초"는 "황홀"이며 "황홀"은 "신산고초"라는 역설의 묘미이다.

시의 정신, 혁신의 정신

시는 개별적인 존재로서의 개인의 부름에 응한다. 또한 시는 개인이 속한 현실의 부름에 응한다. 이 양자의 부름에서 시인은 줄타기를 한다. 개별적이면서도 보편적이어야 한다. 또한 보편적이면서도 개별적이어야 한다. 그러나 시가 어려운 것은 이에 그치지 않고, 그 이상으로 나아가는 개척의 언어를 지향해야 하기 때문이다. 시어는 언어의 한계를 넘어서고 이를 통해 언어에 개입된 사유의 크기를 확장하는 것을 아름다움으로 삼는다. 그러므로 시어의 한계는 애초 가능하지 않다. 다만 한계 이상으로 나아가려는 혁신의 정신만이 있을 뿐이다. 시어의 아름다움은 무변광대할 뿐이다. 다음의 시들은 이러한 시어의 아름다움을 체화하고 있는 작품들이다.

개를 때려잡아 불태운 자리가 분명한, 그렇게 일 치르고 떳떳하게 떠난 자리가 분명한 이 자리를 내가 이토록 떠나지 못하고 서성대는 이유에 대하여 살생을 괴로워하는 게 분명한 것인가에 대하여 가마솥 에 부글거리는 팟단들과 함께 넘쳐나는 식욕의 그 때려잡음의 붉은 살

의 현장에 대하여, 그 규명의 충동에 대하여 끝내지 못함에 대하여 불
탄 자리여, 결국은 그대를 사모하는 것으로 종료한다 죽음을 식욕으
로 종료한다 시체를 생산으로 정의한다 그러지 않고서는 통과가 불가
하다 이곳 마을 사람들은 맛있게 통과하는 법을 습관과 풍속으로 정의
해왔다 나도 그 법에 순응하기 시작하였다 오래되어 간다 이것 말고도
사람 사는 법에 죽음의 법이 또 있다는 것을 안다 오늘도 수의로 맨살
입혀져 시체가 생산되는 것을 여러 구 보았다 오, 죽음을 사모할 수밖
에 없다 나의 시여

— 정진규, 「개가 불탄 자리」 전문

「개가 불탄 자리」는 축제적이다. 언어들이 의미 경계를 넘어서서 서로
에게로 상호작용하며, 종국에는 의미 간의 구별을 뛰어넘어 무아(無我)지
경에서의 자유로움을 획득한다. 이는 "불탄 자리"를 마련한 시력(詩力)을
가진 시인이기에 가능하다. '불탄 자리'란 "붉은 살의"와 "식욕"이 모여드
는 자리이다. 또한 "죽음"과 "생산"이 맞물리는 자리이다. 이때 불탄 자리
는 각각의 언어가 가지고 있는 의미의 확정성을 태우고 무화시켜, 언어
를 비어 있게 한다. 이 빈자리로 온갖 의미들이 맹렬한 속도로 파고들어,
맞물리며 혼용의 에너지를 발산한다. 언어의 축제다. 그러므로 시인은
그 "불탄 자리"의 "죽음을 사모할 수밖에 없다"일 것이다.

건어물전에서 굴비 두름을 사다가
눈, 둥그렇게 뜬 두 눈을 보았다
함께 엮인 나머지 눈들
모두 휘둥그렇다
지리멸 눈들이 참깨 씨앗처럼 됫박에 담겨 있다

흙 속에 뿌려져 멸치 떼가 열릴 기세라
그 후생은 지리멸렬하지 않겠다
오히려 둥글게 흰 은빛 옆구리 반짝이겠다

놀란 듯 휘둥그런 눈
이것은 물고기가 죽음을 받아들이는 방식이다
수면으로 끌려나와
햇살의 칼날이 목을 칠 때
칼날 너머 무지개를 보는 것
물 밖의 풍경에서 난생처음 어떤 비의를 깨닫는
황홀찬란한 그 순간, 심장이 꿰인다
죽음으로 미끈덩 빠지는 찰나
비로소 눈이 열리는 것이다

그리하여 새벽 1시 형광등 빛 아래
가늘게 열린 어머니의 눈을 쓸어내려
마침내 감겨 드릴 때
손끝에 느껴지던 둥근 감촉은
석문사 처마 끝에 걸린 목어의 두 눈 그것이다
아가미에 물살 대신 바람이 걸리던 순간
그 기쁜 두려움이
얇은 커플 안쪽에서 둥글게 부풀어 오르던 때

— 송은숙, 「눈, 뜨고 있는」 전문

　시인이 어떤 대상을 말할 때, 그것의 아름다움을 포착하는 방법 중의
하나로 대상을 지향하나 그것에 함몰되지 않는 미적 거리를 확보하는 것
을 들 수 있다. 미적 거리는 대상을 향한 주관적 정서를 약호화하는 것을

바탕으로 한다. 이를 통해 포착할 수 있는 것, 바로 "죽음"에서 "물 밖의 풍경"으로 비약하는, 또는 "아가미에 물살 대신에 바람이 걸리던 순간"의 "황홀 찬란함"일 것이다. '눈을 감는'의 배후에서 시작되는 "눈이 열리는" 비의(秘意)의 지대를 체화하는 지점은, 시어가 그 어떤 언어보다도 강하게 가질 수 있는 인식 확장력으로 죽음에 대한 사유를 최대화 구체화하고 있음을 보여주는 곳이다.

신나게 춤을 추다가 그대로 멈춰라

어둠이 비로소 어둠다워진 후
서로의 목소리를 전원 버튼처럼 누른다
소리가 소리에 닿아 서로를 알아보는 순간
안과 밖이 모두 평등하여 구분이 없어지는 순간
이 순간은 내란이고 음모이다
단지 목소리 하나로 그대에게 닿는 이 시간을
나는 절정이라 부르고 싶다
너를 향하던 주먹질이 너에게 닿지 않고
너를 바라보던 눈동자가 툭 꺼질 때
무리를 이탈했다 돌아오는 짐승처럼
전기가 나가고 정신이 나간 시간은
무엇이든 전복하기 좋은 불안한 시간

그러니
공화국이여,
너에게 가는 길이 온통 망설임뿐인
공화국이여

신나게 춤을 추다가
그대로 멈춰라.

— 김창균, 「정전」 전문

시가 '시대'에 응전하는 방식의 고유성, 즉 시대를 말하는 시적인 방식의 핵심에 '직관'이 놓인다. 이때 '직관'은 사학, 철학, 정치 등등의 논리를 포괄하며 동시에 그 이상의 수준에 숨어 있는 역사적 진리로 단숨에 나아가는 통찰의 힘이다. '직관'을 가지고 말할 때 시는 시답게 시대를 포착할 수 있다. 「정전」이 포착한 "전기가 나가고 정신이 나간 시간" 즉 '정전'의 시간은 시인의 직관이 포착한 시대적 진리의 시간이다. '너'를 향한 "주먹질"이 "신나게 춤을 추는" 그러므로 "너에게 가는 길이 온통 망설임뿐인" 공화국의 구분법을 무화하는 것으로서의 어둠을 포착하기, 그리고 이를 통해 비로소 '전복/내란/음모'의 기표 너머에 은폐된 "절정"의 지대로 나아가는 직관의 언어. 김창균의 시 「정전」의 뚜렷함이다.

국민학교 3학년 때 우리 반 2번 이름은 일성이었다

나도 가끔 때렸다

— 채상우, 「부고(訃告)」 전문

시인의 언어 행위가 곤혹스러운 것은 언어를 줄이는 것으로써, 언어를 늘어놓는 이상의 의미를 제시해야 하는 모순 행위이기 때문이다. 최상의 품격을 가진 시란 대체로 이러한 모순 행위의 곤혹을 육화한 것, 그러므로 그만큼 성취하기 어려운 수준일 것이다. 채상우의 「부고」가 눈에 띄는 것은 말의 성찬이 유행처럼 성행되는 요즘 시의 기류와 구분된다는 점 때문이다. 말을 줄일 때 시가 빠지기 쉬운 두 가지의 함정, 즉 선문답의 함정, 그리고 무미건조함의 함정에 「부고」는 빠져들지 않는다. "나도 가끔 때렸다"라는 구절이 가진 내공 때문이다. 제목인 '부고'와 함께 씨줄과 날줄을 이루며 이 구절이 환기하는 의미는 견고한 구체성을 가지면서 동시에, 강한 확장성을 가진다. 그러므로 우리는 단 두 줄의 시 앞에서 자꾸 멈추게 되는 미적 체험을 하게 된다.

시적으로 바라보기

　삶의 문제란 시 쓰기 행위가 응하는 핵심 중의 하나이다. 다른 하나는 인간 삶의 문제를 떠난 차원의 것을 문제 삼는 것, 달리 말해 현실 층위를 떠난 차원의 절대미를 추구하는 것이라 할 수 있다. 그러나 두 가지 모두 그것이 시적이어야 한다는 점에서 하나로 수렴된다.　그렇다면 문제는 '시적이란 과연 무엇인가'이다. 그런데 시가 오묘한 것은 이것에 대한 정답을 말할 수 없다는 것이다. 가장 중요한 문제에 대한 답을 갖고 있지 않다는 것. 그런데 이 때문에 시는 다른 것과 구분되는 자존성을 가진다. 문제에 대한 답을 제시할 수 없음을 근본으로 삼는 것. 그래서 시는 인간 삶의 문제 그 자체를 가장 깊은 차원까지 접근할 수 있는 시적 예리함을 발휘한다. 인간 삶의 모순 그 자체이고, 고통 그 자체인 시. 이 때 시는 시적이고, 아름다워진다. 수많은 정답들을 수다에 불과한 것으로 만든다. 당면한 인간 삶의 문제란 이미 제시된 무수한 답들을 단박에 뛰어넘는 복잡 미묘한 것. 여기에 시다운 시는 호응한다. 다음의 시들은 자신의 언어가 정답인 양 호들갑 떨지 않고, 삶의 문제 그 자체에 귀를 대고 있다는 점에서 시적이다.

현미경으로 본 바늘 끝에는 운동장만한 대지(大地)가 있었다
귀를 대어보면 바람소리나 희미한 웃음소리 같은 게 들려올 것도 같
았다

피 묻은 몽당 빗자루가 묵어 도깨비가 된다는 속설처럼 누군가를 찌
른 바늘도
장롱 밑바닥에 앉아 요물(妖物)이 된 건 아닌지

배율을 높인 바늘 끝에는 흩어진 일가(一家)의 혈흔이 보였고
한 사람의 것으로 짐작되는 콧김과 머릿기름 따위가 뭉쳐있었다

손을 따는 것은 자신의 체취(體臭)를 핏줄 속에 흘려 뒤엉킨 매듭을
푸는 일이지만
미처 희석되지 못한 체취는 몸 속 어딘가에 박혀 사람의 모습으로
깊어지기도 할 텐데

매일 저녁 바늘귀에 눈을 맞추며 살아온 사람과
조금씩 줄어드는 바늘의 면적을 그리워하던 사람에게
한 땀 비련(悲戀)은 무딘 바늘을 주고받고서야 완성되는 겨를일까

살에 닿기 직전 가장 은밀해지는 연애를 간수하고 나면
열 손가락을 따고서도 내려가지 않던 기별이 체증(滯症)으로 남는다

시원하다, 어머니의 등을 두드리며 읽어낸 문장 속에서 아내의 뒷모
습이 겹칠 때
나라는 바늘도 직진을 멈추고 몸을 휜다

노련한 복화술사의 얼굴을 내밀듯 휘어진 속내를 기운 적이 있다

— 기혁, 「내간(內簡)」 전문

 기혁의 시 「내간」은 '내간'의 "휘어진 속내"를 다 이해하는 척하지 않는다. 즉 인간 삶의 질곡을 전지전능한 입장에서 해설하고픈 욕망을 제어한다. 그래서 「내간」은 청승을 장황하게 떨고 있는 시들과 달리 지루하지 않다. '내간의 삶'이란 휘어진 속내를 펼 수 있으리라는 비시적인 답(전망)으로 읽히는 것이 아니다. "희석되지 못한 체취"가 "체증"의 무게로 짓눌러 인간 삶을 휘어지게 한다는 것. "시원하다"라는 삶의 탄식은 "체증"이 풀어졌기 때문에 나오는 것이 아니라 "체증"을 삶의 한가운데로 받아들이고 인정하기 때문에 나온다. 이때 '내간의 삶'을 빚어내는 언어가 시적인 것이 된다. 즉 「내간」은 어머니와 아내의 "휘어진 속내"를 시인의 "나라는 바늘"도 기울게 하는 육화의 힘으로 노래하는 것이기 때문에 시적이다. 이러한 육화의 힘이 권현형의 시 「아끼는 사람이 있나요」에서는 "약국 의자"에 앉아 세계와 절연하고 자기의 내면을 냉정하게 직시하는 것으로 나타난다.

남쪽 어느 화단에선가 짐승의 급소에선가 꽃냄새가
비린내가 독하게 풍겼다

늦가을은 말갛고 멍하고 맹한데
속도감도 광기도 난폭함도 없이

흰 종이의 구석에서 수도원처럼 적막한데

사라지지 않은 꽃이 붉은 수액으로 자가 수혈하며
호른을 불고 있었다 자기 자신을 붙들고 있었다

무진(霧津) 좋아하세요?
저는 거기에 아끼는 사람이 있습니다
난간에서 난간을 맨발로 걷다가 마음이 찢어져
낯선 해안의 약국 의자에 앉아 있을 때

아끼는 사람이라는 말이 예감으로 다가왔다, 꼭 갖고 싶은
그것은 이미 꽃잎 한 절음과 함께 사라진 화석어(化石語)
안개와 고로쇠 수액이 쓰인 처방전을 받아들고 나오며

나를 붙잡고 가기로 했다
자가 수혈하기로 했다
아끼는 사람 하나쯤 사라진 지도 위
찾을 길 없는 좌표로 남겨 두기로 했다

— 권현형, 「아끼는 사람 있나요」 전문

「아끼는 사람 있나요」는 인간 삶에서 가장 극단적인 비극성을 말한다. 그것은 타인과의 관계를 끊고 스스로를 철저히 고립시킨다는 점에서. 더욱이 "맨발로 걷다가 마음이 찢어지"는 순간 자신을 세계와 절연시킨다는 점에서 그렇다. 그런데 그 순간 그가 앉아 있는 "약국 의자"는 고요하다. "화석어"의 냉정하고 차분한 언어로 인간 삶의 비극을 직시한다. 그러므로 시보다 시인이 더 많이 아파하는, 즉 자기 연민에 허우적대는 시들과 달리 "자기 수혈"의 외로움이 온전하게 환기된다. 시인이 자신의 고통을 냉정하게 직시하는 내공을 발휘함으로써 독자는 더욱 시적인 묘미

에 빠져든다. "아끼는 사람 하나쯤 사라진 지도"를 자기 삶의 하나로 육화시키는 시적 내공은 아무 시인이나 가질 수 있는 게 아니다. 기혁과 권현형의 시가 삶의 질곡을 육화하는 내공을 가진 시라면, 이수명의 시는 그것을 물화하는 내공을 가진 시이다.

나에게 체조가 있다. 나를 외우는 체조가 있다. 나는 체조와 와야만 한다.

땅을 파고 체조가 서 있다. 마른 풀을 헤치고 다른 풀을 따라 웃는다. 사투리가 한꺼번에 쏟아져 나온다. 대기의 층과 층 사이에 체조가 서 있다.

누가 체조를 잡아당기고 있는 것일까
나는 구령이 터져 나온다.
수목에 다름없는 수목을 잃는다.

체조는 심심하다. 체조가 나에게 휘어져 들어올 때 나는 체조를 이긴다. 체조는 나를 이긴다.

아래층과 위층이 동시에 떨어져 나간다. 나는 참 시끄럽다. 나는 체조를 감추든가 체조가 나를 영 감추든가 하였다.

그렇게 한 번에 화석화된 광학이 있다. 거기, 체조하는 사람은 등장하지 않는다.

나는 오늘 물끄러미 아침을 퍼 담는다. 체조는 나에게 없는 대기를 가리켜 보인다.

무너지느라고 체조가 서 있다.

— 이수명, 「체조하는 사람」 전문

　이수명 시 「체조하는 사람」은 '체조하는 사람' 대신 '체조하는 체조'가 중심이다. 인간이 체조를 하고 아침을 맞는 것이 아니라 체조가 인간을 외우고 아침을 불러낸다. 인간은 이 같은 체조의 순서에 자신의 몸을 끼워 넣는다. 체조를 왜 하는가? 왜 이른 아침에 일어나는가? 라는 질문은 "화석화"되어 있다. 그러므로 이수명 시의 '체조'는 "수목에 다름없는 수목을 잃은", "나를 영 감추고" "나는 이기는", "심심한" 행위이다. 인간을 아침마다 체조 쪽으로 잡아당기는 자기의식을 공백으로 만들어버림으로써 "체조하는 사람"은 물화되어 사람의 자격을 잃는다. '체조'는 인간이 인간다운 의식으로부터 '무너지는' 것을 아침마다 증명하는 것이다. 그래서 스스로를 화석화시킴으로서 삶의 피로를 견딜 수밖에 없는 인간 세계의 비극성을 환기한다. 이러한 시의 언어에 견줄 때 바람직한 삶을 제시하는 언어 따위란 경박하고 추상적인 말의 장난에 불과할 것이다. 이화은의 시 「틈」은 삶의 비극성이 건물과 건물 사이로 조그맣게 난 미세한 틈을 통해 갈수록 깊어지고 있음을 발견한다.

다만 벽을 보고 술을 마셔야 했던 그 집
건물과 건물 사이
돌아가거나 비킬 틈이 없는 틈 사이
복잡한 감정의 봉합선처럼
한 땀 한 땀
꿰매 듯 순서대로 자리를 채워 앉아

면벽하고, 면벽하고 마시는 술은 늘 비장했다

저 벽

말없이 무언가를 가르치려는 놈 앞에서

술꾼은 쉽게 분노한다

분노는 음주의 본질이기도 하니

침묵의 수위를 견디지 못해 술잔을

바람벽의 엄숙한 면상에 던지는 자도 있지만

이만한 술친구도 없다고

실금만한 틈이라도 있으면

감쪽같이 숨어 버리고 싶은 사람들이

밤이면 또 감쪽같이 스며든다

날이 밝기 전에 아물지 않은 이 도시의 수술자국이

말끔히 낫기를 흉터 없이

마침내 저 봉합선이 깨끗이 지워지고

완벽한 실종을 꿈꾸는 자들이

제발 승리하기를! 밤마다

벽은 위대한 장사꾼이었다

— 이화은, 「틈」 전문

인간의 고통을 말하되 시적으로 말한다는 것은 무엇인가? 이에 대응하는 하나의 문장이 '시는 고통을 가지고 놀 줄 알아야 된다'라면, 시인은 뜨거운 가슴보다는 차가운 가슴을 가지고 있어야 한다. 벼랑 끝 위기에서도 그것을 가지고 농담을 할 줄 알아야 한다. 시인은 예술가는 그런 유희에 목숨을 거는 괴이한 존재인 것이다. 이화은의 시 「틈」은 "위대한 장사꾼"으로서의 시인의 장난을 엿보게 하는 작품이다. 인간의 진면목을 발견하는 시선은 건물의 정문을 향하는 것으로는 불가능하다. 그것은 건물과 건물 사이의 "틈"을 비집고 들어갈 줄 아는 집요함과 예리함을 갖추어야 가능하다. 그래야 비좁은 틈 사이로 "수위를 견디지 못하는" 삶의 울분이 피압수처럼 용솟음치고 있음을 말할 수 있을 것이다. 삶의 울분은 타자를 향하는 것이 아니라 결국, 벽을 향해서 술잔을 던지는 것이며 그것은 또한 자기 자신을 향한 투척 행위임을. 그리고 이러한 행위는 눈에 보이지 않는 세계의 균열 속에서 이루어지며, 정작 인간 삶을 이루는 진짜란 "실금만한 틈" 사이에서 벌어지는 자신을 향해 자신을 던지는 투척 행위에 있음을. 이를 시인은 벽의 눈으로 본다. 고통을 투척하는 행위에 휩쓸려 들어가지 않고 그것을 온몸으로 받아내는 냉정한 벽의 시선으로 직시한다. 그러므로 시 「틈」은 인간의 삶을 시적으로 말한다는 것이 결코 쉽지 않은 것임을 단적으로 보여주는 작품이다. 지금까지 말한 작품들이 모두 풀어지지 않는 삶의 응혈을 냉정한 시선으로 바라보는 내공을 지닌 시들이라면 다음의 시들은 삶의 파고를 순행할 줄 아는 내공을 보여주는 시들이다. 이러한 시들은 고답적인 교훈을 전하려는 언어가 아닌, 인간 삶의 모순을 자신의 것으로 체화한 언어로 노래한다. 그래서 자기의 가치관을 정언으로 삼는 편협한 영토를 탈피해, 경계를 지운 무변의 광활함을 보여준다.

아무렴,

가문 날의 언덕 밑 씀바귀 잎같이 엎드려
소꿉놀이 한번 잘했으니
이제는 저 구름 위의 영수 봉황을 타고 노는
천녀(天女)의 장구 소리나 따라가 볼 꺼나

아니, 그 장구채에 얻어맞고
자근자근
삭신이 저리도록 몸져누워 볼 꺼나

눈멀어도 보이고 귀먹어도 들리네
만리장천,
구름 위의 장구 소리

어서 와 곰배춤이나 한번 추어보라네
깨끼춤이나 한번 추어보라네

남녘 끝 봄이 오면
제일 먼저 백련사 동백꽃 보러들 간다지만
나는 그 대웅보전 벽화 속 구름 위의
영수 봉황을 잡아타고
바람 서방이나 되어 볼 꺼나
허리 부러져 천리 먼 저승 속까지
죽어 갔다간
다시, 돌아와 볼 꺼나

— 송수권, 「구름 위의 장구 소리」 전문

　「구름 우의 장구 소리」 화자는 생과 죽음의 경계를 넘나드는 존재이다.
"천녀의 장구 소리"를 들을 줄 아는 귀를 가진 존재이며, 따라서 "천리 먼
저승 속까지" 인간의 영역을 광활하게 펼쳐놓는 존재이다. '구름 위 장구
소리'를 따라 걷는 세계란 오욕칠정의 고리를 풀어버린 자의 가벼운 걸
음만이 가능할 수 있는 세계이며, "곰배춤"과 "깨끼춤"이라는 무목적적인
행위로만 가능한 완전한 충일함을 맛볼 수 있는 유일한 세계이다. 죽음

이란 인간의 삶의 균열들이 비로소 완전히 메워지는 완벽함의 세계이며, 따라서 그것으로의 진입이란 인간의 영원한 완성을 의미한다. 죽음이라는 절대적인 세계가 던져주는 흥겨움과 황홀경은 "백련사의 동백꽃"을 향하는 푸른 욕망을 지나 "대웅보전 벽화 속 구름 위의 영수 봉황"에게서 궁극의 풍경을 소요할 줄 아는 달관의 시선이 시 전체를 관통하고 있기에 가능할 것이다. 달관의 시선만이 그려낼 수 있는 지평선 없는 세계의 아득함을 우리는 이광석의 시 「노인 입실」에서도 경험할 수 있다.

'노인'은 참 편안한 광물이다
입동 앞에서도 나이를 버린
늦가을 은빛 햇살이다
이제 더 늙을 시간도 이유도 없는
저문 강기슭에 나앉아
갑골문자 같은 물의 사유를 읽는다
비틀거리는 물의 의자에서 내려와
난생 처음 삶이 '아픈 꽃이었'고 말한다
보아라 사람들아
가는귀 흐린 눈 몇 잎 안 남은 백발
그 누구도 검문 못하는 자연의 주민등록증을,
오늘밤 머리 위에서 쏟아지는
고독의 칼날 같은, 고요의 별빛 같은
저문 생애의 아랫목 한 자락도
한걸음 물러나서 보면 참 잘 익은 사리다
마침내 '노인'이라는 유기농 영혼이
제 몸에서 완전히 견인되어 나갈 때
그때 비로소 강물의 어머니인

거친 바다 그 운명 같은 깊이에
하얗게 투신하는 섬 하나 보리라

— 이광석, 「노인 입실(入室)」 전문

　이광석 시의 "노인"은 기혁 시의 '체증', 이화은 시의 '틈', 권현형 시의 '약국 의자', 그리고 이수명의 '체조하는 아침'이라는 결여된 삶의 여정을 통과해 비로소 스스로 "편안한 강물"이 된 존재이다. "아픈 꽃"이었던 삶마저도 순치시키는 방식이란 결국, 이해득실의 셈법으로는 결코 "검문 못하는 자연의 주민등록증"을 구체화한 방식일 것. 그러므로 「노인 입실」에는 모든 경계를 넘어서는 인간의 경지가 나타난다. 그것은 다름 아닌 "노인이라는 유기농 영혼이 제몸에서 완전히 견인되어 나가는" 찰나에 절대 세계로 "투신"하는 행위를 통해 발견하는 인간 운명의 가장 깊은 곳이다. 이광석의 「노인 입실」처럼 결국 시란 시적인 것으로만 찍어낼 수 있는 세계의 심원을 가장 깊은 차원에서, 또는 가장 맨 처음의 차원에서 그 자체로 보여주는 것이라면, "하얗게 투신하는 섬"을 문제 해결의 차원에서 왈가왈부하는 것은 시를 시답게 보지 않는 것에 불과한 것이다. 시는 냉정한 시선으로 깊게 파고들어 세계의 '진'을 발견하고 그것 자체를 온전히 드러내는 것이 아니겠는가 이다. 그러므로 자기 연민, 교훈, 답의 범주에 드는 너스레는 시다운 시에 끼어들 틈이 없을 것이다.

성찰의 힘을 내재한 언어

　시 쓰기는 매우 사적인 행위이다. 그것이 설사 만인의 삶과 공감대를 형성하는 작품을 의도하는 경우라 할지라도, 그 바탕은 삶에 대한 사적인 '관(觀)'에 있을 것이다. 그러므로 시 쓰기는 자기 자신의 내면을 가장 깊은 차원에서 성찰하는 힘을 내재해야 비로소, 사적인 한계를 넘어 만인에게로 다가 설 수 있는 언어를 창조할 수 있다. 자기 성찰의 힘이 약할 때 그가 쓴 시는 지극히 협소한 정서나 주관 그 자체에 머무를 것이다. 말은 많으나 그 말들이 장식에 불과한, 그래서 보기에 곤혹스런 작품들. 그러나 문학판이란 요상한 면이 있어 그러한 시 쓰기에 대해서조차 확언의 말을 쏟는 것을 조심스러워한다. 문학에선 확언만큼 오류에 빠질 위험이 높은 것이 없기 때문이다. 그래서 약간은 비겁하게 차선책으로 택하는 방식이 좋은 시를 말하기 식의 월평(月評)이 아닐까 싶다. 시를 쓰거나 학문하는 사람에게 그지없이 허망한 '월평' 식의 글쓰기에 굳이 의미를 부여한다면 곤혹스러움 속에서 간혹 재미를 느낄 수 있는 시를 만나는 인위적인 기회라는 것. 물론 재미는 여러 잡다한 관계로부터, 그리고 나 스스로의 주관으로부터도 최대한 벗어나 발견할 수 있는 좋은 시에서 배가될 것이다. 누군가 이 말이 이상적인 것에 불과하다 힐난한다면 기꺼이 수긍한다. 이런저런 잡스런 '파(派)'로부터 완벽하게 자유로운 존재로 시 읽기는 어쩌면 불가능할지도 모르기 때문이다. 그럼에도 불구하고 할 수 있는 한 최대로 자유로운 입장에서 읽은 시 중에서 기억에 남는 시들을 말할 것이다. 기억에 남은 공통된 이유는 아마도 자기 성찰의 힘을 내재한 언어, 이를 통해 사적인 세계 이상의 보편성을 창조한 작품들이라는 점에 있을 것이다.

> 단단한 꽃의 집
> 바람 한 점 들지 않는 방이다
> 주먹으로도 어쩔 수 없는 문을
> 부드러운 힘이 열었다
>
> 칼바람이 당할 수 없는 숨긴 힘은
> 밖에서 온 것이면서
> 안에서 키운 것이어서
> 향기에 때가 묻지 않았다
>
> 몇 달 걸려 지은 집
> 후딱 지나갈 며칠을 위해
> 아끼지 않고 벽까지 허물었다
> 우리보다 몇 수 위다
>
> ― 권숙월, 「목련」 전문

'자연'은 시인의 성찰이 촉발되게 하는 가장 유효한 시적 도구이다. 물론 '자연'을 통해 삶을 성찰하는 것은 시인이 아닌 사람들에게도 일반적으로 해당되는 경우이다. 시인이 이들과 구별되는 것은 그 목적을 미적인 가치를 발견하는 데에 둔다는 점이다. 즉 도덕적, 윤리적 성찰과 다른 미적인 성찰이라는 것, 가령 권숙월의 시 「목련」에서 그것은 '꽃의 집'이 선사하는 아름다움을 성찰하는 것이다. "주먹으로도 어쩔 수 없는 문"을 가진 "꽃의 집"이 "후딱 지나갈 며칠을 위해 아끼지 않고 벽까지 허물"어 내놓은 것은 온통 때가 묻지 않은 순수한 향기, 즉 정수의 아름다움이라는 것. 이를 윤리적 철학적 수사보다 "몇 수 위"의 것으로 간주하는 정신, 시 쓰기의 정신일 것이다. 여기에 「목련」은 관련된다.

순록들이 너나없이 머릴 치받으며 싸움박질하는 건
뿔 부딪는 소리가 메아리로 되돌아오는 거리를 외우기 위함

최후의 승자가 된 수컷이 일출봉에 서서
새벽빛에 들판으로 길어나는 뿔의 그림자를 지도로 외우지

고개를 끄덕이며 가로저으며
메아리가 음각된 들판 곳곳에 그림자를 문지르지

제 그림자 뿔이 제 눈에 보이지 않을 만큼 짧아지면
수컷은 무리를 이끌고 노정을 나서지

가지뿔 뻗어난 곳에 이르러 중톳을 분가시키며
소리가 땅을 치받아 메아리가 된 곳을 향해 앞장서지

노정은 풀내물과 물내풀이 맞서 싸움하는 성지에서 멈추지

암컷들은 메아리가 회귀한 곳에다 새끼를 낳고
귀로에 대해 함구하지만,

흙 묻은 소리가 메아리로 방향을 틀듯
땅을 디딘 무릎으로 일어선 새끼는
새벽이 돋는 봉우리로 끝내 찾아와 첫 되새김질을 하지

이빨 부딪는 소리로 물과 풀의 주기를 외우기 시작하면
메아리의 지름을 가늠할 수 있는 뿔이 돋아나지

— 차주일, 「뿔」 전문

차주일의 시는 '근본'을 말한다. 그의 시는 생명을 가진 것들의 공통 감각을 확인하고, 이로써 인간 등등의 것들에게서 발견할 수 있는 진리를 제시한다. 그가 이에 천착하는 이유는 아마도 '가장 아름다운 것'과 부합되는 경우가 생명들의 '근본'에 있다고 생각하기 때문인 듯하다. 「뿔」이 노래하는 '근본'은 구체적으로는 '견인의 태도'다. 즉 "뿔 부딪는 소리가 메아리로 되돌아오는 거리를 외우"고 "풀내물과 물내풀이 맞서 싸움하는 성지"로 무리를 이끄는 "수컷"의 감각이다. "수컷"의 견인이 아름다운 이유는 그것이 곧 생명을 유지 지속시키는 바탕이 되기 때문이다. 생명을 견인하는 행위 앞에 기타 모든 것들은 소소한 차원에 불과하다는 것. 이를 통해 "메아리의 지름을 가늠할 수 있는 뿔"의 유전이 곧 생명의 '근본'이며, 이를 통해 차주일의 「뿔」은 사라지지 않고 "되새김질"되는 불변의 아름다움을 환기한다.

바바리코트를 수선하러 천국수선집 찾아간다
분명 옛 수문통시장 건너편 길이었는데
굴다리 밑 도로공사 중인 곳을 몇 번이나 돌고 돌아도 없다
한 블록 지나자 간판 글씨가 희미하게 지워진 수선집이 보였다
늙은 수선공은 귀에 보청기를 끼고 있었다

– 여기까지 줄일 건데, 시간이 얼마나 걸리나요?
– 나 성당에 가서 창문을 다림질할거야
– 네? 뭐라구요?
– 너도 미사에 오면 새것처럼 수선해줄게
수선집 벽에 걸린 옷 속에서 삐져나온 하얀 날개들이 춤을 추기 시
작했다
벌러체럼 보였다

흰 초크가 바바리코트 위를 삐뚤빼뚤 지나갔다
작업대 위 다리미는 안개를 내뿜다가 뜨겁게 앉아서 창밖을 골몰
했다
늙은 수선공은 어깨와 궁둥이를 자르다가
재봉틀에 기름을 치고 노루발을 만지기 시작했다
나는 수선공이 성당에 가서 어떤 것을 수선해올지 궁금해졌다
안개가 머릿속으로 몰려왔다

고친 바바리코트를 입고 굴다리 밑을 또 돌아가는데
이름도 수상한 천국수선집이 여전히 없다
늙은 수선공이 수선한 호주머니 속은
천으로 덧댄 어둠만 기다릴 뿐

그 수선집이 사라진 천국수선집인지

원래 없던 수선집인지 점점 더 모호해지는
저녁이 또 지나가고 있었다

　　　　　　　— 이설야, 「천국수선집 찾아가는 길」 전문

　"천국수선집"은 현실 '바로 옆'에 있다. '옆'에 있다는 점에서 그것은 현실에서 '사라진/몇 번이나 돌고 돌아도/없는' 장소이다. 그러나 "천국수선집"은 현실을 완전히 이탈한 장소가 아니다. 그것은 "간판 글씨가 희미하게 지워진" 모습으로 현실의 '바로 옆'에 모호하게 존재한다. 그렇다면 현실과 비현실의 경계에 위치한 "천국수선집"의 의미는? 다름 아닌 현실에서 잠시 벗어나 현실을 직시하기이며, 이를 통해 현실 삶의 모습을 "수선하기"일 것이다. 시란 현실과 환상의 접경에서 그 본색을 가장 잘 드러낼 것이며, 이러한 시를 통해 인간은 비로소 '피정(避靜)'의 경험. 즉, "너도 미사에 오면 새것처럼 수선해줄게"라는 목소리를 듣는 '피정'의 시간을 가질 수 있을 것이다. 현실을 견디는 방법 또는 현실의 삶을 정화하는 방법의 하나로 인간은 현실 너머를 지향하려 할 것이며, 이에 호응하는 언어에서 삶의 아름다움을 찾아가는 즐거움에 동참할 것이다. 결국 이설야의 시 「천국수선집 찾아가는 길」의 재미는 "사라진 천국수선집인지 원래 없던 수선집"인지의 모호함을 통해 인간 삶의 아름다움을 즐기는 데에 있다.

　호양나무는 삼천 년을 산다 살아서 천 년, 죽어서 선 채로 천 년, 그리고 쓰러져서 천 년이다 천 년을 보낸다는 건 하염없이 생각한다는 것이다 흑수성 근처 고비 사막에서 호양나무 수림은 정처없는 서하의 옛 문자를 더듬어 의성어를 얻었다 풍화와 침식을 반복하는 건 늙은

호양나무만은 아니겠다 평생에 단 몇 번 물길을 실어보내는 와디라는
사막의 강도 있다 그건 물의 발가락이거나 발톱이다 마지막 천 년을
보내면서 공복과 모래를 뒤섞는 나무에 기대면 사막의 시간은 참 미묘
하구나 햇빛 많은 날, 해바라기씨를 까먹으면 옛 나라 옛 땅은 차츰 목
질에 가까워져서 나무가 기억하는 건 나도 아슴아슴 떠올린다

— 송재학, 「호양나무 수림」 전문

　송재학의 시 「호양나무 수림」은 단단하다. 정서를 바짝 말린 언어들이
마른 장작처럼 쌓여 있다. "호양나무"와 "와디"를 말하는 언어란 "하염 없
는" 시간을 관통하는 언어이어야 하며, 이는 '정서'로는 맞닿을 수 없는
세계인 "물의 발가락이거나 발톱"을 향하는 언어여야 할 것이다. 「호양
나무 수림」에서 구체적으로 그것은 "–이다/있다" 식의 서술어로 매듭지
어지는 확언의 진술로 나타난다. 정서나 주관의 수다스러움을 제어하고,
대상의 중심으로 직진하는 언어. 그래서 "공복과 모래를 뒤섞는 나무"에
기대고 발견한 아름다움은 바로, "미묘하구나"이다. 확언의 언어로 발견
하는 '미묘함'은 불가결한 것 이외의 것은 다 버리고 나서야 이루어지는
'호양나무'의 "목질"의 아름다움이고, 또한 그것은 묵언의 기억 속에 아슴
아슴 다가오는 "옛 나라 옛 땅"의 무변광대함일 것이다.

　　첫눈이 내리면
　　떠나갈 사람
　　돌아올 사람
　　기차가 돌아오는 따뜻한 꿈을 꾼다네
　　첫눈은 언제나 신성이 깃든 먼 곳으로부터 오기 때문이라네
　　막차는 생목을 올리며 깔딱 고개를 넘어가고

골목엔 장사꾼들이 흘리고 간 냄새와 소란이 들썩이네

모퉁이엔 구두 한 짝 떨어져 있고

말굽보다 무겁게 잠든 남자

덫에 걸린 눈 먼 짐승처럼 허우적거리네

좀체 오지 않을 것을 부르는 것 같네

그러나 지금은 결코 미래만큼 춥지 않을 것이네*

밤은 저녁 종소리처럼 아늑하고 고요한데

새 발자국소리들이 일어나고

구구구 흰 비둘기

곤한 잠의 밑동을 흔들었을까

밖에서 안으로 잠긴 문을 연

힘찬 기압소리 "이 야 야 압~이 야 야 압~!"

구두 한 짝에 싣고

설원을 건너가네

*영화 프루프에서 가져다 씀.

　　　　　　　　　　　　— 김명서, 「풍선이 있는 마을」 전문

　"꿈"을 꾸는 것은 인간이 현실을 견인하는 하나의 방식이라 할 수 있
다. "꿈"은 현실의 견고한 테두리를 뚫고 현실 이상의 지대로 나아가는
통로가 된다. 김명서의 시 「풍선이 있는 마을」은 이와 관련된다. 인간이
"말굽보다 무겁게 잠든" 현실의 테두리에 매몰되는 이유는 "좀체 오지 않
을 것을 부르"고 있기 때문이다. "신성이 깃든 먼 곳으로부터" 돌아올 "따
뜻한 꿈"을 꾸기가 불가능할 때 인간의 현실은 "덫에 걸린 짐승처럼 허우
적거리"는 극단적 절망이 된다. 그런데 시란 이러한 절망적인 지점에서
곧잘 아름다움을 발견하는 얄궂은 언어 놀이이다. 가령 "밤은 저녁 종소
리처럼 아늑하고 고요한데 새 발자국소리들이 일어나"는 풍경을 현현하

는 경우이다. "꿈"이 아름다운 이유는 현실에서의 이탈이 아니다. 그것은 절망적인 현실을 육화하고 "구두 한 짝에 신고 설원을 건너"는 힘찬 기합 소리를 내재하기 때문이라는 것, "이 야 야 압~이 야 야 압~!"이라는 우렁찬 울림이 시적인 이유이다.

문향(文向) · 탈문(脫文)의 이접(離接) 놀이

'올해의 좋은 시' 수상작; 김명인 「문장들」 · 유지소 「y거나 Y」

1. 문향 · 탈문의 문장 정신

김명인의 시 「문장들」은 최종의 '문장'을 말한다. 세계의 의미가 그 '문장' 이외에는 이젠 남아 있지 않은 것. 하나이며 동시에 그것 자체로 전체인 것. 즉, "그 모든 주름을 겹친 단 일 획"이지만 "무한대의 어스름"의 세계를 "관주(貫珠)"한 문장. 이러한 '문장'을 찾아가는 여정을 말하는 시 「문장들」은 결국 묻는 것이다. 최종의 문장에 어떻게 다가설 것인가, 최종의 문장에 다가서는 시인이란 누구인가. 그리고 이 질문에 대해 시인으로서 답하기가 바로 「문장들」의 의의일 것이다.

'완성된 문장'이란 '진짜 바다'를 말하는 것이다. '진짜 바다'란 시인의 눈앞에 있으면서 동시에 있지 않다. "여객선 터미널 유리창 너머로" 펼쳐진 포구는 바다나 바다의 전부가 아니다. "수평선"의 안쪽과 바깥쪽, 즉 보이는 것과 보이지 않는 것의 경계를 넘어선 합으로서의 바다가 진짜 바다이다. 그러므로 진짜 바다를 "배태한" 문장을 얻기 위해서 시인은

"여객선 터미널"을 박차고 나가는 정신의 모험을 감행해야 한다. "서역"으로 향한 "무한한" 여정에 나서야 한다. "서역"은 자기 시야의 경계를 넘어서야 가능한 지역이다. 장자는 말한다. "경계가 없는 것은 경계가 있는 것의 영역으로 움직이고 경계 있는 것은 경계 없는 것의 영역으로 움직인다."(「지북유(知北遊)」) 즉 세계와 세계의 경계는 하나의 지나가는 과정에 불과하다. 그러므로 경계의 안쪽에서, 그것을 기준으로 세계를 정의하는 것은 세계의 전체를 보지 못하는 하나의 편견에 불과하다. 경계는 세계의 실재를 정확하게 밝히는 기준이 될 수 없다. 세계의 실재란 경계를 넘어서는 자의 정신에서만 밝혀진다. "한 줄에 걸려 끝끝내 넘어설 수 없었던 수평선"을 어둠으로 가린 순간. 바다의 전부는, 즉 세계의 전부는 역설적이게도 비로소 그 실재를 드러낸다. 눈을 감음으로써, 자기 시야의 경계를 넘어섬으로써 비로소 드러나는 전부인 순간을 "어탁"한 상상력으로 말한 '문장'. 바로 그것을 구한 자 궁극의 시인이다.

그러나 「문장들」의 의미는 이 부분에서 멈추지 않는다. 경계를 넘어서 "미지"와 만나는 지점에서 시인의 여정은 멈추지 않는다. 시인은 도착한 지점에서 다시 출발한다. "싱싱한 배태로 생기가 넘치"는 것은 "이내 삭아버리다"이며, "바다는 쓰고 지우"며 "요동치는 너울이고 고쳐 적지만" "언제나 그 수평선" 밖으로 바다는 모습을 감추기 때문이다. 시인은 세계를 말하는 '문장'을 얻는 순간, 다시 그 '문장'을 벗어난다. 지향한 '문장'에서 멈추는 것은 결국 그것이 말할 수 있는 만큼의 세계의 크기에 갇히는 것이기 때문이다. 또 하나의 주관에 얽매이는 것이기 때문이다. 결국 그것 또한 세계의 실재를 말하는 '문장'이 되지 못하기 때문이다. 그러므로 시인은 지향한 문장에서 벗어나 또다시 문장을 향한다. 즉 문향(文向)

과 탈문(脫文)의 여정이 「문장들」을 견인하는 요체이다.

시인의 언어는 생동한다. 시인은 하나의 정의된 세계에 스스로를 가두지 않는다. '미지'와 만나는 '행복'에 안주하지 않고, 끊임없이 새로운 지대로 향한다. 그러므로 시인의 여정은 세계 확장의 여정이 된다. 시인의 여정이 곧 "시원"을 향한 세계의 넓힘이며, 세계의 넓힘이 곧 문장이 되는 방식. 그래서 "그가 바로 문장"이 되는 지점이 바로 "문장을 구해 서역에서 돌아오는 법사"의 필력을 내재한 시인의 자리가 된다. 그렇다면 이때 시인은 어떤 존재인가? 좀 더 구체적으로 말해 시인은 결국 지금 무엇을 하는 존재인가? 「문장들」의 남은 의미는 이에 대한 답으로 모아진다. 다음 부분이 이와 관련된다.

> 허전한 골목은 닫혔다, 바다 저쪽에서
> 또 다른 사내들이 헤맨다 한들
> 아득한 섬 찾아내기나 할까?
> 일생 처녀인 문장 하나 들쳐 업으려고
> 한 사내의 볼품없는 그물은 펼쳐지겠지만
> 어느새 너덜너덜해진 그물코들!
> 나는 이제 사라진 것들의 행방에 대해 묻지 않는다
> 원래 없었으므로 하고많은 문장들,
> 아직도 태어나지 않은 단 하나의 문장!
>
> 구름에 적어 하늘에 걸어 둔 그리움 다시 내린다
> 수많은 아침들이 피워 올린 그날 치의 신기루가 가라앉고
> 어느새 캄캄한 밤이 새까만 염소 떼를 몰고 찾아든다
> 그 염소들, 별들 뜯어 먹여 기르지만
> 애초부터 나는 목동좌에 오를 수 없는 사내였다!

"헤맨다 한들"과 "그물은 펼쳐지겠지만"이라는 경계의 전과 후를 모두 육화한 자, 시인이다. 즉 '찾으려고 헤맨다. 그러나 찾을 수 없다. 그럼에도 불구하고 헤맨다' 또는 '잡으려고 그물을 펼친다. 그러나 잡을 수 없다. 그럼에도 불구하고 그물을 내린다'라는 '지향—획득—획득한 것으로부터 탈(脫)—지향'의 과정을 숙명으로 삼은 자. "구름에 적어 하늘에 걸어 둔" 문장을 얻기 위한 여정. 이때 문장을 얻는다는 것은 곧 인간 삶의 혈을 정확히 짚어낸다는 것 또는 세계의 전부를 수렴한다는 것을 의미한다.

그런데 시인의 문장이란 무엇인가. 그것은 "단 하나의 문장" 자체에 있지 않다. 시인의 문장은 세상을 얻기 위한 고투의 상흔으로 너덜너덜해진 그물코를 이력으로 엮어놓은 문장이다. 그러므로 "완성"이라는 환호작약의 호들갑 따윈 시인의 문장에 끼어들 틈이 없다. 완성의 순간 그 속에서 다시 "사라진 것들의 행방"을 가늠한다. 달리 말해 문장으로 다가서서 문장을 이루는 순간 다시 자신의 문장에서 벗어난다. 그러므로 "단 하나의 문장"을 지향하는 정신을 철저하게 현재진행형으로 삼는 존재, 시인이다.

이러한 시인의 멈추지 않는 문장 지향의 정신은 어디에서 오는 것인가? 이에 대한 답은 이 시의 맨 앞에서 예감된다. 즉 "이 문장은 영원한 완성이 없는 인격"임을 시 쓰기 정신의 중심으로 삼기. 자기 점검, 자기 비판의 냉철한 시선을 갖추는 것. 그리고 "영원한 완성"의 문장은 "끝내 열지 못한 문" 바깥에 남겨두는 것. 그러므로 시인의 문장 정신은 청년 정신이다. "애초부터 나는 목동좌에 오를 수 없는 사내였다"라는 혹독한 자기 점검의 자세를 견지하기에 시인의 정신은 "늙지 않는 그리움"이다.

그렇다면 "늙지 않는 그리움"을 담은 시인의 문장은 무엇인가? "수태고지를 받는 아침"을 받기 위해 펼치는 시인의 그물이, 순간 해져 있다는 것이다. 최종의 문장을 말하고자 하는 시인의 문장은 최종의 문장에서 한 뼘 비켜나 있다는 것을 토(吐)하는 것 자체이다. 끝내 완벽한 문장은 "신기루"로 남겨놓을 줄 아는 문장 정신. 그래서 급기야는 "사라진 것들의 행방"을 시인이 쓰는 문장의 비의로 남겨놓는 것. 이 비의를 담은 문장이 "늙지 않는 그리움"의 문장일 것이다. 그러므로 우리가 「문장들」을 통해 확인한 최종의 문장, 완성된 문장이란 '눈앞에 없다'이다. '눈앞에 없음'의 통로가 「문장들」을 관통하고 있다. 이를 통해 '궁극'을 향하는 여정의 묘경이 펼쳐진다. 최종으로 향하는 길이 최종이 없음으로 비로소 열리는 것. 즉 "영원한 완성이 없는" 그렇기에 "일생 처녀인 문장 하나" 얻는 것을 결코 버릴 수 없는 그리움으로 삼는 것. 그래서 끊임없이 세계의 경계를 넘어서며 하나이며 전체인 문장을 향한 여정을 운명으로 삼은 것, 김명인의 시 「문장들」이다.

2. '대립'과 '호응' 이접(離接)의 언어 놀이

'시'의 여러 재미 중 하나는 '혹(惑)'하는 데에 있다. 의심하게 되고 헷갈리게 되는 '혹'함을 가장 정교한 차원에서 경험하기, 시 읽는 중요 이유이다. 명명백백한 언어이나, 그 언어의 뒤편으로 결코 명명백백하지 않는 그늘을 남기는 것을 미덕으로 삼을 수 있는 것이란 아마 시뿐일 것이다. 밝음과 어둠을 동시에 가지는 언어에서 우리는 '혹'하고, 그때야 비로소 밝음과 어둠의 경계를 넘나들며 그것을 따져 묻는 사유의 여정에 들어선다. 시가 제공하는 사유의 여정은, 옳고 그름의 어떤 도덕적 판단을 가늠하는 것과는 거리가 있다. 이보다는 작품 자체에 완전히 유혹된 상태에서 어떤 참여나 판단의 계기에 빠져드는 것에 가깝다. 이때 시란 목적 없는 사유의 여정 그 자체에 몰입하는 수단이라는 점에서, 비생산적이거나 비실용적이다. 손탁은 예술을 통해 우리가 도덕적 쾌감을 느낄 수 있는 것은 예술이 어떤 행동에 대한 시비를 가리는 데에 유용하기 때문이 아니라 우리의 의식에 지적인 희열을 주는 것 때문이 말한다.* 이런 점에서 시는 예술이 제공하는 고차원적인 유희와 긴밀하게 관련된다. 시는 유용과 무용을 구분하는 정언(定言)으로부터 이탈하는 언어 놀이인 것이다. 무용은 과연 무용인가? 유용은 과연 유용인가? 좀 더 나아가서 현실은 과연 현실인가? 라는 문제를 제기하고 그것을 정의된 세계 이상으로 짜 맞추기를 즐기는 언어 놀이. 이때 시는 견고한 정의에서 이탈한다는 점에서 전복적이거나, 반체제적이다. 유지소의 시 「y거나 Y」의 언어 또한 마찬가지이다.

「y거나 Y」는 "y"와 "Y"의 관계성을 찾아가는 언어놀이이다. 이 놀이에 우리가 혹하는 이유는 그 관계의 모순 때문이다. "y"와 "Y"는 서로를 견인하며 동시에 배제한다. 서로를 투과하며 동시에 구분의 경계를 견고하게 한다. "y"와 "Y"의 관계는 정언되나 정언하는 언어 이상의 의미로 확대 개방된다. 차갑고 객관적인 어조로 확언하나, 의미의 틀은 결코 정의되지 않는다. 「y거나 Y」의 논리적인 언어는 논리의 테두리를 스멀스멀 넘어,

---

*   수잔 손탁, 『해석에 반대한다』, 이민아 역, 이후, 2002, 50쪽.

의혹의 지대로 나아간다. 그러므로 우리는 「y거나 Y」에 혹할 수 있다. 이를 좀 더 구체적으로 말하기 위해선 'y와 Y'에 대응하는 '나무와 새'의 관계를 살펴야 한다.

> 새는 나무의 도플갱어; 이것은 나만 아는 사실
> 새는 나무의 육체로부터 유체 이탈한 나무의 영혼
> : 이것은 나무만 알고 새는 모르는 사실

　"새는 나무의 도플갱어"라는 "사실"은 제한적이다. 즉 "나"의 "사실"일 뿐이다. 정작 "나무"와 "새"는 서로가 "도플갱어"로 호응하고 있다는 것을 알지 못한다. "사실"을 누군가의 것으로만 한정하는 것은 "나무만 알고 새는 모르는" 것에서도 마찬가지이다. '나–새–나무' 간 관계의 중의성은 "사실"을 확언하는 진술이 지극히 제한된 존재와만 호응된다는 데에서 기인한다. "사실"은 하나의 존재에 호응되며 동시에 다른 존재의 인식 너머로 은폐되고 환기된다. 가령 "사실"은 서로를 '날려버리고/이탈'하는 나무와 새의 대결 의지로 명백하게 나타나면서, 동시에 "새는 뿌리를 내리기 위해" 나무를 지향하고 "나무는 더 멀리 날아가기 위해" 새를 지향한다는 "사실"이 "나무"와 "새"의 인식 너머에서 환기되는 방식이다. 존재가 인식하는 "사실"과, 존재가 인식하지 못하는 "사실"의 동시 발현은 'y/Y' 또는 '새/나무'가 미끄러지며 접착되거나, 접착되며 미끄러지는 관계를 순환 반복하게 한다. 이를 통해 "단언컨대, 새는 나무 이후에 있었다"라는 확언은 '나무/새'의 관계성을 밝히는 입구가 되면서 동시에 '나무/새'의 관계를 미지의 지대로 흡입하는 블랙홀이 된다.

이때 "도플갱어"를 통해 대리 표상되는 존재의 욕망은 "사실" 또는 '현실'의 통제 너머로 은밀하게 길을 트고 확장한다. 나무의 뿌리는 유동(流動)의 욕망을 통해 부동(不動)의 사실을 넘어서고, 새의 날개는 부동의 욕망을 통해 유동의 사실을 넘어선다. 달리 말해 유지소 시에서 '나무(부동)와 새(유동)'는 등을 지고 서로 대척하면서, 동시에 등을 맞대고 서로에게 투과하는 중의적인 관계를 맺는다. 이때 우리를 가장 혹하게 만드는 지점은 다름 아닌 '나무와 새'의 욕망이 교차되는 부분이다. 이 지점은 대립 의지와 호응 의지가 같이 발현되며 접하고 맞서는 이접(離接)의 지점인데, 가령 "새는 나무로 돌아오는 힘으로 일생을 살고/나무는 새를 날려 버리는 힘으로 일생을 산다"를 노래하는 부분이다. 거리를 동반한 결합, 또는 결합을 동반한 거리의 의미를 시적인 차원에서 발견하는 지점, 그곳에서 우리는 하나의 논리이면서 동시에 그 논리 이상의 지점으로 나아가야 비로소 발견할 수 있는 "완전한 나무"에 '혹'하는 재미에 빠져들 수 있다.

발표지 목록

제1부 극(極)의 언어

「생과 소멸의 무궁한 작용, 황홀의 무한 개진」 : 계간 『시평』, 2013년 여름호.

「봉새의 언어, 변별 이상의 언어」 : 계간 『시로 여는 세상』, 2013년 겨울호.

「결핍에 응하는 방식, 포옹의 방식」 : 계간 『시와 표현』, 2014년 봄호.

「'허공'으로 생을 직조하는 언어, '아가'의 세계」 : 계간 『문학의식』, 2015년 겨울호.

「색(色)·참혹·경계의 언어, 전율의 언어」 : 웹진 『시인광장』, 2012년 10월호.

「욕망과 화(和)의 언어, 황홀경의 언어」 : 웹진 『시인광장』, 2013년 10월호.

「부랑, 투신, 합일의 언어」 :『현대시』, 2011년 8월호.

제2부 '바깥'의 언어

「바깥의 시, '바깥'의 운명」 : 계간 『시와 정신』, 2016년 가을호.

「세계의 경계 너머를 보여주는 시」 : 계간 『시와 사상』, 2004년 봄호.

「시 쓰기 정신과 시적 현실」 : 웹진 『시인광장』, 2011년 9월호.

「시와 현실 그리고 현실 너머」 : 웹진 『시인광장』, 2014년 4월호.

「경계선 위를 부유하는 자의 노래」 : 김오, 『캥거루의 집』 해설, 시평사, 2005.

「"공(空)"을 향한 자기소실의 여정」 : 박민흠, 『경계인의 하루』 해설, 시평사, 2010.

「길 위에 서 있는 자들의 노래」 : 계간 『시와 사상』, 2003년 겨울호.

제3부 자기 복원의 언어

「아시아의 시, 자기 복원의 노래」 : 계간『시평』, 2007년 겨울호.

「성긴 언어 사이 '선림(禪林)'으로 가는 길」 : 계간『시로 여는 세상』, 2009년 겨울호.

「역사의 노래, 증언의 노래」 : 계간『시평』, 2005년 여름호.

「불굴(不屈)과 낭만의 미학」 : 계간『시와 표현』, 2011년 가을호.

「그리움과의 연대(連帶)」 :『현대시』, 2012년 11월호.

「무참(無慘)의 미어(美語), 서정의 생기(生氣)」 :『현대시』, 2015년 6월호.

「자연을 전유한, 자연에 전유된 언어의 아름다움」 : 권숙월,『가둔 말』해설, 시
문학사, 2011.

제4부 문향(文向)·탈문(脫文)의 언어

「언어이며 언어가 아닌 것으로서의 노래하기」 :『현대시』, 2011년 7월호.

「시적 전략으로서 오브제화된 '당신'에 대한 언어」 :『시와 사람』, 2012년 봄호.

「관찰의 언어, 역설의 언어」 : 웹진『시인광장』, 2013년 10월호.

「시의 정신, 혁신의 정신」 : 웹진『시인광장』, 2014년 10월호.

「시적으로 바라보기」 : 웹진『시인광장』, 2011년 6월호.

「성찰의 힘을 내재한 언어」 : 웹진『시인광장』, 2012년 8월호.

「문향(文向)·탈문(脫文)의 이접(離接) 놀이」 :『2011 올해의 좋은 시』(아인북스,
2011) 수상작평/『2012 올해의 좋은시』(아인북스, 2012) 수상작평.

찾아보기

장동석 張東錫, 필명 : 장무령

충청남도 홍성에서 태어나 홍익대학교 국어국문학과와 같은 대학원 국어국문학과를 졸업했다. 1999년 『작가세계』 신인상을 받으며 작품 활동을 시작했다. 저서로 『선사시대 앞에서 그녀를 기다리다』 『한국 현대시의 '경물'과 객관성의 미학』 등이 있다.

경계의 언어, 황홀의 시학

초판 인쇄 · 2016년 10월 24일
초판 발행 · 2016년 10월 31일

지은이 · 장동석
펴낸이 · 한봉숙
펴낸곳 · 푸른사상사

주간 · 맹문재 | 편집 · 지순이 | 교정 · 김수란
등록 · 1999년 7월 8일 제2-2876호
주소 · 경기도 파주시 회동길 337-16 푸른사상사
대표전화 · 031) 955-9111(2) | 팩시밀리 · 031) 955-9114
이메일 · prun21c@hanmail.net / prunsasang@naver.com
홈페이지 · http://www.prun21c.com

ⓒ 장동석, 2016
ISBN 979-11-308-1056-0 93810
값 22,000원

이 도서의 국립중앙도서관 출판예정도서목록(CIP)은 서지정보유통지원시스템 홈페이지
(http://seoji.nl.go.kr)와 국가자료공동목록시스템(http://www.nl.go.kr/kolisnet)에서 이용하실
수 있습니다.(CIP제어번호: CIP2016026285)

푸른사상 평론선 **28**

경계의 언어, 황홀의 시학

푸른사상 평론선　28

경계의 언어, 황홀의 시학